Die Tage des Konrad Steiner

Über den Autor

René Falk wurde 1955 geboren. Er ist ein echter Rheinländer und lebt in Troisdorf, einem Nachbarort von Köln. Schon sehr früh zeigte sich seine Neigung zum Schreiben von Kurzgeschichten, vor allem im Bereich SF und Fantasy. In späteren Jahren richtete sich sein Interesse mehr auf das Genre Krimis & Thriller und bald begann er selbst damit, Kriminalromane zu schreiben. Er legt großen Wert darauf, seine Leser zu unterhalten, und wenn ihm dies mit seinen Geschichten gelingt, hat er sein Ziel erreicht.

Die Tage des Konrad Steiner

René Falk

Bibliografische Information der Deutschen Nationalbibliothek: Die Deutsche Nationalbibliothek verzeichnet diese Publikation in der Deutschen Nationalbibliografie; detaillierte bibliografische Daten sind im Internet über http://dnb.dnb.de abrufbar.

René Falk
Die Tage des Konrad Steiner

Umschlaggestaltung: *Bryan Gehrke, Buchcovers.de*
Text und Innenillustrationen: *René Falk*

Herstellung und Verlag:
BoD - Books on Demand, Norderstedt

ISBN: 978-3-7526-0236-4

Inhaltsverzeichnis

Über dieses Buch..7

Chrissies »Mordwanderweg«................................8

Prolog...9

Kapitel 1...15

Kapitel 2...30

Erinnerungen...48

Kapitel 3...52

Erinnerungen...80

Kapitel 4...82

Erinnerungen...109

Kapitel 5...112

Erinnerungen...126

Kapitel 6...129

Erinnerungen...149

Kapitel 7...152

Erinnerungen...173

Kapitel 8...178

Erinnerungen...191

Kapitel 9...195

Erinnerungen...209

Kapitel 10...212

Erinnerungen...226

Kapitel 11...230

Erinnerungen...241

Kapitel 12...244

Das Ermittlerteam...252

Über dieses Buch

Nach den aufregenden Tagen des letzten Falles ist Ruhe in Donners Kommissariat eingekehrt, die einige Kommissare zum Anlass für eine Auszeit genommen haben. Während eines Sonntagsspaziergangs in der Wahner Heide stolpern Chrissie Ohlsen und Wolfgang Müller jedoch am Leyenweiher unvorbereitet über eine mit dem Kopf im Wasser liegende männliche Leiche.

Obwohl der Mann eindeutig ertrunken ist, schließt die herbeigerufene Rechtsmedizinerin Fremdverschulden nicht gänzlich aus. Wer ist der Unbekannte und wer hat ihn getötet? Bei ihren Nachforschungen folgen die Ermittler einer Spur quer durch den Rhein-Sieg-Kreis und werden schließlich mit einer Familientragödie konfrontiert, die weit über regionale Grenzen hinaus reicht.

Chrissies »Mordwanderweg«

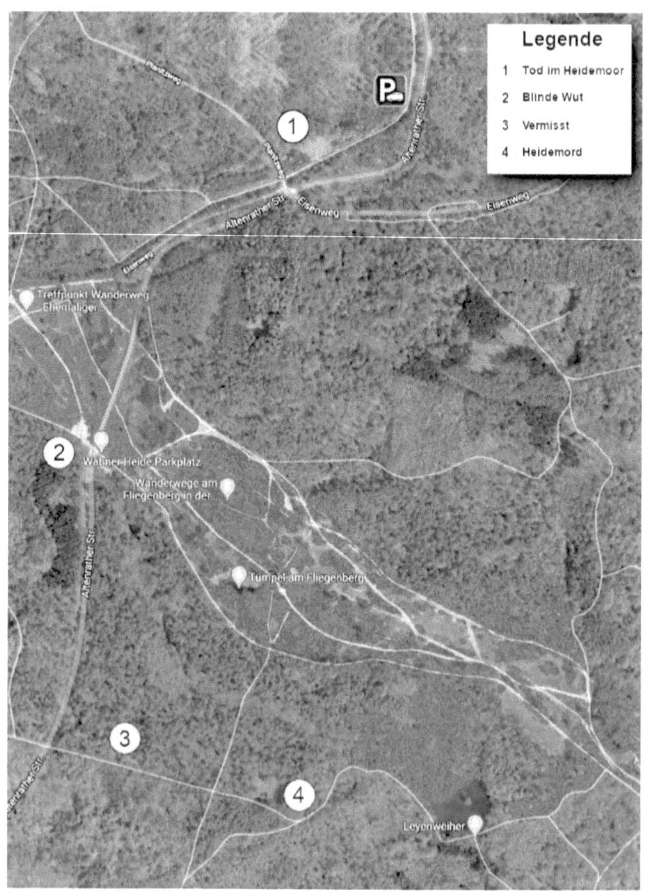

Prolog

Der Intercity rollte nahezu geräuschlos über die Hochgeschwindigkeitstrasse zwischen Frankfurt und München. Zu dieser späten Stunde hielt sich außer dem einsamen Fahrgast niemand in dem Abteil auf und so döste er mangels Unterhaltung vor sich hin, beständig an der Grenze zum Traum dahingleitend, wogegen er sich jedoch krampfhaft zur Wehr setzte. Er fürchtete den Schlaf, weil mit ihm unweigerlich die Albträume kommen würden.

Aus seiner Jugend kannte er noch dieses einschläfernde schlagende Geräusch, das im Sekundentakt durch die über Dehnungsfugen der Gleissegmente ratternden Räder verursacht wurde. Dank modernster Schienenbaukunst war davon nichts zu hören, während der ICE mit 310 km/h wie auf Wolken dahinglitt, einem fernen Ziel entgegen.

Ein Auto hatte er nicht, war nicht einmal im Besitz eines Führerscheins. Wozu auch? Die kleine Ortschaft, in der er wohnte, war ein besseres Dorf, und die gutgehende Praxis für Allgemeinmedizin, die er mit seiner Gattin gemeinsam führte, war in das großzügig geschnittene Wohnhaus integriert.

Die Dinge des täglichen Lebens konnte er ebenso zu Fuß oder mit dem Fahrrad erledigen und Hausbesuche waren in der heutigen Zeit ohnehin ein Luxus, den sich niemand mehr leisten mochte und die von den Krankenkassen nur noch widerstrebend abgerechnet wurden. Für die wenigen Male, wo es sich dennoch nicht vermeiden ließ, rief er sich eben ein Taxi. Für die Fahrt zu dem dreitägigen Ärztekongress, den er wie in jedem Jahr in der Mainmetropole besucht hatte, waren diese Fortbewegungsmethoden zugegebenermaßen eher ungeeignet, aber wozu gab es Züge?

In einer Stunde musste er am Münchner Hauptbahnhof in einen Regionalexpress umsteigen und würde weit nach Mitternacht zu Hause ankommen. Dann endlich konnte er seine Ehefrau in den Arm schließen, die – dessen war er sicher – im Wohnzimmer in ihrem Lieblingssessel auf ihn wartete und höchstwahrscheinlich über einem Buch eingeschlafen sein würde. Sie war alles, was ihm noch geblieben war.

Während der Intercity Nürnberg hinter sich ließ, verlor der einsame Mann endgültig seinen Kampf mit der Müdigkeit und fiel übergangslos in einen unruhigen Schlaf, der ihm auch dieses Mal einen grauenvollen Albtraum bescherte.

* * *

Er drückt dem Taxifahrer einen Geldschein in die Hand und wendet sich beschwingt dem Wohnhaus zu, das im hellen Licht des herbstlichen Vollmondes vor ihm liegt. Es ist spät nach Mitternacht, doch das erleuchtete Wohnzimmerfenster verheißt die Anwesenheit seiner geliebten Ehefrau, die auch heute mit einem Buch und einer warmen Decke über den Knien in ihrem Lieblingssessel auf die Rückkehr ihres Gatten wartet. Dass er sich dabei selbst den Kiesweg entlanggehen und die Haustür aufschließen sieht, stört ihn nicht weiter, da im Traum bekanntlich jegliche Logik ausgeschaltet ist. Was auch für abrupte Szenenwechsel gilt, harte Schnitte in der Handlung, die von dem Träumenden als absolut normal angesehen werden.

Schnitt.

»Ich bin wieder da, mein Schatz!«, ruft er schon in der Diele und öffnet in freudiger Erwartung die Wohnzimmertür, doch der Sessel ist bis auf die Decke und das darauf liegende, aufgeschlagene Buch leer. Verwundert betrachtet er die Szene, bis er ein merkwürdiges Geräusch hinter sich vernimmt. Es klingt wie das Weinen eines Kindes und geht ihm sogar im Traum durch Mark und Bein.

Schnitt.

Übergangslos findet er sich im Badezimmer am Ende des Flures wieder. In der Wanne sitzt seine Frau und schaut ihn mit großen Augen flehentlich an. Ungläubig starrt er auf die zahlreichen Stichwunden, die ihren Körper bedecken, dann fällt sein Blick auf das blutige Küchenmesser in seiner Hand.

Schnitt.

Plötzlich sieht er sich von mehreren Polizisten umringt, die ihn von seiner Frau fortzerren wollen, doch er setzt sich verzweifelt zur Wehr, schlägt wild um sich. Vergeblich. Handschellen schließen sich klickend um seine Gelenke und er wird von zwei Beamten unsanft aus dem Haus und zu einem wartenden Polizeiwagen geführt.

✳ ✳ ✳

»Das sind dann siebzehn Euro fünfzig, der Herr!«, riss ihn die unangenehm hohe Stimme des Taxifahrers aus seinen Träumen. Er blinzelte verwirrt und schaute sich verstört um. Saß er nicht eben noch im Intercity nach München? Wann war er dort angekommen, wann in dieses Taxi gestiegen?

Es passierte zugegebenermaßen nicht zum ersten Mal, dass ihm einige Stunden an Erinnerung fehlten und er sich übergangslos an einem anderen Ort wiederfand, und immer hatte er unmittelbar vorher diesen Traum! Man könnte beinahe glauben, ein fremder Verstand bemächtigte sich in dieser Zeit seines Körpers und stellte womöglich die schlimmsten Dinge damit an.

Ihm kam unvermittelt der Begriff ›*multiple Persönlichkeitsstörung*‹ in den Sinn, wenngleich für eine solche Erkrankung des Gehirns – im Volksmund wenig zutreffend auch als Schizophrenie bekannt – keinerlei Anzeichen vorlagen. Als Arzt wusste er aber natürlich, dass sich bezüglich seines Geisteszustandes niemand selbst zu diagnostizieren vermochte.

Er drückte dem Taximann stumm einen Zwanziger in die Hand, wuchtete die Reisetasche auf die Straße und torkelte benommen zu seinem Haus, welches entgegen seiner Erwartung in vollkommener Dunkelheit vor ihm lag. Das tote Wohnzimmerfenster schien ihn förmlich zu verhöhnen, während er wie in Trance über den Kiesweg schritt, der immerhin wie gewohnt unter seinen Schuhen knirschte.

Was war nur in seiner Abwesenheit geschehen? Wo war seine Frau, die sonst immer auf ihn wartete, ganz gleich, wie spät es wurde? Er versuchte, mit zitternden Fingern den Schlüssel ins Schloss zu schieben, was ihm aber erst nach unzähligen Versuchen gelang. Er stieß die Tür auf und betätigte voller böser Vorahnungen den Lichtschalter. Entgegen seinen Befürchtungen flammte die Beleuchtung jedoch sofort auf und er betrat erleichtert die nun hell erleuchtete Diele.

»Anneliese? Bist du da?«, rief er in die unheilvolle Stille des Hauses, erhielt jedoch keine Antwort. Aber irgendetwas irritierte ihn. War da nicht ein Geräusch? Er hielt den Atem an und lauschte angestrengt, bis er tatsächlich ein leises Plätschern von der Stirnseite des Flures vernahm. Jetzt erst bemerkte er die blutrote Pfütze, die sich vor der Badezimmertür gebildet hatte und sich von den dunklen Fliesen kaum abhob.

Voller Panik ließ er die Tasche fallen, eilte unverzüglich dorthin und riss die Tür auf. Was immer hier passiert war, es konnte noch nicht lange her sein. Aus dem nicht völlig geschlossenen Hahn lief in einem dünnen Rinnsal Wasser in die randvolle Badewanne, und darin lag seine geliebte Ehefrau und starrte ihn aus toten Augen anklagend an. Aus ihrem über den Wannenrand hängenden linken Arm tropfte Blut auf die Fliesen und färbte das übergelaufene Badewasser rot.

Schlagartig verließ ihn sämtliche verbliebene Kraft, er sank tränenüberströmt neben der Wanne zu Boden und nahm die tote Frau zärtlich in den Arm. Es war ihm egal, dass er dabei selbst nass wurde und alles voller Blut war, sein einziger Gedanke war, dass er auch dieses Mal wieder zu spät gekommen war. In dieser Haltung saß er die ganze Nacht dort und hielt weinend ihre Hand.

Erst am Morgen wurde er in dieser Verfassung von einer Patientin gefunden, die auf dem Weg in seine Praxis die offene Haustür bemerkt hatte und die Polizei rief. Die umgehend herbeigeeilten Beamten mussten ihn mit Gewalt von seiner toten Ehefrau fortzerren.

Kapitel 1

Sonntag, 6. September, 14:56 Uhr

»Sind wir bald da?«, mault Wolfgang drei Meter hinter ihr zum dritten Mal in den letzten zwei Minuten. Chrissie legt ihrem Temperament entsprechend ein zügiges Tempo vor, dem ihr Freund augenscheinlich kaum zu folgen vermag. Er klingt außer Atem und sein tiefer Bass ist zudem vor Anstrengung eine Oktave höher gerutscht.

Jedes Mal, wenn sie ihrem eher behäbigen Lebensgefährten in den vergangenen vierzehn Tagen einen Ausflug in die Natur vorschlug, hatte dieser eine andere Ausrede parat, wobei er zugegebenermaßen recht kreativ war. Heute allerdings setzte Chrissie ihn erst im allerletzten Moment über ihre wahre Absicht in Kenntnis. Als sie den Wagen auf einem Parkplatz an der Altenrather Straße abstellte, konfrontierte sie ihn eher beiläufig mit dem von ihr erstellten ›Fitnessprogramm‹ für den heutigen Tag, welches vor allem einen ausgedehnten Fußmarsch beinhalten würde. Sie verharrt ergeben seufzend in ihrem Schritt, um ihm Gelegenheit zum Aufschließen zu geben.

»Sei nicht albern«, schüttelt sie über seine kindische Quengelei den Kopf. »Wir sind doch gerade erst losgegangen und haben noch die ganzen vier Kilometer vor uns!«

»Ach ja?«, wölbt er in gespieltem Erstaunen die Brauen. »Und warum kann ich dann unseren Wagen schon gar nicht mehr sehen?«

»Das liegt vor allem daran, dass er dort hinter der Kurve steht und von Büschen verdeckt ist, mein Schatz«, rollt sie mit den Augen. »Das sind keine hundert Meter, und du darfst jetzt ruhig einen Zahn zulegen. Etwas Auslauf schadet dir ganz sicher nicht, du hast in den zwei Wochen Nichtstun ein paar Kilo zugenommen«, nickt sie mit einem bezeichnenden Blick auf seine Hüften. »Bei der nächsten Diensttauglichkeitsprüfung im Frühjahr wirst du mit Pauken und Trompeten durchfallen, wenn du nicht hart an dir arbeitest«, merkt sie noch an und setzt sich erneut in Bewegung. Ihr Gefährte folgt ihr mit einem unverständlichen Brummen, legt aber nun ein zügigeres Tempo vor, um nicht wieder den Anschluss zu verlieren.

Nach dem erfolgreichen Abschluss des letzten Falles stellte sich zunächst eine allseits willkommene Ruhe im Kommissariat ein. Chrissie Ohlsen und Wolfgang Müller nahmen dies zum Anlass, sich spontan zwei Wochen Urlaub zu gönnen, die aber jetzt leider schon wieder vorbei sind. Wegen der immer noch von der Regierung herausgegebenen weltweiten Reisewarnungen beschlossen sie, dieses Mal zu Hause zu bleiben und stattdessen die unberührte Natur der nahen Wahner Heide zu genießen, was aber bisher an der Faulheit des männlichen Teils ihrer Lebensgemeinschaft scheiterte.

Sie fasste daher in den vergangenen Tagen einen Plan zur Änderung dieses unhaltbaren Zustandes und arbeitete heimlich eine Wanderroute aus, die als Anreiz sämtliche bisher von ihrem Kommissariat in dieser Gegend bearbeiteten Mordfälle beinhalten sollte. Dabei stellte sich heraus, dass die entsprechenden Lokalitäten bis auf eine Ausnahme in chronologischer Reihenfolge und in gleichmäßigen Abständen zueinander angeordnet sind. Ganz so, als habe eine ordnende Hand bei den Taten Regie geführt.

Ihrem Lebensgefährten gegenüber gab sie scheinheilig vor, sich ›nur mal schnell‹ den einzigen Schauplatz eines Mordes in der Wahner Heide anschauen zu wollen, an dessen Aufklärung sie selbst nicht mitgewirkt hatte, da sie erst ein paar Monate später zu Donners Truppe gestoßen war. Dass daraus eine vier Kilometer lange Exkursion werden würde, teilte sie ihm bei der Ankunft beim Moor am Planitzweg mit, wo ihr ›Mordwanderweg‹ beginnen sollte. Die letzte Anlaufstelle ihres sonntäglichen Ausflugs wäre der ›Brunnenkeller‹, ein altes Gemäuer aus dem 19. Jahrhundert, wo vor zwei Jahren ein junger Mann beim *Geocaching* auf tragische Weise ums Leben kam. Von dort aus würde ihr Weg sie am Leyenweiher vorbei quer durch den Wald zu ihrem Ausgangspunkt zurückführen.

»Wenn ich es recht bedenke, ist es schon eine komische Sache, dass die Morde alle wie auf einer Schnur angeordnet stattgefunden haben«, teilt sie ihrem Freund ihre Überlegungen mit, während sie in den Planitzweg einbiegt. »Eigentlich müsste dann als Nächstes der Weiher an der Reihe sein.«

Statt einer Antwort ertönt ein lautes Klatschen, als Wolfgangs Pranke auf seinem Nacken landet. »Na, darauf kann ich dankend verzichten«, stößt er grimmig zwischen den Zähnen hervor. »Hier wimmelt es geradezu von Mücken, und dort am Wasser sind es garantiert noch mehr. Jetzt ist es allerdings zumindest hier eine weniger«, grinst er zufrieden und schnippt das tote Insekt von seiner Hand.

»Dann hast du wohl besonders leckeres Blut, mich lassen die Viecher jedenfalls in Ruhe!«

»Das ist bloß, weil die dich gar nicht wahrnehmen«, kontert Wolfgang lachend. Er überragt seine zierliche Freundin mit 1,90 Meter Körpergröße und Schultern wie ein Kleiderschrank um fast dreißig Zentimeter. Chrissie streckt ihm statt einer Antwort nur keck die Zunge heraus und schickt sich an, über den hüfthohen hölzernen Zaun zu steigen, der den Weg vom Moor trennt. Das Schild mit dem Hinweis auf ein Naturschutzgebiet ignoriert sie dabei geflissentlich. Ihr Begleiter folgt ihr kopfschüttelnd über die Absperrung, wobei er sich naturgemäß deutlich weniger anstrengen muss.

* * *

Eine Stunde später stehen Chrissie und Wolfgang vor ihrem vorerst letzten Ziel für heute. Von dem Brunnenkeller sind im Grunde nur Mauerreste übriggeblieben, die am Wegesrand aus dem Untergrund ragen. Im Laufe von 150 Jahren, die seit dem Bau des seinerzeit als ›Kühlschrank‹ für die auf der nahen Kuhweide gemolkene Milch genutzten Gemäuers vergangen sind, ist der Innenraum des etwa zwei Meter hohen und ebenso brei-

ten gemauerten Vierecks vollständig mit Erde zuge-
weht worden und mit allem möglichen Gestrüpp
zugewachsen.

Lediglich das dem Wanderweg abgewandte
Mauersegment des heutigen Bodendenkmals ist
von der tiefer gelegenen Rückseite noch in voller
Pracht zu bewundern. Dort unten lag inmitten dor-
niger Sträucher auch die Leiche eines jungen Mannes, die vor zwei Jahren von einer Grundschullehrerin und ihrer Schulklasse im Rahmen einer Heimat-
kundeexkursion gefunden wurde.

»Genau dort, wo du jetzt stehst, hielt Birgit
Weiland ihren Kindern einen Vortrag zum
geschichtlichen Hintergrund dieser Lokalität«,
berichtet Chrissie ihrem Freund, der damals nicht
mit hinausgefahren war. »Als sie dann aber über
die Mauer nach unten sah und die Leiche erblickte,
war Schluss mit lustig und sie rief sofort ihren
Mann an. Den Rest kennst du.«

»Ja, Horst war noch tagelang völlig durch den
Wind wegen der Sache«, erinnert sich Wolfgang
Müller. Kollege Weiland war nach dem Hilferuf seiner Frau sofort zum Tatort geeilt, während er selbst
im Kommissariat verblieben war. »Möchtest du da
runtersteigen, oder können wir weiter? Ich könnte
langsam einen Happen vertragen!«

»Nichts da!«, schüttelt Chrissie energisch den
Kopf. »Gegessen wird erst heute Abend, und dann
gibt es nur einen Salat! Wenn du sofort wieder
anfängst, Kalorien in dich hineinzuschaufeln, war
die ganze Aktion gründlich für die Katz! Hinunter-
klettern muss aber nicht sein, da würden wir uns
nur die Klamotten ruinieren. Und jetzt komm, der

Rückweg führt dort entlang«, zeigt sie mit einem Blick auf das Display ihres Handys in östliche Richtung. »Wir umrunden den Weiher auf der Südseite zur Hälfte und von da geht es immer nach Norden bis zum Parkplatz und unserem Auto.«

Um dem zu erwartenden Protest gegen ihren Diätplan zu entgehen, setzt sie sich umgehend in Bewegung, gefolgt von einem missmutigen Wolfgang Müller, der schon von einem saftigen Steak geträumt hatte und nun mit der wenig erbaulichen Aussicht auf Grünfutter nicht gerade die größte Eile an den Tag legt. Für die paar hundert Meter bis zum Weiher werden sie daher bei diesem gemächlichen Tempo etwa zehn Minuten benötigen.

*　*　*

»Wie tief der wohl sein mag?«, überlegt Chrissie Ohlsen etwas später, während sie ihre Blicke nachdenklich über die völlig unbewegliche, in der Sonne glitzernde Wasseroberfläche gleiten lässt. Sie und Wolfgang sind die einzigen Menschen weit und breit, offenbar haben die Leute an einem Sonntagnachmittag etwas Besseres vor, als einen Waldspaziergang mit der Familie zu unternehmen. Ihre Worte waren an niemand Besonderen gerichtet, dennoch bekommt sie eine Antwort.

»Sicher nicht mehr als ein paar Meter«, mutmaßt Wolfgang Müller und zuckt im nächsten Augenblick heftig zusammen, weil ihn schon wieder eine Mücke erwischt hat. »Verdammte Biester!«, schimpft er ein weiteres Mal.

»Dieses Gewässer ist nämlich noch gar nicht so alt«, fährt er dann in normalem Tonfall fort. »Mitte des vorletzten Jahrhunderts, also etwa zu der Zeit, als der Brunnenkeller gebaut wurde, hat man auch den Leyenbach an dieser Stelle gestaut, um das Hochwasser in diesem Bereich besser kontrollieren zu können. Die Ereignisse hängen sogar ursächlich zusammen. Der Weiher hat eine Fläche von etwa einem Hektar und misst somit nur wenig mehr als ein Fußballfeld. Da es hier im Wald, wie auch in der gesamten Wahner Heide, keine größeren Höhenunterschiede in der Topologie gibt, kann er demnach nicht sehr tief sein. Ich schätze ihn deshalb auf wenige Meter, jedenfalls nicht genug, um eine Leiche dauerhaft darin verschwinden zu lassen«, grinst er in Anlehnung an ihre Bemerkung von vorhin bezüglich eines möglichen nächsten Tatortes.

Chrissies Blick ist indes konzentriert in die Ferne gerichtet. »Ach ja? Und was ist dann das da hinten?«, widerspricht sie ihm stirnrunzelnd und zeigt mit ausgestrecktem Arm zum gegenüberliegenden Ufer. »Das sieht mir ganz so aus, als läge da einer halb im Wasser!«

Wolfgang beschattet die Augen mit der Hand und schaut angestrengt hinüber, kann jedoch nichts Verdächtiges erkennen. Wenn Chrissie recht hat – und daran zweifelt er nicht eine Sekunde – ist ihre Sehfähigkeit nur zu bewundern, denn bis dorthin sind es locker achtzig Meter oder mehr.

»Ich bin leider nicht mit deinen Adleraugen ausgestattet«, muss er schließlich bekennen. »Weißt du was? Wir gehen hin und schauen nach!«

Verschwunden ist schlagartig jegliche Trägheit, die er ohnehin nur vorgetäuscht hatte, um Chrissie zu ärgern. Er hatte nämlich sehr wohl von ihrem geplanten ›Attentat‹ auf seine sonntägliche Faulheit Wind bekommen und es hatte ihm insgeheim einen Riesenspaß bereitet, ihre diesbezügliche Erwartungshaltung noch zu übertreffen und sich extrem schlafmützig anzustellen. Nun aber ist der Ermittler in ihm erwacht und voller Tatendrang setzt er sich unter den verblüfften Blicken seiner Partnerin im Laufschritt in Bewegung.

* * *

Es ist ihm ein innerer Vorbeimarsch, zuerst an der fraglichen Stelle angekommen zu sein und Chrissie jetzt diejenige ist, die atemlos zu ihm aufschließt. Im Gegensatz zu ihr hält er sich nämlich für fit genug, die turnusmäßige Diensttauglichkeitsprüfung zu bestehen, und so lag seine Zeit für die zweihundert Meter bis hierhin durchaus im Rahmen der Anforderungen für das Deutsche Sportabzeichen, die für diese Prüfungen gelten. Außerdem ist eine Masse wie seine, wenn sie einmal in Bewegung gesetzt wurde, ohnehin kaum noch zu bremsen.

»Hey, du hast mich die ganze Zeit über verarscht!«, schimpft sie lauthals, kann sich aber das Lachen nicht verkneifen. »Das war jedenfalls eine bühnenreife Vorstellung«, prustet sie los. »Ich habe dir die Schlafmütze voll abgenommen, dabei hätte ich es eigentlich besser wissen müssen!«

»Einmal abgesehen davon, dass unter diesen Umständen der Salat wohl vom Tisch sein dürfte, sehe ich hier weit und breit keine Leiche«, bringt

Wolfgang pragmatisch gleich zwei wichtige Sachverhalte zur Sprache. Das saftige Steak ist jedenfalls wieder in greifbare Nähe gerückt.

Auf dieser Seite des Weihers gibt es keinen Fußweg, sodass sie die letzten fünfzig Meter des Weges über Stock und Stein zurücklegen mussten. Dieses unwegsame Gelände mag auch der Grund dafür sein, dass sich außer ihnen kaum jemals ein Mensch hierher verirrt und sie hier erst recht allein auf weiter Flur sind. Er zeigt auf einen abgestorbenen Baumstamm am Ufer, der zur Hälfte ins Wasser ragt. »Du wirst vorhin den da gesehen haben«, vermutet er mit hörbarer Enttäuschung in der Stimme. Etwas Aufregenderes als ein altes, vermodertes Stück Holz wäre ihm jetzt wesentlich lieber.

»Ich kann mich nicht so sehr getäuscht haben!« Chrissie schüttelt energisch den Kopf, dreht sich einmal um die eigene Achse und schaut sich suchend um. »Wir sind gar nicht am richtigen Platz!«, erklärt sie dann aufatmend und zeigt auf die andere Seite. »Siehst du? Der Blickwinkel stimmt nicht ganz, von unserer Position drüben war dieser Baumstamm wegen der Büsche dort vorne nicht sichtbar, wir sollten also dahinter nachschauen«, schlägt sie vor.

Ohne eine Entgegnung abzuwarten, sprintet sie los, um die einige Meter entfernte, annähernd hufeisenförmige Buschgruppe zu erkunden, die von hier aus einen perfekten Sichtschutz darstellt und nur vom Ufer her einsehbar zu sein scheint. Wolfgang folgt ihr in eher gemäßigtem Tempo, was sich schon nach wenigen Augenblicken als wahrer Glücksfall erweist, da Chrissie übergangslos wie vom Blitz getroffen stehenbleibt. Wäre er seiner Freundin in blindem Aktionismus hinterhergeeilt, hätte er sie glatt umgerannt.

Der Grund für das scheinbar irrationale Verhalten wird sofort ersichtlich, als er ihre Position erreicht hat und sich neben sie stellt. Das vermeintlich hufeisenförmige Gebüsch hat nämlich in Wirklichkeit an einer Stelle eine meterbreite Öffnung, durch die man deutlich zwei Beine erkennen kann. Diese gehören zu einem bäuchlings auf dem grasbewachsenen Boden ausgestreckten Mann, dessen Kopf vollständig unter Wasser getaucht ist!

Wolfgang zögert nicht eine Sekunde und setzt zum Sprung an, um ihm zu Hilfe zu eilen, wird jedoch von Chrissie am Arm festgehalten. »Lass nur, Wolfie«, hält sie ihn mit belegter Stimme zurück. »Der lag schon genauso da, bevor wir uns hierher in Bewegung gesetzt haben, und das ist jetzt fast zehn Minuten her. Du kannst ihm nicht mehr helfen und würdest nur wertvolle Spuren verwischen!«

»Ich werde trotzdem mal nachschauen«, entscheidet er spontan. »Wenn du in der Zwischenzeit bitte den Chef informieren und Forensik und Rechtsmedizin anfordern würdest? Ich werde mich schon vorsehen«, fügt er beruhigend hinzu, als er ihren skeptischen Blick bemerkt. Wie die meisten polizeilichen Ermittler kann auch er es nicht lassen, sich vor dem Eintreffen der Spezialisten selbst einen Überblick über den mutmaßlichen Tatort zu verschaffen, denn wie ein Unfall sieht das für seine Begriffe nicht unbedingt aus.

Mit vorsichtigen Schritten, die Augen permanent nach unten auf seine Füße gerichtet und immer darauf bedacht, nur auf unberührten Boden zu treten, bewältigt er die wenigen Meter bis zum Ufer und der Leiche. Im Gehen streift er in einem fast schon automatischen Reflex Einmalhandschuhe aus Latex über, die er wie alle seine Kollegen ständig in ausreichender Menge in der Jackentasche mitführt.

Wolfgang Müller, jetzt ebenso wie seine Freundin endgültig im Polizistenmodus, zieht den Kopf des Toten vorsichtig an den für einen Mann ungewöhnlich langen Haaren aus dem Wasser. Die weit aufgerissenen gebrochenen Augen lassen keinen Zweifel mehr an seinem Zustand aufkommen. Die geplatzten Äderchen in den Augäpfeln weisen zudem auf ein gewaltsames Ersticken hin, was aber durch die Rechtsmedizinerin bestätigt werden muss, die hoffentlich bald auf der Bildfläche erscheint. Das Alter schätzt er anhand der Gesichtszüge grob auf Anfang bis Mitte fünfzig.

Im Hintergrund schildert Chrissie gerade dem Chef am Telefon den Sachverhalt. Er lässt den Kopf wieder in die ursprüngliche Position zurückgleiten und gibt ihr mit einem Handzeichen zu verstehen, dass sich alles wie vermutet verhält, was sie mit einem bestätigenden Nicken quittiert. Weitere Untersuchungen verbieten sich für ihn als Laien von selbst, da dies nicht geht, ohne die Lage des Körpers zu verändern.

Der Ermittler begnügt sich deshalb mit einem oberflächlichen Scan: schulterlange schwarze Haare, normale Statur ungefähr in seiner Größe, also etwa 1,90 Meter. Die Kleidung besteht aus festen Schuhen der Schuhgröße 45, Lederjacke sowie Jeans eines Discounters, die augenscheinlich mindestens eine Nummer zu klein sind, da an den Hosenbeinen jeweils eine Handbreit an Länge fehlt. Verletzungen, die eventuell ebenfalls zu seinem Tod geführt haben könnten, kann er nicht erkennen. Mühsam richtet der Oberkommissar sich aus seiner unbequemen knienden Haltung auf und wendet sich seiner Partnerin zu, die ihre Telefonate in der Zwischenzeit beendet hat.

»Der Chef sagt, du und ich sollen das hier übernehmen, wo wir schon hier sind«, informiert sie ihn. »Außerdem hat Denise sich krankgemeldet und fällt vorläufig aus. Tobias besucht ab morgen eine dreitägige Fortbildungsveranstaltung in Düsseldorf, da wäre es wenig sinnvoll, wenn er sich heute mit dem Todesfall beschäftigt, meint Donner.«

»Was ist mit Denise? Sie ist doch nicht etwa …?«

»Nein, keine Panik. Sie ist gestern bei der Hausarbeit von der Leiter abgerutscht und hat sich eine Bänderdehnung am linken Fußgelenk zugezogen. Schmerzhaft, aber relativ harmlos. Rechtsmedizin und Forensik sind informiert und müssten jeden Augenblick erscheinen. Was ist denn nun mit dem Kerl da?«

»Der liegt allerhöchstens seit ein paar Stunden hier«, gibt er das Ergebnis seiner laienhaften Leichenschau weiter. »Der Körper ist noch warm und ich kann auf Anhieb keine lebensbedrohlichen Verletzungen erkennen.«

»Demnach ist er also ertrunken? Seine Kleider sind zwar mindestens eine Nummer zu klein, aber knochentrocken, wie es scheint. Außerdem ist der Weiher dafür gar nicht tief genug, wie du vorhin sagtest.«

»Stimmt, hier vorne ist das kaum ein Meter. Für mich sieht das nach einem Erstickungstod aus. Dank unserer regelmäßigen Besuche in der Rechtsmedizin weiß ich ja, woran man das erkennt, und die fehlenden Würgemale deuten in Anbetracht der Umstände somit auf einen Tod durch Ertrinken. Falls er jedoch hineingefallen wäre, müsste ihn jemand wieder herausgezogen haben, seine Klamotten sind aber trocken, wie du treffend bemerkt hast. Dazu kommt, dass nur der Kopf im Wasser liegt. Warum? Wenn du mich fragst, stimmt hier ganz gewaltig was nicht!«

»Warten wir das Ergebnis der Untersuchung ab. Du solltest jetzt aber besser aus der Nähe der Leiche verschwinden«, gibt Chrissie ihm einen gutgemeinten Rat. »Du weißt doch, dass die Jungs von der Spurensicherung es nicht gerne sehen, wenn unsereins den Tatort kontaminiert, von unserer ›reizenden‹ Rechtsmedizinerin ganz zu schweigen. Es wird daher besser sein, die eigene Untersuchung gar nicht erst zu erwähnen!«

Die Warnung ist durchaus berechtigt, da Dr. Martina de Luca ziemlich ungemütlich werden kann, mischt man sich ungefragt in ihr Fachgebiet ein. Wolfgang Müller beeilt sich aus diesem Grund nur zu gerne, dem Vorschlag seiner Partnerin unverzüglich Folge zu leisten und einige Meter abseits mit ihr gemeinsam das Eintreffen der Spezialisten abzuwarten. Die sonntägliche Wanderung hat jedenfalls fürs Erste ein jähes Ende gefunden, worüber er aber gar nicht traurig ist.

Er stupst seiner Freundin kameradschaftlich den Ellenbogen in die Seite. »Ist es nicht merkwürdig, dass wir heute genau an der Stelle, die du noch vor einer Stunde als statistischen Standort für eine Leiche genannt hast, tatsächlich über eine stolpern? Und da soll nochmal einer sagen, es gibt keine Zufälle!«

Chrissie zuckt zunächst zu seiner eher rhetorisch gemeinten Frage nur mit den Schultern. »Ich denke, das wird daran liegen, dass die Gegend hier geradezu prädestiniert dafür ist, eine Leiche loszuwerden«, bequemt sie sich nach gründlichem Nachdenken schließlich doch zu einer Antwort. »Diese Stelle kann ausschließlich vom gegenüberliegenden Ufer eingesehen werden und auch nur von dort, wo wir vorhin gestanden haben. Zudem braucht es schon gute Augen, um auf die Entfernung etwas zu erkennen. Wenn der Täter den richtigen Zeitpunkt gewählt hat, war er hier völlig ungestört und außerdem wissen wir ja noch nicht, ob das hier überhaupt ein Tatort ist!«

»Wir werden es sicher in Kürze erfahren, da kommt nämlich gerade Jürgens Truppe anmarschiert«, brummt Wolfgang und zeigt auf die schmale, torbogenförmige Lücke im Buschwerk, durch die sie hierher gelangt sind.

Tatsächlich nähern sich soeben vier Tatortermittler ihrem Standort. Da der befahrbare Weg fünfzig Meter von dieser Stelle entfernt verläuft, müssen sie sämtliche Gerätschaften mitschleppen, entsprechend mürrisch ist die Miene ihres Leiters. Vogel schreitet mit gewohnt raumgreifenden Schritten voran, wie immer den unvermeidlichen Zigarillo zwischen den Lippen. Aufgrund der Tatsache, dass man sich in einem Naturschutzgebiet aufhält, ist dieser selbstverständlich nicht angezündet.

Erst, als die Gruppe die Ermittler fast erreicht hat, wird Dr. Martina de Luca ebenfalls sichtbar. Sie stolpert mit der üblichen missmutigen Miene auf ihren für dieses Gelände höchst unpassenden Stilettos hinter den Forensikern her und müht sich verbissen mit ihrer riesigen Instrumententasche ab, ohne die sie niemals das Institut verlässt.

»Somit wären wir endlich komplett«, stellt Chrissie mit einem Blick auf die Uhr zufrieden fest. »Es ist reichlich spät geworden und ich möchte jetzt doch langsam mal wieder nach Hause! Über dein saftiges Steak, von dem du seit mindestens einer Stunde träumst, können wir dann meinetwegen auch verhandeln«, fügt sie schelmisch hinzu, als hätte sie seine geheimsten Gedanken gelesen.

Kapitel 2

Montag, 7. September, 10:00 Uhr

Donners Truppe ist durch das Fehlen der Hauptkommissare arg geschrumpft, sodass heute nur fünf Personen an der Fallbesprechung teilnehmen, den Kommissariatsleiter selbst und den Leiter der Kriminaltechnik mitgerechnet. Jürgen Vogel hat den verwaisten Stuhl von Denise Malowski okkupiert, die sonst für gewöhnlich mit ihrem Partner Tobias Heller direkt neben dem Whiteboard sitzt, wo der Chef wie üblich auch heute mit verschiedenfarbigen Markern in der Hand die Berichte seiner Ermittler erwartet.

Aufgrund der Tatsache, dass der Tote erst gestern und dazu noch an einem Sonntag gefunden wurde, und vor Ort keinerlei Tatzeugen aufzutreiben waren, werden die Referate von Wolfgang Müller und Christina ›Chrissie‹ Ohlsen recht kurz ausfallen und sich naturgemäß auf die Umstände des Leichenfundes beschränken. Wesentliche Erkenntnisse erhofft man sich daher von den Ausführungen des Forensikers zur Tatortuntersuchung.

Donner atmet einmal tief durch und wendet sich Ohlsen und Müller zu. »Eure Entdeckung hätte zu keinem ungünstigeren Zeitpunkt stattfinden können«, seufzt er in Anbetracht der prekären Lage. Gleich zwei fähige Ermittler auf einen Schlag zu verlieren, wird die Aufklärung dieses Falles, so es sich denn überhaupt um ein Gewaltverbrechen handelt, nicht gerade beschleunigen. Alles hängt nun von der Einschätzung der Rechtsmedizinerin ab. Bei einem Unfall oder einem Suizid hätte sich die Sache schnell erledigt, wobei sich Letzteres höchstwahrscheinlich nicht leicht beweisen ließe.

»Dass Tobias aufgrund einer Fortbildungsmaßnahme bis einschließlich Mittwoch ausfallen wird, wisst ihr ja schon«, fährt er nach einer Atempause fort. »Leider hatten weder er noch ich in dieser Angelegenheit ein Mitspracherecht. Kriminaldirektor Albrecht hat das Seminar angeordnet, weil es für die Funktion als stellvertretender Kommissariatsleiter unabdingbar ist, selbst wenn diese derzeit nur theoretischen Charakter hat. Leider hat sich nun auch Denise abgemeldet, sie wird mit ihrem verstauchten Knöchel mindestens eine Woche ausfallen!«

»Wir werden die Leichenschau abwarten müssen«, bringt Wolfgang Müller es auf den Punkt. »Doktor de Luca schloss jedoch bereits am Tatort einen Unfall weitgehend aus, da es keinerlei Hinweis darauf gab, dass an dieser Stelle jemand ins Wasser gefallen ist.«

»Außerdem ist der Tod nach ihrer ersten Einschätzung gestern gegen 14:00 Uhr eingetreten, also nur etwa zwei Stunden, bevor wir ihn fanden, und seine Klamotten waren vollkommen trocken«, fügt Chrissie Ohlsen hinzu. »Bliebe noch die Möglichkeit eines Suizids, wenngleich die Umstände dafür ebenfalls recht ungewöhnlich wären. Ich meine, wer legt sich denn schon flach auf den

Boden und hängt dann seinen Kopf ins Wasser, wenn er sich das Leben nehmen will? Das geht auch anders! Sie wird die Autopsie spätestens übermorgen vornehmen, sagte sie.«

»Ich denke, aufgrund unserer derzeitigen Personalknappheit werden wir auf eine Teilnahme dieses Mal verzichten«, verkündet Donner und vernimmt ein deutliches Aufatmen seitens seiner Ermittler. »Einer von euch wird aber im Anschluss an die Obduktion im rechtsmedizinischen Institut anrufen und sich das Ergebnis persönlich durchgeben lassen, darauf lege ich allergrößten Wert!«, fügt er daher schnell hinzu. »Es wäre nicht das erste Mal, dass dabei brisante Fakten zutage kommen, und die will ich umgehend wissen! Was sagt die Spurenlage?«, wendet er sich übergangslos an Jürgen Vogel, der bereits ungeduldig auf seinem, beziehungsweise Denises Stuhl herumrutscht.

»Rund um die Leiche war der Boden regelrecht zertrampelt«, beginnt er in der üblichen schleppenden Sprechweise, nachdem er seine Unterlagen zur Hand genommen und umständlich die Lesebrille aufgesetzt hat. Er wirft einen strengen Blick über deren Rand hinweg auf den ihm gegenübersitzenden Wolfgang Müller, der dazu gleichmütig mit den Schultern zuckt.

»Leben und Gesundheit haben absoluten Vorrang vor der Wissenschaft«, verteidigt er sein Verhalten. »Nachzusehen, ob Hilfe möglich ist, ist daher die oberste Pflicht eines jeden, der einen Menschen in einer derartigen Situation vorfindet. Da ich dabei nur auf unberührte Stellen getreten bin und ihr meine Schuhabdrücke noch am Tatort für einen Vergleich genommen habt, dürfte es hoffentlich kein Problem für euch gewesen sein, diese von den anderen zu unterscheiden.«

»Die tatsächlich in ausreichender Zahl vorhanden waren«, nimmt Vogel den Faden ungerührt wieder auf. »Sie stammen von mindestens zwei Menschen, wobei die mit der Schuhgröße 45 eindeutig von dem Toten vor seinem Ableben hinterlassen wurden. Lassen wir deine Abdrücke außen vor, bleiben in unmittelbarer Nähe der Leiche mehrere Sohlenabdrücke der Größe 44 übrig, die ohne Vergleichsmaterial aber nicht zugeordnet werden können.«

»Könnte dort ein Kampf stattgefunden haben?«, will Donner wissen.

»Das ist schwer zu sagen. Es handelt sich um einander teilweise überlagernde Spuren, die durchaus von einem Gerangel stammen könnten. Eindeutig ist das aber nicht, weswegen ich mich hier nicht festlegen möchte. Es besteht unter meinen Spezialisten nicht einmal Einigkeit darüber, ob sie zeitgleich entstanden sind.«

Der Kommissariatsleiter wendet sich der Tafel zu, wo neben den obligatorischen Tatortfotos ein Ausschnitt aus *Google Maps* zu sehen ist. »Diese Stelle scheint mir doch recht abgeschieden zu sein«, stellt er fest. »Der Wanderweg führt nur auf der gegenüberliegenden Uferseite am Weiher vorbei und der Fundort der Leiche ist zudem auf drei Seiten von dichtem Buschwerk umgeben. Die Wahrscheinlichkeit, dass sich ausgerechnet *dort* Menschen zu unterschiedlichen Zeiten aufgehalten haben, ist meiner Meinung nach nicht sonderlich hoch. Gibt es Hinweise darauf, dass der Mann *nicht* an dieser Stelle verstarb?«

»Nein. Wie ich schon erwähnte, fanden wir Schuhabdrücke des Toten, und die deuten in ihrer Ausprägung auf einen aufrechten Gang hin, sagt mein Fachmann für solche Hinterlassenschaften und ich habe keinen Grund, an seiner Expertise zu zweifeln. Ich denke daher, er wird auf eigenen Beinen dorthin gelangt sein. Ob das in Begleitung der anderen Person war, oder ob diese erst später hinzukam, ist nicht bekannt.«

»Diese zweite Person – der Schuhgröße gemäß dürfte es sich ebenfalls um einen recht großen Mann handeln – könnte dort auch auf ihn gewartet haben, das spräche dann für eine geplante Verabredung! Gibt es sonst noch etwas zu berichten? Was ist mit der Identität?«

»Negativ. Alles, was er an ›Besitztümern‹ bei sich hatte, waren eine abgestempelte Busfahrkarte und ein Werbeflyer einer Troisdorfer Pension. Beides habe ich bereits an deine Mitarbeiter weitergegeben, da verwertbare Spuren nicht darauf zu finden waren.« Vogel legt zum Zeichen, seinem Vortrag nichts mehr hinzufügen zu wollen, die Notizen aus der Hand und steckt die Brille ein. Aus seiner Sicht ist alles gesagt.

»Lässt sich mit diesen Informationen etwas anfangen?«, fragt Donner in den Raum hinein, wobei er seine drei verbliebenen Ermittler der Reihe nach anschaut.

»Chrissie und ich vermuten, dass er entweder vorhatte, in der Pension zu übernachten, oder aber in dieser bereits zu Gast gewesen ist. Wir werden der Herberge daher gleich im Anschluss einen Besuch abstatten. Dort kann man uns hoffentlich weiterhelfen, irgendwoher muss er den Flyer ja schließlich haben.«

»Ich habe die Fahrkarte bereits vor der Dienstbesprechung kurz untersucht«, meldet sich Horst Weiland erstmals zu Wort. »Das Ticket ist erwartungsgemäß vom Rhein-Sieg-Verkehrsverbund ausgestellt worden. Über die Angaben auf dem Stempelaufdruck wird sich leicht feststellen lassen, welche Buslinie infrage kommt und wo die Karte abgestempelt wurde. Eventuell finden sich im Umkreis dieser Haltestelle Hinweise auf seine Identität. Die verwendete Tarifgruppe hingegen lässt zumindest grobe Rückschlüsse auf das Ziel zu, sobald wir wissen, wo der Mann eingestiegen ist.«

»Alexandra Stein sagt, sie kann vom Gesicht des Toten eine vorzeigbare und vor allem wie ein echtes Foto aussehende Zeichnung anfertigen«, gibt Chrissie Ohlsen scheinbar zusammenhanglos kund.

»Du hast mit der Polizeizeichnerin gesprochen?«, wundert sich Donner stirnrunzelnd, obwohl er von seiner jüngsten Mitarbeiterin einiges gewohnt ist, was ›unorthodoxe Methoden‹ angeht. Sie rangiert diesbezüglich gleich hinter Horst Weiland. »Wozu denn das jetzt? Soll ich den Mann etwa posthum zur Fahndung ausschreiben? Mal davon abgesehen, dass dies keinen Sinn ergäbe, ginge das aber auch mit einem Foto!«

»Ich möchte ein Bild haben, das ihn möglichst natürlich darstellt«, schüttelt die Kommissarin den

Kopf. »Ich dachte, wir lassen die Zeichnung mit einer Beschreibung seines Aussehens in den Bussen und Bahnen des Verkehrsverbunds anbringen. Es handelt sich bei ihm schon allein durch seine Größe und die langen Haare um eine ungewöhnliche Erscheinung, die durch seine viel zu kleinen Klamotten noch zusätzlich auffällig ist. Ich dachte, wenn er mit den öffentlichen Verkehrsmitteln unterwegs war, ist er vielleicht dem einen oder anderen Fahrgast aufgefallen, sodass wir eine Art Bewegungsprofil erstellen können, wenn schon kein Handy existiert, das uns darüber Auskunft geben könnte.«

»Solche Aufrufe haben in der Vergangenheit oft was gebracht«, unterstützt Wolfgang Müller den Vorschlag seiner Partnerin. »Die Leute haben während der Fahrt zur Arbeit oder in die Stadt genügend Zeit und Muße, sich sowas anzuschauen. Wir sollten es daher unbedingt versuchen!«

»Das ist ein ausgezeichneter Gedanke!«, freut sich Donner über das Engagement seiner Mitarbeiter. »Sobald Frau Stein das Bild fertiggestellt hat, lassen wir es in ausreichender Anzahl vervielfältigen. Ich bin mir sicher, die Verkehrsbetriebe haben nichts dagegen einzuwenden, sie für uns in ihren Fahrzeugen auszuhängen.«

»Der logistische Aufwand ist dabei sogar für alle Beteiligten äußerst gering«, fügt Horst Weiland hinzu. »Die Fahrer müssen die Plakate nur bei Dienstbeginn am Betriebshof in Empfang nehmen und in ihren Bussen aufhängen.«

»Perfekt! Zusammen mit dem Flyer und der Fahrkarte sind das gleich drei vielversprechende

Ermittlungsansätze. Gar nicht mal schlecht für den Anfang!« Donner klatscht begeistert in die Hände. »Worauf wartet ihr noch, Leute? An die Arbeit mit euch!«

* * *

Die Pension ›Waldesruh‹ liegt am Ortsrand von Troisdorf-Spich und stellt, wie der Name schon suggeriert, das letzte Haus direkt am Waldrand dar. Nur wenige Meter jenseits der Mauern dieser Herberge schließt sich das flächenmäßig etwa zweitausend Hektar umfassende Naturerbe ›Wahner Heide‹ an, für Ruhesuchende und Naturliebhaber ein wahres Paradies, wenn man den werbewirksamen Bildern und Texten des bei dem Toten gefundenen Werbeflyers Glauben schenken kann. Im Untergeschoss soll sogar ein Wellnessbereich zur kostenlosen Benutzung für die Gäste vorhanden sein.

Pensionswirtin Petra Wiegand, eine kleine, rundliche Frau in den Sechzigern, begrüßt die Kommissare persönlich mit überschwänglicher Freundlichkeit am Empfangstresen des im Landhausstil eingerichteten Foyers. Ihre aufgesetzte Fröhlichkeit verwandelt sich allerdings wie von Zauberhand sofort ins Gegenteil, als Chrissie Ohlsen und Wolfgang Müller synchron ihre Dienstausweise aus den Taschen ziehen und sich als polizeiliche Ermittler zu erkennen geben.

Mit finsterem Blick mustert sie das ungleiche Paar vor sich ausgiebig und winkt die ungebetenen Gäste dann mit einer beinahe herrisch anmutenden Geste hinter den Tresen. »Wenn Sie mir bitte in mein Büro folgen würden?«, stößt sie eisig zwi-

37

schen den Zähnen hervor. »Es muss ja nicht gleich die ganze Belegschaft mitbekommen, dass ich die Polizei im Haus habe!«

Ihrem merkwürdigen Gebaren nach zu urteilen, ist das aber gar nicht mal selten der Fall, vermuten die Ermittler, während sie ihr stumm durch die dafür vorgesehene Lücke in der Theke in den bezeichneten Raum folgen. Im Hinblick darauf, dass ein mutmaßlicher Gast des Hauses erst am Tag zuvor und nur wenige Kilometer von hier entfernt eines gewaltsamen Todes starb, sehen sie dieses Verhalten ermittlungstechnisch durchaus für relevant an.

Chrissie Ohlsen zieht ohne Umschweife ihr Diensthandy aus der Tasche und zeigt der Pensionswirtin das von der Polizeizeichnerin überarbeitete Konterfei des Toten. »Kennen Sie diesen Mann?«, fragt sie geradeheraus. Für langes Herumeiern fehlt ihr sowohl die Zeit als auch die Lust. Außerdem fühlt sie sich durch die ihrer Ansicht nach zu Unrecht schroffe Behandlung abgestoßen, die anscheinend nur aufgrund der Tatsache erfolgte, dass sie von der Polizei sind.

»Der hat hier ein paar Tage gewohnt«, nickt Frau Wiegand, nachdem sie einen Blick auf das Display geworfen hat. Ihr Tonfall ist um zehn Grad wärmer geworden, offenbar war der Grund für den eisigen Empfang ein anderer. »Sie kommen aber zu spät, er ist nämlich gestern gleich nach dem Frühstück abgereist«, fügt sie hinzu und reicht das Handy an die Kommissarin zurück. »Was ist mit ihm, hat er etwas angestellt?«

»Zunächst würden wir gerne seinen Namen wissen«, übergeht Wolfgang Müller die Frage. »Und seine Heimatanschrift, falls Ihnen diese bekannt ist.«

Sie greift wortlos zu einer DIN-A4-Kladde auf ihrem Schreibtisch. »Das haben wir gleich«, murmelt sie und schlägt das Gästebuch etwa in der Mitte auf. Nach zwei weiteren umgeblätterten Seiten hellt sich ihre Miene sichtbar auf.

»Hier haben wir ihn!«, triumphiert sie. »Konrad Steiner. Als Adresse gab er eine Anschrift in Wien an, ich schreibe sie Ihnen nachher auf, wenn Sie möchten. Er erschien am vergangenen Donnerstag ohne Voranmeldung bei mir und wollte ein Zimmer für drei Übernachtungen, die er im Voraus bezahlt hat. Zu seinem Glück hatten wir aufgrund der derzeitigen Umstände etwas frei, unter normalen Verhältnissen wären wir um diese Jahreszeit ausgebucht!«

»Aus Österreich also«, wiederholt Müller nachdenklich. »Hat er Ihnen seinen Reisepass gezeigt?«

»Den hätte er im Koffer und er käme da momentan nicht dran, meinte er. Ich hab dann aber auch nicht weiter danach gefragt, schließlich gehört Österreich zur EU, nicht wahr? Stimmt denn mit dem Mann irgendwas nicht? Es wäre mir wirklich nicht recht, wenn sich herausstellte, dass er ein gesuchter Krimineller ist! Sie hängen das doch hoffentlich nicht gleich an die große Glocke?«

»Das wissen wir nicht, Frau Wiegand«, informiert Chrissie Ohlsen sie geduldig. »Wir sind heute unter anderem hier, um genau das herauszufinden. Er wurde gestern Nachmittag ohne Papiere tot am

Leyenweiher aufgefunden. Wir ermitteln derzeit in dieser Angelegenheit, daher kann ich Ihnen Diskretion leider nicht garantieren.«

»Wurde er ermordet?« Petra Wiegand hält sich erschrocken die Hand vor den Mund. Es sieht so aus, als wolle sie die unbedacht gesprochenen Worte wieder hineinschieben.

»Von Mord hat meine Kollegin nichts gesagt«, schüttelt Wolfgang Müller den Kopf, um gleich darauf erneut das Thema zu wechseln. »Er hatte einen Flyer Ihrer Pension bei sich, als wir ihn fanden. Ich frage mich jetzt allerdings, woher er diesen hatte, da hier wohl keine ausliegen. Auf der Theke habe ich vorhin jedenfalls nichts dergleichen gesehen.«

»Das würde auch wenig Sinn ergeben«, erwidert sie spöttisch. »Wer hier angekommen ist, braucht ja keinen Wegweiser mehr, oder? Diese Dinger liegen vornehmlich im Rathaus an der Information aus. Ich vermute mal, dass er sich von dort eins mitgenommen hat. Die Stadtverwaltung ist ja nicht weit vom Bahnhof entfernt und ein Auto hatte er wohl keins.«

»Wir nehmen an, dass er mit dem Bus hierherfuhr«, nickt Müller. »Sie erwähnten aber vorhin einen Koffer. Hatte er diesen bei sich, als er abreiste? Wir haben nämlich kein Gepäck bei ihm gefunden.«

»Lassen Sie mich überlegen. Ja, den hatte er definitiv bei sich, das war so ein altmodischer Lederkoffer, ziemlich verschlissen. Die schwarze Umhängetasche, die er bei der Ankunft trug, habe ich allerdings bei der Abreise nicht mehr bei ihm gesehen. Die war mir gleich aufgefallen, weil er sie in den drei Tagen seiner Anwesenheit ständig mit sich herumschleppte und sich benahm, als sei da sonst was darin. Keine Sekunde aus den Augen gelassen hat er die!«

»Und bei der Abreise hatte er diese Tasche nicht mehr?«, vergewissert Müller sich vorsorglich noch einmal und setzt umgehend ein großes Ausrufezeichen hinter die von ihm dazu angefertigte Notiz, als sie heftig mit dem Kopf nickt.

»Hat Herr Steiner sich in den Tagen seines Aufenthalts irgendwie auffällig benommen?«, erkundigt sich seine Partnerin abschließend. »War er eher zurückhaltend, oder suchte er den Kontakt zu anderen Gästen?«

»So sehr viele Zimmer habe ich aufgrund der angespannten Situation derzeit leider nicht belegt«, bedauert die Pensionswirtin. »Herr Steiner blieb in der wenigen Zeit, die er hier verbrachte, aber ohnehin lieber für sich, wie mir schien. Er war nämlich dauernd unterwegs, verließ jeden Tag früh am Morgen das Haus und kam immer erst am späten Nachmittag zurück. Und nach dem Abendessen verzog er sich sofort auf sein Zimmer. Die Umhängetasche hatte er ständig bei sich.« Sie hält verdutzt in ihrer Rede inne und überlegt einige Augenblicke angestrengt. »Nein, warten Sie … Am Samstag kam er ohne die Tasche von seinem Ausflug zurück, da bin ich mir jetzt sicher!«

»Aber als er ging, hatte er sie umhängen? Denken Sie gut nach, es könnte wichtig sein!«

»Dessen bin ich mir jetzt vollkommen sicher. Ich weiß gar nicht, wie ich das vergessen konnte. Ich sah nämlich, wie der Tragegurt der Tasche beim

Hinausgehen von seiner Schulter zu rutschen drohte, und er geriet sofort in Panik, so als wäre was Wertvolles oder Zerbrechliches darin.«

»Ist Ihnen an seiner Garderobe etwas aufgefallen?«, fällt Müller noch ein Punkt ein, der bislang unerwähnt blieb. Falls Steiner in derselben Kleidung hier auftauchte, in der er am Weiher gefunden wurde, wäre das seitens der Wirtin sicher eine Bemerkung wert gewesen.

»Jetzt, wo Sie es erwähnen … Als er uns gestern verließ, hatte er Hosen an, die ihm viel zu kurz waren. Beim Check-in trug er aber wohl passende Kleidung, das wäre mir sonst bestimmt aufgefallen, wir sind schließlich ein ordentliches Haus!«

»Haben Sie vielen Dank, Frau Wiegand!« Müller fischt eine Visitenkarte aus der Jackentasche. »Das war es von uns zunächst. Es kann aber sein, dass sich weitere Fragen ergeben, dann melden wir uns wieder. Falls Ihnen in der Zwischenzeit etwas Wichtiges einfällt, rufen Sie eine der Nummern auf dieser Karte an, auf dem Handy bin ich jederzeit erreichbar. Wenn Sie uns jetzt bitte die Heimatadresse des Herrn aufschreiben würden?«

»Eine letzte Frage habe ich aber noch!«, meldet sich Chrissie Ohlsen zu Wort, während die Wirtin dienstbeflissen zu Stift und Papier greift. Die Bitte ihres Partners hatte sie spontan auf eine Idee gebracht. »Sie sagten, Herr Steiner kam aus Wien. Wissen Sie, ob er direkt von dort angereist ist, oder könnte er sich vorher woanders in Deutschland aufgehalten haben?«

»Danach habe ich ihn ebenfalls gefragt. Nicht, dass Sie denken, dass ich übertrieben neugierig bin, aber ich weiß immer gerne über meine Gäste Bescheid. Er zögerte zunächst, gab dann jedoch bereitwillig an, geradewegs mit dem Bus aus einem kleinen Ort namens Algert gekommen zu sein. Er meinte damit sicher den Stadtteil von Lohmar. Ich habe dort Verwandte, müssen Sie wissen, deshalb habe ich mir das gemerkt.«

* * *

Horst Weiland legt einigermaßen zufrieden den Hörer auf. Viel hat ihm der freundliche Mitarbeiter der Verkehrsbetriebe zwar nicht sagen können, aber das war bei einer einfachen Busfahrkarte als Ermittlungsgrundlage ja im Grunde auch nicht zu erwarten gewesen. Zumindest die Buslinie und die vermutete Haltestelle, wo die Karte gekauft und abgestempelt wurde, hat er aber in Erfahrung gebracht. Sozusagen als Bonus konnte sein Gesprächspartner ihm noch den Namen des Busfahrers nennen, der laut Dienstplan zu dieser Zeit am Steuer gesessen haben müsste. Gar nicht mal schlecht für den Anfang!

Er ruft *Google Maps* in seinem Browser auf und gibt die Adresse der soeben in Erfahrung gebrachten Haltestelle ein, um sich einen ersten Überblick zu verschaffen. Der Haltepunkt, an dem der Mann den Linienbus aller Wahrscheinlichkeit nach bestiegen haben dürfte, ist demnach in einem kleinen Nebenort der weit auseinandergezogenen Stadt Lohmar in unmittelbarer Nähe zur Wahnbachtalsperre angesiedelt, also recht abgelegen. Die Fahrkarte wurde am 3. September um 10:21 Uhr entwertet, der Bus hielt dort laut Fahrplan drei Minuten vorher.

Als Ausgangspunkt für den Fahrgast kommen aber gleich mehrere kleinere Weiler und Ansiedlungen im Umkreis von etwa einem Kilometer infrage, die nicht direkt an der Strecke nach Siegburg liegen und daher über keine eigene Haltestelle verfügen. Für eine Befragung möglicher Zeugen vor Ort ist das ohne zusätzliche Informationen beinahe schon ein zu großes Einzugsgebiet, zumindest flächenmäßig.

Anschließend schaut sich Weiland die Fahrkarte noch einmal genau an und ruft die Internetseite der *RSVG*, der Rhein-Sieg-Verkehrsgesellschaft auf, wo er die Beförderungstarife eingehend studiert. Demnach berechtigte der entrichtete Fahrpreis zu einer Fahrt bis ins Troisdorfer Stadtgebiet, sofern der Mann überhaupt in diese Richtung fuhr, was aber aufgrund des Fundortes seiner Leiche naheliegt.

Die Fahrt von Lohmar nach Siegburg dauert laut Fahrplan eine halbe Stunde. Am Bahnhof wird er umgestiegen sein, vermutet Weiland. Und zwar in einen Bus nach Troisdorf-Spich zu dieser Pension, deren Flyer er in der Tasche hatte, und die dem Ermittler wohlbekannt ist, da er mit seiner kleinen Familie ganz in der Nähe wohnt. Vermutlich kam der Unbekannte dort gegen Mittag an, sofern er die Fahrt nicht unterwegs unterbrochen hat. Die Kollegen werden hoffentlich entsprechende Informationen von ihrer Tour mitbringen.

Ein Blick auf die Uhr belehrt ihn darüber, dass die Zeit während seiner Recherche wie im Fluge vergangen ist. Es ist verdächtig ruhig im Kommissariat, da Chrissie und Wolfgang noch unterwegs sind und er daher mit dem Chef alleine ist. Oft ist das nicht der Fall, und auch nur dann, wenn alle verfügbaren Kräfte gleichzeitig zu Tatorten oder Zeugenbefragungen hinausgefahren sind. Wo die beiden nur so lange bleiben? Er beschließt, dieses Mal nicht auf ihre Rückkehr zu warten und Feierabend zu machen, da mit grundlegenden Erkenntnissen heute wohl nicht mehr zu rechnen ist.

***

Derweil erkunden Chrissie Ohlsen und Wolfgang Müller im schwindenden Tageslicht noch einmal das Gelände rund um den Fundort der Leiche. Die Sonne geht zwar erst in zwei Stunden unter, aber hier ihm Wald ist es schon recht dämmrig. Dennoch haben sie sich im Anschluss an die Befragung der Pensionsbetreiberin spontan zu diesem Schritt entschlossen, zumal der Ausflug an den Leyenweiher nur einen kleinen Umweg auf dem Weg zurück ins Kommissariat darstellt.

Das Augenmerk der Kommissare gilt heute vornehmlich dem verschwundenen Koffer, der schließlich irgendwo abgeblieben sein muss. Da Steiner ihn laut seiner Zimmerwirtin beim Verlassen der Pension definitiv bei sich hatte und er nur kurze Zeit später hier am Weiher zu Tode kam, ist es wenig wahrscheinlich, dass er das Gepäck zuvor anderswo deponiert hat.

Von dessen Inhalt versprechen sich die Ermittler wichtige Erkenntnisse, zumal sein Besitzer keinerlei persönliche Gegenstände bei sich trug, als er gefunden wurde. Danach zu suchen, war am Vortag niemandem in den Sinn gekommen, da zu diesem Zeitpunkt naturgemäß von einem Koffer noch gar nichts bekannt war.

Den vorgesehenen Suchradius haben sie nach eingehender Beratung etwas großzügiger bemessen, da die Kollegen von der KTU im direkten Umfeld des Toten gestern ohnehin jeden Stein umgedreht haben und erwiesenermaßen niemand gründlicher ist, als ein Forensiker auf Spurensuche. Spezialisten, die es gewohnt sind, einzelne Haare oder Hautschuppen aufzuspüren, würden einen Koffer ganz gewiss nicht übersehen!

»Du suchst den Bereich von hier bis zum Wanderweg ab, während ich mir die gleiche Strecke in der entgegengesetzten Richtung vornehme!«, verteilt Wolfgang die Aufgaben einigermaßen gerecht, wobei er jedoch Chrissies Abschnitt im Grunde die größeren Erfolgschancen einräumt. Denn warum sollte sich jemand, nachdem er gerade einen Menschen getötet hat, noch weiter durch unwegsames Gelände kämpfen, nur um dessen Gepäck zu entsorgen?

Wesentlich wahrscheinlicher erscheint es ihm hingegen, dass Konrad Steiner von seinem Mörder bis zu dieser Stelle verfolgt wurde und er auf der Flucht den hinderlichen Koffer unterwegs fallen ließ. Allerdings hätten sie dann eigentlich bereits am Vortag auf dem Weg hierher förmlich darüber stolpern müssen.

Ohne sich weiter um seine Partnerin zu kümmern, arbeitet er sich in konzentrischen Kreisen durch das Dickicht in Ufernähe und schaut unter jeden Strauch. Vergeblich. Sogar der übliche Wohlstandsmüll, also Coladosen, Abfalltüten und dergleichen, die man an von Menschen besuchten Orten häufig in großer Zahl vorfindet, fehlt infolge nicht vorhandener Fußwege vollständig.

Nach einer halben Stunde erfolgloser Suche gibt er frustriert auf und kehrt enttäuscht zum Ausgangspunkt seiner Erkundung zurück, wo Chrissie schon mit triumphierend leuchtenden Augen auf ihn wartet. Eine Hand hält sie hinter dem Rücken verborgen. Dieser höchst zufriedene Gesichtsausdruck ist ihm wohlbekannt: Er gleicht dem einer Katze, die am Sahnetopf genascht hat. Einen Koffer sieht er allerdings auch bei ihr nicht.

Bevor er dazu kommt, sich verwundert nach dem Grund ihrer Erheiterung zu erkundigen, zeigt sie ihm mit einem breiten Grinsen den bisher hinter ihrem Körper verborgenen Gegenstand. Es handelt sich um einen Spurensicherungsbeutel, dessen Inhalt er mit einem anerkennenden Nicken zur Kenntnis nimmt.

Erinnerungen

Oberstleutnant Steiner beugte sich weit zu mir herüber, wobei diese Geste jedoch wenig Vertrauenerweckendes in sich barg, sondern – wie in den unzähligen Malen zuvor – das aggressive Funkeln in seinen Augen nur noch auf eine beängstigende Weise verstärkte. Im Gegensatz zu mir war ihm das ohne Probleme möglich, während ich mit beiden Händen an den Tisch gekettet war.

Seit meiner Festnahme vor einer Woche saß ich dem unsympathischen und ungepflegt wirkenden Mann jeden Tag in diesem finsteren Verhörraum gegenüber, und immer wieder musste ich die gleichen Fragen und dieselben haltlosen Anschuldigungen über mich ergehen lassen. Ich war längst am Ende meiner Kräfte angelangt. Die Untersuchungshaft und die Angst um meine Frau hatten bereits tiefe, niemals verheilende Wunden auf meiner Seele hinterlassen.

»Wie lange wollen Sie noch an Ihrer Räuberpistole von dem unbekannten Mann festhalten?«, zischte der Polizist mir ins Gesicht, wobei mich ein feiner Sprühregen Spucke traf. »Es besteht nicht der geringste Zweifel daran, dass Sie heute vor genau einer Woche Ihre eigene Ehefrau mit einem Messer attackiert und mit sieben Stichen in den Unterleib lebensbedrohlich verletzt haben!«

Steiner lehnte sich siegesgewiss zurück, bevor er mich erneut mit den mir bereits bekannten Fakten konfrontierte: »Beweise für Ihre Täterschaft gibt es genügend. Da wäre zum einen das Messer, welches Sie bei der Festnahme sogar noch in der Hand hielten und das definitiv als Tatwaffe verwendet wurde! Und zwar handelt es sich dabei um eines aus *Ihrem* Besitz, das haben unsere Forensiker zweifelsfrei nachgewiesen! Die Fingerabdrücke darauf sind zudem ausschließlich *Ihnen* zuzuordnen, und das Blut auf der Klinge, auf Kleidung und Händen stammt nachweislich von Ihrer Ehefrau!«

Er beugte sich erneut nach vorne. »Wussten Sie, dass ihre Frau im dritten Monat schwanger war? Die Ärzte kämpfen noch immer um ihr Leben, doch wenn sie sterben sollte, sind Sie wegen zweifachen Mordes dran, denn das ungeborene Kind hat Ihre Messerattacke nicht überlebt! Ich würde mir an Ihrer Stelle gründlich überlegen, ob es wirklich ratsam ist, eine Tat, die wir Ihnen ohnehin nachweisen können, weiter zu leugnen. Hingegen könnte sich ein Geständnis vor Gericht durchaus positiv auf das Urteil auswirken!«

Wenn diese Behauptung der Wahrheit entsprach, konnte der Polizist erst gestern davon erfahren haben, nachdem man wohl in der Klinik einen entsprechenden Test durchgeführt hatte, der bisher aus irgendeinem Grund versäumt worden war. Andernfalls hätte er mich längst damit konfrontiert. Der sezierende Blick, mit dem er mich jetzt musterte, sprach Bände und ich konnte förmlich hören, was ihm durch den Kopf ging: *Konnte ich von der Schwangerschaft Kenntnis gehabt haben?*

Er beobachtete mich während der Preisgabe dieses neuerworbenen Wissens ganz genau, daher entging ihm mein erschrockenes Erbleichen sicher nicht. Er wertete es jedoch seiner Mentalität gemäß wahrscheinlich als Schuldeingeständnis.

»Aber es stimmt! Ich kam spät in der Nacht von einer Tagung nach Hause und sah einen Mann auf die Straße laufen, als ich aus dem Taxi stieg!«, keuchte ich verzweifelt und wollte mir die Haare raufen, was jedoch durch die Ketten an meinen Handgelenken wirksam verhindert wurde. Mutlos ließ ich die Arme wieder sinken. Die Nachricht von der mir bislang unbekannten Schwangerschaft hatte mich dieses Mal außerdem besonders schwer getroffen. Warum sie es mir wohl verschwiegen hatte?

»Der Kerl rannte schnell davon, als er mich sah«, wiederholte ich gebetsmühlenartig, was ich schon so oft vergeblich vorgebracht hatte. »Das war mir nur in der ganzen Aufregung entfallen, was ja auch kein Wunder ist! Wie würde es *Ihnen* ergehen, wenn Sie spät in der Nacht heimkommen und Ihre Ehefrau blutüberströmt in der Badewanne vorfinden? Da *war* ein fremder Mann im Haus, und *der* hat meine Frau angegriffen und unser Kind getötet! Finden Sie ihn!«

»Hatte er nur einen Arm, wie bei ›*Doktor Kimble auf der Flucht*‹?«, ätzte Steiner mit beißendem Spott. »Mann, Sie sind Mediziner! Ein studierter Mensch! Sie müssen doch selbst erkennen, was für einen blühenden Unsinn Sie da von sich geben! Ich sage Ihnen, wie es sich *tatsächlich* zugetragen hat: Sie fanden heraus, dass Ihre Frau sich in Ihrer

Abwesenheit mit einem anderen Mann vergnügt, und als sie von der Schwangerschaft erfuhren, stachen Sie in blinder Wut mit dem Messer auf sie ein! Deshalb auch die Stiche in den Unterleib, Sie wollten den kleinen Bastard, diesen untrüglichen Beweis für eheliche Untreue, gewaltsam herausschneiden!«

»Ich war das nicht! Wie oft wollen Sie es denn noch von mir hören? Keine Ahnung, weshalb ich das Messer in der Hand hatte, es wird wohl auf dem Boden gelegen haben und ich habe es aufgehoben! Und von dem Kind wusste ich nichts, ich habe es gerade eben erst von Ihnen erfahren! Meine Frau erwacht sicher bald wieder aus dem Koma und entlastet mich, dann werden Sie mir hoffentlich endlich Glauben schenken und sich dazu bequemen, den wahren Täter zu suchen!«

Oberstleutnant Steiner packte in stoischer Gelassenheit seine Unterlagen zusammen und erhob sich in einer gleitenden Bewegung von seinem Platz. »Wie Sie wollen. Bis es so weit ist, bleiben Sie selbstverständlich in Untersuchungshaft, wir sehen uns dann morgen wieder. Abführen!«, zischte der dem an der Tür wartenden Wachmann zwischen den Zähnen zu.

Kapitel 3

Dienstag, 8. September, 09:37 Uhr

Donner arbeitet sich in Vorbereitung auf die anstehende Fallbesprechung konzentriert durch die bisher verfassten Berichte seiner Ermittler, als er unvermittelt durch ein Poltern abgelenkt wird. Er hebt verwundert den Kopf, als wenige Augenblicke später eine lauthals fluchende Denise Malowski in seinem Büro steht und auf dem unverletzten Bein balancierend versucht, die Tür hinter sich zu schließen. Das Poltern war durch die Gehhilfe verursacht worden, die ihr bei der Aktion offenbar entglitten war und nun nutzlos zu ihren Füßen liegt.

Sofort springt er dienstbeflissen auf, um seiner unerwartet aufgetauchten Mitarbeiterin zu Hilfe zu eilen. »Lass mich das machen, Denise!«, bietet er ihr galant an, indem er gleichzeitig die Tür schließt. Anschließend bückt er sich nach der heruntergefallenen Krücke und drückt sie ihr in die Hand. »Was machst du überhaupt hier?«, wundert er sich stirnrunzelnd, während sie mühsam zu seinem Schreibtisch humpelt und sich ächzend auf einen der davor stehenden Stühle fallen lässt. »Solltest du nicht zu Hause sein und die Füße hochlegen?«

»Was soll ich da, Chef? Leonie hat jetzt endlich einen Kindergartenplatz bekommen und ist versorgt. Mein Mann hat den ganzen Tag in seiner Steuerberaterpraxis zu tun und mir durch die

Blume zu verstehen gegeben, dass ich mir eine andere Beschäftigung suchen soll, als ihm auf den Zeiger zu gehen. Stricken kann ich nicht und zum Lesen fehlt mir die Geduld. Um es kurz zu machen: Mir ist fürchterlich langweilig, weil ich einfach nicht dafür geschaffen bin, den ganzen Tag untätig herumzusitzen!«

Die Vorstellung einer strickenden und häkelnden Denise lässt den Kommissariatsleiter unwillkürlich schmunzeln. Nein, für sowas ist die Vollblutpolizistin wirklich nicht geschaffen, sie und ihr langjähriger Ermittlungspartner Tobias Heller werden von den Kollegen nicht umsonst hinter vorgehaltener Hand ›das dynamische Duo‹ genannt! Dabei kann er ihren Frust sehr gut nachvollziehen, auch er ist viel lieber hier im Kommissariat als zu Hause und nimmt seinen Jahresurlaub meist tageweise. Mit Grausen denkt er daher an den gar nicht mehr in allzu weite Ferne gerückten Ruhestand. Vierzehn Jahre trennen ihn nur noch davon. Er könnte sogar etwas früher aufhören, aber wozu sollte das gut sein?

»Chef?«, holt ihn die drängende Stimme Denise Malowskis in die Wirklichkeit zurück. »Hast du etwas für mich zu tun? Ich könnte sämtliche Recherchen übernehmen, die vom Schreibtisch aus durchgeführt werden können, dann hätten die Kollegen mehr Zeit, sich um die großen Dinge zu kümmern. Ihr habt doch einen neuen Fall, wie ich hörte?«

»Den haben wir in der Tat«, nickt ihr Vorgesetzter, wenn ihm auch nicht ganz klar ist, woher sie das jetzt schon wieder weiß. Allerdings sind die beiden Frauen in seinem Kommissariat privat miteinander befreundet, sie wird ihre Information daher von Chrissie Ohlsen haben. »Ich gebe zu, momentan jede nur denkbare Hilfe gebrauchen zu können«, räumt er mit einem Blick zur Uhr ein. »In Ordnung, du bist mit gewissen Einschränkungen wieder an Bord. Gleich beginnt die Dienstbesprechung, daran kannst du schon mal teilnehmen.« Anschließend setzt er sie in aller Kürze über den Fall und die bisherigen, leider noch recht spärlichen Ermittlungsergebnisse ins Bild.

* * *

Im Besprechungsraum wird die unverhofft aufgetauchte Kollegin von der bereits vollzählig angetretenen Mannschaft – Tobias Heller, der nach wie vor in Düsseldorf auf Fortbildung ist, selbstverständlich ausgenommen – freudig begrüßt, als sie gemeinsam mit dem Chef zur Tür hereinkommt. Aufgrund des vorangegangenen Briefings ist es ein paar Minuten später geworden, sodass alle ihre Plätze bereits eingenommen haben. Donner rückt ihr zuvorkommend den Stuhl zurecht, damit sie sich mit ihrem bandagierten Fuß einigermaßen bequem hinsetzen kann. Die Krücke lehnt sie der Einfachheit halber neben sich an den Tisch.

»Denise wird uns in den nächsten Tagen vornehmlich mit Schreibtischarbeit unterstützen«, informiert Donner seine Mitarbeiter, während er rasch den gewohnten Platz am Whiteboard einnimmt. »Ihr könnt also ohne Gewissensbisse alles auf sie abwälzen, was telefonisch oder über das Internet recherchiert werden kann. Ich selbst habe da sogar schon etwas vorbereitet«, fügt er mit einem Schmunzeln hinzu. »Zunächst wollen wir aber die Ergebnisse des gestrigen Tages diskutieren. Fangen wir mit der Fahrkarte an«, wendet er sich an Horst Weiland, der die dürftigen Erkenntnisse seiner diesbezüglichen Recherche in nicht einmal zwei Minuten zum Besten gibt.

Er hebt abschließend bedauernd die Schultern. »Mehr war leider nicht herauszubekommen. Aufgrund des extrem dörflichen Charakters dieser Gegend ist das Einzugsgebiet mit einem Radius von über einem Kilometer rund um die fragliche Haltestelle ziemlich groß und umfasst einige hundert Wohnhäuser.« Zur Verdeutlichung seiner Worte weist er auf einen Kartenausschnitt des genannten Gebiets, den er zuvor vorsorglich an der Tafel angebracht hatte.

»Das kommt aber hin«, bemerkt Wolfgang Müller und zeigt auf das Whiteboard, wo der Chef die Eckdaten aus dem Vortrag des Kollegen zusätzlich in einer Tabelle festgehalten hat. »Die Inhaberin der Pension ›Waldesruh‹ teilte uns mit, dass Konrad Steiner, den sie auf dem nachbearbeiteten Gesichtsbild des Toten unzweifelhaft wiedererkannt hat, am Donnerstag gegen Mittag bei ihr eincheckte. Auf ihre beiläufige Frage, woher er denn gekommen sei, gab er einen Ort namens Algert an, der laut deiner Karte zum Einzugsgebiet der Haltestelle gehört, wo das Busticket am selben Vormittag abgestempelt wurde.«

»Wenn wir für die Fahrt von Lohmar nach Siegburg eine halbe Stunde veranschlagen und von da zur Pension etwa genauso lange, wäre er gegen Mittag dort aufgetaucht, genau wie von Frau

Wiegand angegeben«, ergänzt Chrissie Ohlsen. »Unklar ist bisher nur, wie er an den Flyer gekommen ist, der ihn dorthin führte, denn in dem Gasthof liegen definitiv keine aus, das haben wir gecheckt.«

»Er könnte ihn im Bus gefunden haben«, mutmaßt Denise Malowski. »Oder aber er fuhr nicht direkt nach Troisdorf-Spich, wie von Horst vermutet, sondern stieg unterwegs aus. Der Mann kam aus Österreich«, zeigt sie, dass sie über die neuesten Erkenntnisse informiert ist. »Da liegt es doch nahe, sich in einer fremden Stadt zuerst zum Touristik-Zentrum zu begeben. Er könnte demnach am Rathaus einen Zwischenstopp eingelegt haben und dann, mit dem Flyer bewaffnet, zu dieser Pension gefahren sein!«

»Immerhin scheinst du dich mit den Busfahrplänen auszukennen«, schmunzelt der Kommissariatsleiter. »Womit wir auch schon bei deinem verletzungsbedingt neuen Aufgabengebiet wären: Ab heute hängen in allen Bussen der Verkehrsbetriebe Fahndungsaufrufe für Konrad Steiner aus, dessen Namen wir jetzt zwar wissen, über den aber ansonsten so gut wie nichts bekannt ist! Es gibt mit Lohmar nun wohl einen ersten Anhaltspunkt, es wäre jedoch hilfreich, auch anderswo Zeugen seiner Anwesenheit aufzutreiben.«

»Und was hat das mit mir zu tun?«, erkundigt sich Denise, obwohl ihr schwant, worauf ihr Vorgesetzter hinauswill. Aber sie wollte es ja nicht anders. *Die einzige Alternative wäre, stricken zu lernen*, überlegt sie in einem Anflug von Galgenhumor.

»Es wird für die nächsten Tage deine Aufgabe sein, die hoffentlich zahlreich eingehenden Meldungen entgegenzunehmen und daraus ein Bewegungsprofil des Herrn anzufertigen«, bekommt sie dann auch erwartungsgemäß zu hören. »Laut seiner Zimmerwirtin war er ständig unterwegs und ich will wissen, wo er überall gewesen ist! Außerdem müssen die Namen und Adressen der Anrufer für spätere Befragungen notiert und die Richtigkeit dieser Angaben überprüft werden. Ich habe mir daher erlaubt, die auf den Plakaten angegebene Hotline-Rufnummer auf deinen Dienstapparat schalten zu lassen, statt wie ursprünglich vorgesehen, als Ringschaltung auf alle Telefone. Du bekommst auch ein schickes Headset«, fügt er grinsend hinzu.

»Chrissie und ich werden uns derweil in Algert umschauen«, verkündet Müller. »Wenn ich das auf dem Plan richtig sehe, ist dieser Ort von der Größe recht überschaubar, und falls unser Mann von da zur Bushaltestelle marschiert ist, kommt dafür im Grunde nur eine Straße infrage. Dort werden wir uns mal umhören, vielleicht ist er dabei ja dem einen oder anderen Passanten aufgefallen.«

»Ich könnte mir vorstellen, dass er da ebenfalls irgendwo übernachtet hat«, nickt seine Partnerin. »Wir sollten deshalb nach einer Pension oder einem Gasthaus mit Fremdenzimmern Ausschau halten, wenn wir schon mal dort sind!«

»Das ist ein hervorragender Gedanke«, stimmt Donner ihr zu. »Wir müssen möglichst viel über unser Opfer in Erfahrung bringen, wenn wir in dieser Sache vorankommen wollen, daher sollten wir als Erstes die letzten Tage des Konrad Steiner rekonstruieren! Er kam aus Österreich, wie wir jetzt wissen. Was wollte er hier? Mit wem hat er sich getroffen? Das sind alles Fragen, die unbedingt zu klären sind! Horst, du wirst dich deshalb nachher im Rathaus umhören! Falls er den Flyer von dort hat, erinnert sich eventuell einer der Angestellten noch an ihn. Außerdem benötigen wir aus demselben Grund dringend sein Gepäck«, wechselt er unvermittelt das Thema und wendet sich erneut an Chrissie Ohlsen, die bereits ungeduldig auf ihren Einsatz gewartet hat.

»Kommen wir daher jetzt endlich zu der von euch gestern Nachmittag spontan am Fundort der Leiche durchgeführten Suche nach diesem Teil«, nickt er der Kommissarin zu. »Den Koffer selbst habt ihr zwar nicht gefunden, aber dafür vermutlich einen Hinweis auf dessen Verbleib, sagtest du?« Die Kommissare hatten ihn nach ihrer reichlich späten Rückkehr wie erhofft noch in seinem Büro angetroffen und über ihre Entdeckung in Kenntnis gesetzt. Was sie nicht wissen, ist, dass er aus ihrem Fund gewisse Schlüsse gezogen und bereits entsprechende Maßnahmen getroffen hat.

»Das ist richtig, Chef. Unweit der Stelle, wo die Leiche lag, fand ich neben einem abgestorbenen Baumstamm den abgerissenen Tragegriff eines Lederkoffers oder einer großen Tasche. Dort waren wir sogar vorher schon einmal gewesen, und zwar kurz, bevor Wolfgang und ich den Toten entdeckten. Wir dachten nämlich zuerst, das wäre die

Stelle, die ich vom gegenüberliegenden Ufer aus zuvor gesehen hatte, aber dann stellte sich heraus, dass man sie von dort gar nicht einsehen kann.«

»Die KTU hat diesen Ort nicht untersucht«, ergänzt ihr Partner, »weil er außerhalb des üblichen Suchradius liegt und von dichtem Buschwerk umgeben ist. Wir vermuten, dass der Griff beim Versuch, den Koffer mit Schwung ins Wasser zu werfen, abgerissen sein könnte und anschließend achtlos weggeworfen wurde. Am Tag zuvor haben wir da natürlich nicht drauf geachtet. Es konnte zu diesem Zeitpunkt ja noch niemand ahnen, dass zwanzig Meter weiter eine Leiche lag!«

»Das wäre zumindest eine Möglichkeit«, nickt Donner. »Und da wir in der derzeitigen Situation keine Spur außer Acht lassen dürfen, habe ich bereits ein Team Polizeitaucher angefordert, die den Grund des Weihers absuchen sollen. Ich warte nur noch auf den Gerichtsbeschluss und die behördliche Genehmigung, damit die Jungs endlich loslegen können.«

»Ein Beschluss?«, wundert sich Chrissie Ohlsen. »Wofür benötigen wir denn den? Der Tümpel gehört doch keinem!«

»Es gibt auf dieser Welt nichts, das gar niemandes Eigentum ist!«, wird sie von Donner nachsichtig belehrt. »Sofern es sich nicht um Privatbesitz handelt, ist es Staatseigentum oder gehört zum Gemeindegebiet. In diesem Fall das der Stadt Troisdorf, die zu einem nicht unerheblichen Teil Eigentümerin der Wahner Heide ist. Zudem wurde das gesamte Gebiet mittlerweile zum Naturerbe erklärt und steht unter Naturschutz, weshalb selbst die Polizei nicht einfach nach Lust und Laune in einem Biotop wie dem Leyenweiher herumwühlen darf! Wir benötigen im Gegenteil von der zuständigen Behörde eine offizielle Genehmigung für eine solche Maßnahme. Dafür ist ein richterlicher Beschluss zwar nicht unbedingt erforderlich, könnte sich aber als hilfreich erweisen, die Bearbeitung meines Antrages zu beschleunigen.«

»Dann wollen wir hoffen, dass die auch etwas finden«, unkt Horst Weiland. »Der Weiher ist zwar nicht tief, hat aber immerhin eine Fläche von gut einem Hektar, ist also größer als ein Fußballfeld.«

»Weiter als zehn oder zwanzig Meter wird derjenige den Koffer bestimmt nicht geworfen haben, zumal der Griff nicht mehr dran war«, meldet sich Denise Malowski zu Wort. »Und wir wissen durch Chrissies Fund, von wo das vermutlich gemacht wurde. Da ist es nur eine Frage der Zeit, bis die Taucher fündig werden. Natürlich nur, falls das Teil tatsächlich da drin liegt.«

»Ach, bevor ich es vergesse!«, geht Donner dazwischen, da diese Diskussion zu nichts führt. »Frau Doktor de Luca teilte mir vorhin telefonisch mit, dass sie heute Mittag die Autopsie vornehmen wird. Ruf sie bitte gegen 14:00 Uhr an und lass dir das Ergebnis durchgeben, bis dahin sollte sie wohl damit fertig sein.« Anschließend wendet er sich eindringlich an den Rest der Mannschaft: »Auch, wenn Denise die nächsten Tage Telefondienst schiebt, wird sie als dienstranghöchste Beamtin selbstverständlich die Ermittlungen leiten, ihr sprecht eure Unternehmungen daher wie gewohnt mit ihr ab! Ihr wisst nun alle, was zu tun ist, macht euch also an die Arbeit!«

* * *

Wolfgang Müller stellt den Dienstwagen in der Straße »Zum Friedenskreuz« ab und schlendert mit seiner Begleiterin die paar Meter bis zur Bushaltestelle. Entgegengesetzt ihrer Erwartungshaltung ist das Unterstellhäuschen allerdings derzeit verwaist.

»Man sollte doch meinen, dass hier dauernd welche sitzen«, bringt Chrissie Ohlsen es auf den Punkt. »Fährt hier überhaupt öfter als einmal am Tag ein Bus? Die Gegend hier sieht ziemlich ausgestorben aus, wenn du mich fragst!«

»Der kommt sogar alle halbe Stunde«, weiß ihr Partner zu berichten und schaut auf die Uhr. »Der nächste Bus hält hier allerdings erst in zehn Minuten, bis dahin werden sicher noch ein paar Fahrgäste hier auftauchen.«

»Na, wenn *ich* hier leben würde, wäre ich auch lieber woanders«, murmelt sie und rümpft die Nase. »Ich habe ja nichts gegen frische Landluft, aber muss die immer nach Kuhmist riechen? Also, ich kann mir da wirklich angenehmere Düfte vorstellen!«

»Wir stehen hier am Rand der Bebauung, Chrissie. Nicht weit von hier befindet sich ein landwirtschaftlicher Betrieb«, klärt Müller sie auf. Wie immer hat er sich vor Antritt der Fahrt umfassend über ihr Ziel informiert. »Dieser Ort hat seinen Bewohnern aber durchaus etwas zu bieten, da gibt

es eine Kirche, eine Grundschule, mehrere Super-
märkte und sogar ein Bürgerzentrum. Dazu müssten wir uns nur etwa hundert Meter Richtung Zentrum bemühen.«

Der in diesem Moment vor ihnen haltende Bus
enthebt sie zunächst einer passenden Antwort.
Entgegen Wolfgangs Annahme ist jedoch in der
Zwischenzeit niemand mehr an der Haltestelle aufgetaucht, nur eine kleine, sehr betagte Frau müht
sich beim Aussteigen mit ihren vollbepackten Ein-
kaufstüten ab. Chrissie räuspert sich mehrmals
vernehmlich und stößt ihrem Freund gleichzeitig
auffordernd den Ellenbogen in die Seite, worauf
dieser sofort dienstbeflissen vorspringt, um der
alten Dame zu Hilfe zu eilen.

»Das ist wirklich ausgesprochen nett von
Ihnen!«, bedankt sich die Greisin artig bei ihrem
Helfer, nachdem er ihr galant auf den Gehweg
geholfen hat, und streckt die Hand aus, um die
insgesamt vier Beutel, die er für sie getragen hat,
wieder an sich zu nehmen. Sie reicht Chrissie, die
selbst nur 1,62 Meter misst, gerade mal bis an die
Nasenspitze. »Ihr Freund ist ein großer, starker
Mann«, wendet sie sich augenzwinkernd an die
Kommissarin. »Aber von jetzt an komme ich alleine
zurecht!«

»Ach was, wir werden Ihnen die Tüten bis nach
Hause tragen!«, entscheidet Chrissie spontan mit
einem strengen Seitenblick zu ihrem Partner und
zieht ihren Dienstausweis aus der Tasche. »Das
macht uns überhaupt nichts aus, aber vorher würden wir Sie gerne etwas fragen.«

»Polizei?«, wundert diese sich, nachdem sie das Dokument eingehend studiert hat. »Wobei kann eine alte Frau wie ich Ihnen denn behilflich sein? Angestellt habe ich jedenfalls seit mindestens fünfzig Jahren nichts mehr!«, kichert sie, steuert aber folgsam die Bank im Wartehäuschen an, um sich dort hinzusetzen. »Na, dann schießen Sie mal los, Kindchen!«, fordert sie Chrissie forsch auf und klopft dabei einladend mit der Hand auf den Platz neben sich.

* * *

Als Troisdorfer ist Horst Weiland mit den örtlichen Gegebenheiten wohlvertraut und steuert daher im Foyer des Rathauses zielstrebig den Ständer mit Formularen, Prospekten und sonstigem Informationsmaterial über die Stadt und ihre Sehenswürdigkeiten an. Die Werbeflyer für die Pension ›Waldesruh‹ fallen sofort ins Auge und er steckt sich vorsorglich einen davon ein, bevor er ohne übertriebene Hast den nächsten freien Tisch im angrenzenden Bürgerbüro ansteuert. Hier will er mit der Befragung beginnen.

Wo sonst könnte Konrad Steiner vorstellig geworden sein, sofern er hier überhaupt Zwischenstation machte? Außer dieser zentralen Stelle käme eigentlich nur das Sozialamt infrage, falls er knapp bei Kasse war. Aber dann hätte er sich irgendwo eine billige Absteige gesucht und nicht in einer Pension übernachtet. Außerdem ist das Bürgerbüro weit mehr als ein Einwohnermeldeamt.

Hier kann so ziemlich alles erledigt werden, von der Wohnungsanmeldung über KFZ-Abmeldungen bis hin zum Personalausweisantrag. Den Grund für einen möglicherweise stattgefundenen Besuch der Stadtverwaltung herauszufinden, ist der Ermittler heute hier angetreten. Er holt seinen Dienstausweis hervor, während er sich zu der freundlich lächelnden Bediensteten setzt.

Wenige Minuten später steht er bereits wieder auf der Straße. Die städtische Angestellte gab an, sich zwar an den Mann mit dem Lederkoffer zu erinnern, habe aber nur ein paar Worte mit ihm gewechselt, als er am Donnerstagvormittag bei ihr auftauchte und sich nach bezahlbaren Unterkünften in dieser Stadt erkundigte. Dabei sei ihr sein ausgeprägter österreichischer Akzent aufgefallen.

Sie habe ihn auf das umfangreiche Info-Material im Foyer verwiesen, worauf er sich dort bedient habe und denselben Flyer mitnahm, den Weiland zuvor eingesteckt hatte und ihr nun zeigte. Anschließend verließ der Mann eilig das Gebäude, weil er, wie sie annahm, den nächsten Bus noch erwischen wollte. Sie erinnere sich jedoch, ihn am folgenden Tag erneut gesehen zu haben, als er bei einer Kollegin an einem anderen Tisch vorstellig wurde. Um was es dabei ging, könne sie ihm leider nicht sagen, da die Mitarbeiterin diese Woche Urlaub habe.

Horst Weiland ist mit dem vorläufigen Ergebnis seiner Recherche einigermaßen zufrieden. Es ist zwar nicht viel, was er heute in Erfahrung bringen konnte, aber immerhin weiß er nun, dass Konrad Steiner irgendetwas im Rathaus zu erledigen hatte. Um was genau es sich dabei handelte, wird hoffentlich herauszufinden sein, sobald die Kollegin, die ihn am Freitag bediente, aus dem Urlaub zurück ist.

Er legt daher eine entsprechende Erinnerung im Kalender seines Handys an, bevor er in bester Laune den Rückweg ins Kommissariat antritt.

* * *

Wolfgang Müller konnte seine Partnerin nur mit Mühe davon abhalten, nach der Befragung der alten Dame den Weg zum etwa einen Kilometer entfernten Algert zu Fuß zurücklegen zu wollen. Etwas Bewegung könne schließlich nicht schaden, meinte Chrissie, und falls sie unterwegs auf Leute träfen, könnte man diese gleich fragen, ob ihnen auf dieser Strecke am Donnerstag ein Mann mit einem Koffer aufgefallen sei. Wolfgang konnte ihren Vorschlag mit dem Argument entkräften, dass man in diesem Fall sicher irgendwo am Straßenrand anhalten könne. Außerdem sollte man in ihrem Beruf jederzeit über eine gewisse Mobilität verfügen.

Die vierundachtzigjährige Hedwig Meurer erwies sich im Verlauf des höchst aufschlussreichen Gesprächs als aufgeweckte und gewitzte Person, die gleich wusste, worum es ging, als Chrissie ihr das Foto des Toten auf ihrem Diensthandy zeigte. Sie habe ein identisches Bild erst vorhin im Bus gesehen, sagte sie nach einem kurzen Blick darauf sofort, aber sie habe den Herrn sogar vor wenigen Tagen persönlich an der Haltestelle getroffen, wo er auf eine Fahrgelegenheit Richtung Siegburg gewartet habe.

Er sei ihr wegen seiner enormen Größe aufgefallen, wobei er jedoch längst nicht so ein stattlicher Mann gewesen sei wie Müller, fügte sie bedeutsam hinzu. Fast habe er ihr ein wenig leidgetan, weil es offenbar keine passende Kleidung für ihn zu geben schien, jedenfalls habe er deutlich sichtbar ›Hochwasser‹ in den Hosenbeinen gehabt.

Diese Information ist besonders deshalb interessant, weil Steiner laut seiner abgestempelten Fahrkarte weniger als zwei Stunden nach dieser Begegnung am Empfangstresen der Pension ›Waldesruh‹ stand und seine Zimmerwirtin behauptete, es sei ihr sicher aufgefallen, wenn er in einem solchen Aufzug erschienen wäre. Entweder entsprach diese Aussage nicht der Wahrheit oder er zog sich auf dem Weg dorthin irgendwo um. Aber wann, wo und vor allem wozu hätte er das tun sollen?

Und weshalb hatte er überhaupt – sofern Frau Wiegand sich diesbezüglich *nicht* geirrt hat – sowohl passende Kleidung dabei als auch solche, die ihm zwei Nummern zu klein war? Mit dem Inhalt seines Koffers, falls dieser inzwischen gefunden wurde, wird sich dieses Rätsel hoffentlich bald lösen lassen. Jetzt sind die Kommissare aber zunächst in der Hoffnung, dass Steiner dort ebenfalls eingekehrt ist, auf dem Weg zu einem Gasthaus mit Fremdenzimmern, der einzigen Übernachtungsmöglichkeit in Algert, die sie in Erfahrung bringen konnten.

Der Gasthof liegt etwas außerhalb der Wohnbebauung und macht mit seinem bis auf zwei Fahrzeuge gähnend leeren Parkplatz einen nahezu verlassenen Eindruck auf die Kommissare. Es ist in diesen harten Zeiten eben nicht gerade günstig, den Lebensunterhalt im Gaststätten- und Beherbergungsgewerbe verdienen zu wollen. Bei dem Mann, der gelangweilt in der Tür steht und den Ankömmlingen jetzt hoffnungsvoll entgegenblickt, wird es sich daher wohl eher um den Betreiber persönlich handeln als um einen der wenigen Gäste, so denn überhaupt welche derzeit hier abgestiegen sind.

Wolfgang Müller parkt den Audi direkt neben der Eingangstür und stellt unter dem anzüglichen Grinsen seiner Partnerin den Motor ab. Warum soll er weiter laufen als unbedingt nötig? Um keine unnötige Zeit zu verschwenden, greift er schon im Aussteigen zu seinem Dienstausweis und nähert sich gemeinsam mit Chrissie dem Mann, der ihnen jetzt voller Interesse entgegenblickt. Sein Blick ist dabei auf die unübersehbaren Pistolen in den Gürtelholstern gerichtet.

»Guten Tag! Oberkommissar Müller und Kommissarin Ohlsen, Kripo Siegburg«, stellt er sich und seine Begleiterin kurz angebunden vor. »Sind Sie der Betreiber dieses Hauses? Wir hätten da ein paar Fragen zu einem Ihrer Gäste.«

* * *

Die kleine Gruppe steht stumm am Ufer des Leyenweihers nahe der Stelle, wo Kommissarin Ohlsen am Tag zuvor den Koffergriff fand, und sieht dem feuchten Treiben darin mit gemischten Gefühlen zu. Außer dem Einsatzleiter sind dies Peter Donner für die Kriminalpolizei, Jürgen Vogel als Leiter der Kriminaltechnik, sowie die Leiterin des Umweltamtes der Stadt Troisdorf für die Aufsicht. Anfängliche Konversation ist mittlerweile mangels Gesprächsstoff versiegt, zudem hat jeder der vier seine eigene Vorstellung vom Ablauf der bisher erfolglosen Aktion.

Während der Erste Hauptkommissar allergrößten Wert auf die zügige Bergung eines für die weiteren Ermittlungen eventuell wichtigen Beweisstückes legt, ist der Forensiker mitgekommen, um im Falle eines Erfolges den ordnungsgemäßen Umgang damit zu beaufsichtigen. Die Vertreterin der Umweltbehörde hat ausschließlich die Unversehrtheit ihres Biotops im Sinn und Volker Brandt, Leiter der Tauchgruppe, ist einfach nur deren Chef. Ihm ist das Ergebnis dieses Einsatzes im Grunde vollkommen gleichgültig.

Drei Stiefel, ein Autoreifen und sogar ein altes Fahrrad wurden im Verlauf der letzten Stunde aus dem Gewässer geborgen. Dieser Müll zeugt davon, dass nicht alle Menschen die Schönheit der Natur zu schätzen wissen, ein Koffer war jedoch zur großen Enttäuschung Donners bislang nicht darunter. Dabei wird ein Erfolg immer unwahrscheinlicher, je mehr Zeit vergeht. Die Taucher sind nämlich schon um einiges über die von Denise als Grenze definierte Strecke hinweg in Richtung Zentrum des etwa hundert Meter breiten Gewässers vorgedrungen, wobei sie jeden Quadratmeter des Untergrundes sorgfältig absuchen.

Denise hat recht, viel weiter kann der Koffer nicht geworfen worden sein, überlegt Donner und beschließt aus diesem Grund, die Operation abzubrechen, falls sich in der kommenden halben Stunde nichts an der Situation ändert. Im selben Augenblick erscheint abseits des allgemeinen Suchradius einer von Brandts Leuten an der Oberfläche und hält triumphierend mit beiden Armen etwas über dem Kopf, das verdächtig nach einem großen

Lederkoffer aussieht! Jürgen Vogel ist ebenfalls aufmerksam geworden und winkt den Glückspilz aufgeregt zu sich.

Alle Augen sind jetzt naturgemäß auf diesen Mann gerichtet, der soeben das flache Ufer erreicht hat und seine Last vorsichtig zu Füßen des Forensikers ablegt. Niemand achtet auf die drei im Wasser verbliebenen Taucher, von denen einer jetzt, seinem aufgeregten Winken zufolge, ebenfalls etwas gefunden zu haben scheint. Erst im Näherkommen wird Donner auf ihn aufmerksam und traut seinen Augen kaum, als er den im hellen Sonnenlicht funkelnden Gegenstand in seiner Hand wahrnimmt. Wenn ihm seine Sinne nicht einen bösen Streich spielen, handelt es sich dabei um eine Pistole!

* * *

Peter Donner blickt mit ausgesprochen zufriedener Miene in die Runde, die bis auf den immer noch abwesenden Tobias Heller vollzählig ist. Von der Forensik ist wieder Jürgen Vogel erschienen. »Heute sind uns bedeutsame Erkenntnisse zuteilgeworden«, beginnt er vielleicht eine Spur zu theatralisch, wobei der einen schwarzen Marker dozierend in die Höhe hält.

»Die Ereignisse und Ermittlungsergebnisse des Tages sind daher meiner Ansicht nach unverzüglich einer ersten Würdigung zu unterziehen«, fährt er deutlich gemäßigter fort, »weshalb ich kurz vor Feierabend eine Fallbesprechung zur Festlegung des weiteren Vorgehens angesetzt habe. Es hat sich ja sicher schon herumgesprochen, dass der Koffer aus dem Weiher geborgen werden konnte, aber da lag noch etwas anderes drin!« Er nickt dem Forensiker auffordernd zu. »Dein Einsatz, Jürgen!«

»Das ist korrekt. Einer der Taucher fand mehr oder weniger durch Zufall in Ufernähe eine Schusswaffe, und zwar handelt es sich dabei um eine Beretta M-70/71 Kaliber .22lfb.« Vogel legt den Spurensicherungsbeutel mit der Pistole demonstrativ vor sich auf den Tisch. »Fingerabdrücke sind keine darauf, was aber nicht weiter verwunderlich ist, da sie tagelang dem Wasser ausgesetzt war. Allerdings enthält sie ein volles Magazin.«

»Wurde in den letzten Tagen damit geschossen?«, will Donner sofort wissen.

»Nein, es sei denn, sie wurde anschließend gründlich gereinigt und eingeölt. Ein Zusammenhang mit unserem Fall ist ohnehin nicht zwangsläufig gegeben, da wir bislang nicht von einem Schusswaffengebrauch ausgegangen sind und die Waffe durchaus schon vorher im Weiher gelegen haben könnte. Wenn auch ihrem guten Zustand gemäß sicher nicht länger als maximal eine Woche«, fügt Vogel bedeutsam hinzu.

»Die Spurenlage am Fundort der Leiche deutet auf mindestens zwei Personen hin, von denen wahrscheinlich einer den anderen ertränkte«, wirft Horst Weiland ein. »Eine Schusswaffe würde hier jedoch einiges erklären. Zum Beispiel könnte der mit der Waffe seinen Kontrahenten damit bedroht haben. Es gab ein Gerangel, in dessen Verlauf sie im Wasser landete.«

»Aber wer von beiden war der mit der Pistole?«, überlegt Donner. »Wenn, dann wird das doch wohl eher Steiner selbst gewesen sein, da der andere ihn ansonsten sicher erschossen hätte, anstatt ihn zu ertränken. Womit wir beim Bericht der Pathologie angelangt wären«, findet er wie immer eine perfekte Überleitung. »Was hat Frau Doktor de Luca über den Herrn herausgefunden, Denise?«

»Eine Menge Ungereimtheiten, Chef. Todesursache und Todeszeitpunkt waren dabei noch das harmloseste. Um es kurz zu machen: Steiner verstarb am Sonntag um 14:30 Uhr plus/minus des üblichen Unsicherheitsfaktors von einer halben Stunde durch Ertrinken. Die Todesart ist durch eine dafür ausreichende Mende Wasser in seiner Lunge gesichert, welches laut chemischer Analyse aus dem Leyenweiher stammt.«

»Er wird demnach dort gestorben sein, wo wir ihn fanden«, wirft Wolfgang Müller ein. »Oder zumindest in der Nähe, aber warum sollte er nachher noch bewegt worden sein?«

»Der Körper war in einem guten Zustand, jedenfalls äußerlich«, fährt Denise Malowski ungerührt fort. »Frau Doktor de Luca bescheinigte ihm ein tadelloses Gebiss mit einer Silberfüllung und sogar einem Goldzahn, weshalb sie ihn der gehobenen Gesellschaftsschicht zuordnete, was aber seiner billigen und zudem viel zu klein geratenen Kleidung zu widersprechen scheint. Innen drin sah es schon ganz anders aus. Steiner litt an Knochenkrebs im fortgeschrittenen Stadium, der in den nächsten Monaten unweigerlich zu seinem Tod geführt haben dürfte. Besonders erwähnenswert ist dabei, dass durch eine toxikologische Untersuchung keinerlei Spuren von Schmerzmitteln nachzuweisen waren.«

»Könnte er sich aufgrund dessen selbst ertränkt haben?«, mutmaßt Donner. »Es wäre schließlich nicht das erste Mal, dass jemand in der Abgeschiedenheit der Natur den Freitod wählt, um seinen Qualen ein Ende zu bereiten!«

»Gegen einen Suizid sprechen deutlich sichtbare Hämatome«, schüttelt die Hauptkommissarin den Kopf und entnimmt einem Umschlag zwei großformatige Fotos, welche sie mittels Magneten an der Tafel befestigt. »Die hat mir die Rechtsmedizinerin vorab per E-Mail zukommen lassen. Ihr seht die Daumenabdrücke links und rechts des Halses auf der Rückseite der Schultern, sowie die vier Fingerabdrücke jeweils auf der anderen Seite? Sie deuten laut Doktor de Luca darauf hin, dass jemand ihn gepackt und mit dem Kopf unter Wasser gedrückt hat, wahrscheinlich sogar mehrmals. Wir müssen demnach jetzt endgültig von einem Tötungsdelikt ausgehen!«

»Es gab also einen Kampf«, nickt Chrissie Ohlsen. »Womöglich haben wir es hier sogar mit einem eskalierten ›Waterboarding‹ zu tun, in dessen Verlauf der so Gefolterte versehentlich tatsächlich ertrank. Wie der Chef schon sagte, deutet alles darauf hin, dass die Beteiligten sich nicht nur kannten, sondern dort verabredet waren. In diesem Fall sollten wir davon ausgehen, dass die gefundene Pistole dem Opfer gehörte, in seinem Heimatland kann man nämlich Schusswaffen mit Kaliber .22 immer noch ohne Waffenschein erwerben. Bleibt die Frage offen, welches Geheimnis der Täter von ihm erpressen wollte, und ob er dabei erfolgreich war.«

»Steiner war vermutlich auf der Suche nach jemandem«, wirft Horst Weiland ein und berichtet von seinem Besuch im Rathaus. »Nachdem er den Prospekt der Pension an sich genommen hatte, fuhr er zunächst dorthin, kam aber laut Auskunft der Angestellten, mit der ich gesprochen habe, am nächsten Tag wieder. Ich vermute mal, er wollte eine Adressauskunft einholen, da er als Reisender wohl kaum vorgehabt haben wird, eine Anmeldung zu tätigen. Leider hat die Mitarbeiterin derzeit Urlaub, bei der er am Freitag diesbezüglich vorstellig wurde, wir werden es also vorläufig nicht erfahren.«

»Mist, das wirft uns um Tage zurück!«, schimpft Donner. »Es ist nämlich gut möglich, dass du mit deiner Einschätzung richtig liegst, Horst! Wenn es sich so verhält, halte ich jede Wette, dass es ihm gelang, seinen Mann ausfindig zu machen, und der brachte ihn dann um! Wir wissen einfach viel zu wenig über den Kerl. Die Wiener Kollegen, die ich um Amtshilfe gebeten hatte, haben sich auch noch nicht wieder gemeldet. Bei der Gelegenheit: Habt ihr den Koffer schon untersucht?«, wendet er sich erneut an den Leiter der Forensik, der dem Disput mit mäßigem Interesse gefolgt ist und sich nun von seiner entspannt zurückgelehnten Körperhaltung verabschiedet, um eine aufrechte Sitzposition einzunehmen.

»Es wird dich sicher nicht sonderlich überraschen, dass der Inhalt im Wasser nicht trocken geblieben ist«, gibt Vogel launig zurück. »Wir sind daher noch dabei, die Sachen zu trocknen. Außer Klamotten enthielt das Teil auch nichts weiter von Belang, allerdings mit einer Besonderheit: Der Mann hat etwa meine Statur, weshalb ich seine Konfektionsgröße sehr gut einschätzen kann. Im Koffer befand sich aber genau *eine* Garnitur Kleidung in XXL, womit Hose und Hemd gemeint ist. Der Rest ist zwei Nummern kleiner, was auch für die Schuhe gilt. An den Füßen hatte er Größe 45, alle drei Paare im Gepäck hatten dagegen Schuhgröße 43.«

»Das ist in der Tat merkwürdig. Sonst noch was?«

»Ja, ich habe den abgerissenen Tragegriff untersucht, den deine Kommissare gestern gefunden haben. Aus einem Riss im Leder konnte ich einige Hautschuppen extrahieren, die von demjenigen stammen könnten, der den Griff als Letzter anfasste. Leider sind die Zellen abgestorben, sodass deren DNA höchstwahrscheinlich größtenteils zerstört sein dürfte. Ich könnte eine Rekonstruktion über die Mitochondrien veranlassen, aber das dauert etwas, und ein Erfolg ist nicht unbedingt garantiert.«

»Es ist nicht einmal gesagt, dass es Hautzellen vom Täter sind«, zweifelt Donner. »Aber egal. Was immer deine Mitodingsda auch sind, lass zunächst auf jeden Fall eine entsprechende Analyse mit der DNA vom Opfer machen, um auszuschließen, dass die Zellen von ihm stammen. Schaden kann es schließlich nicht!«

»Kurz gesagt, handelt es sich dabei um Kopien des menschlichen Erbguts, die in jeder Körperzelle in großer Zahl vorhanden sind. Man kann in aller Regel die ursprüngliche DNA der Zelle daraus rekonstruieren und diese dann ganz normal zu einem Vergleich heranziehen. Aber kommen wir zurück zum Koffer, da war außen ein Adressschild angebracht. Ihr wisst schon, so eins aus Pappe in einer Klarsichthülle. Leider sind die zwei Tage im Wasser ihm offenbar nicht so gut bekommen, die Schrift ist nämlich nicht mehr zu entziffern. Da euch Name und Anschrift des Opfers dieses Mal bekannt sind, dürfte das wohl eher marginal sein.«

»Vielleicht ist es das aber auch nicht«, ergreift Chrissie Ohlsen die Gelegenheit, endlich von den eigenen Ermittlungen zu berichten. »Wir konnten nämlich den Gasthof in Algert ausfindig machen, wo der Herr *Steiner* abgestiegen ist, bevor er nach Troisdorf weiterzog, nur dass er dort unter dem Namen Konrad *Berger* vorstellig wurde, wobei er jedoch dieselbe Heimatadresse in Wien nannte. Einen Ausweis legte er dem Wirt zwar auch hier nicht vor, dieser hat ihn aber aufgrund des ihm vorgelegten Fotos einwandfrei identifiziert!«

»Der Kerl verwendete offenbar verschiedene Namen«, fügt Wolfgang Müller hinzu. »Wir können daher nicht sicher sein, dass der hier bei uns benutzte der Richtige ist, zumal er in beiden Fällen eine Ausrede parat hatte, um den Pass nicht vorlegen zu müssen. Einen Hinweis auf seinen vorherigen Aufenthalt wie später in Troisdorf hinterließ er in Algert leider nicht. Interessant für uns dürfte aber sein, dass er auch hier ein Zimmer für drei

Nächte im Voraus bezahlte, jedoch schon am Donnerstag nach dem Frühstück überraschend abreiste. Zuvor war er laut Aussage des Wirtes an beiden Tagen ganztägig unterwegs, wie er das auch in Troisdorf getan hat.«

»Wir sind dann noch zum Einwohnermeldeamt nach Lohmar gefahren, weil wir davon ausgingen, dass Berger/Steiner in Algert jemanden gesucht hatte und diesen an der erwarteten Adresse nicht vorfand«, übernimmt seine Partnerin wieder. »Dort konnte sich jedoch niemand an ihn erinnern, sodass dies eine bloße Annahme bleibt.«

»Die aber absolut schlüssig ist!«, nickt Donner. »In Lohmar bekam er demnach wahrscheinlich die Auskunft, dass sein Mann mittlerweile verzogen war, weshalb er seine Zelte dort vorzeitig abbrach. In Troisdorf ging er ja nach haargenau demselben Schema vor, nur dass er die drei Tage voll ausschöpfte und am Ende den Tod fand. Was liegt da näher, als die Annahme, dass er hier mit seiner Suche endlich Erfolg hatte? In dem Fall ist die von ihm gesuchte Person unser Täter, dessen Identität es schnellstmöglich herauszufinden gilt. Am besten wird uns das vermutlich gelingen, indem wir den Weg dieses Steiner, Berger oder wie der Kerl auch immer in Wahrheit heißen mag, minutiös zu rekonstruieren versuchen. Wenn ein Amateur in der Lage ist, jemanden quer durch das ganze Land zu verfolgen, können *wir* das erst recht!«

»Diese Spur ist aber in Algert vorläufig zu Ende, Chef!«, wagt Denise Malowski einen Einwand. »Wir haben weder den geringsten Anhaltspunkt, wen dieser Mensch dort und später in Troisdorf gesucht hat, noch wie er selbst heißt, da er offenbar falsche Identitäten benutzt. Es sei denn, es gelingt der Forensik, das Adressschild auf dem Koffer lesbar zu machen. Wenn wir Glück haben, steht darauf der richtige Name!«

»Ich werde mal nachschauen, was unsere Hexenküche diesbezüglich so hergibt«, brummt Jürgen Vogel, der sich hier persönlich herausgefordert fühlt. »Ich hätte da auch schon die eine oder andere Idee, die ich gerne ausprobieren würde. Versprechen kann ich aber nichts, und es kann durchaus ein paar Tage dauern!«

»Und ich werde mich noch einmal mit Wien in Verbindung setzen«, meint Donner dazu. »Der Kerl hat in beiden Fällen sowohl denselben Vornamen als auch dieselbe Heimatadresse benutzt, es besteht demnach eine gewisse Wahrscheinlichkeit dafür, dass diese Angaben der Realität entsprechen. Die Kollegen in Österreich sollten mit diesen Informationen in der Lage sein, einen Treffer zu landen!«

»Der Verbleib dieser ominösen schwarzen Umhängetasche ist ebenfalls noch zu klären«, meldet sich Horst Weiland zu Wort. »Irgendwo muss die ja schließlich abgeblieben sein! Ich könnte mir vorstellen, dass sie wichtige Dokumente oder Hinweise enthält, da ihr Besitzer sie laut Aussage der Inhaberin der Pension ›Waldesruh‹ außer bei der Abreise ständig bei sich trug.«

»Es haben sich im Tagesverlauf bereits einige Zeugen bei mir gemeldet, die den Mann auf den Plakaten in den Bussen wiedererkannt haben wollen«, gibt Denise Malowski bekannt. »Ich habe eine Liste mit den Namen, Telefonnummern und Wohnanschriften angefertigt und der Fallakte hinzugefügt. Womöglich erfahren wir bei einer Befragung dieser Leute etwas darüber. Er hat die Tasche laut seiner Wirtin am Vortag seiner Abreise von einem Ausflug nicht wieder mitgebracht, wir benötigen daher die Aussagen mindestens zweier Zeugen für diesen Tag, die ihn jeweils mit und ohne das Teil gesehen haben, dann können wir die Gegend, wo er sie gelassen hat, eventuell eingrenzen. Die Orte, wo Steiner/Berger gesichtet wurde, habe ich ebenfalls notiert.«

»Das ist ein guter Ansatz, Denise! Ich denke, damit werdet ihr morgen den ganzen Tag zu tun haben«, schließt der Kommissariatsleiter die Diskussion mit einem Blick zur Uhr ab. »Für heute machen wir Feierabend, es sei denn, einer von euch hat noch etwas vorzubringen.«

»Es ist wahrscheinlich nicht weiter von Belang«, meldet sich Chrissie, wobei sie unbewusst wie in der Schule die Hand hebt. »Es gibt da eine kleine Anekdote über die Kleidung dieses Herrn Steiner/Berger. Der Wirt in Algert schwört nämlich, dass dieser bei der Ankunft am Dienstagnachmittag perfekt sitzende Klamotten trug. Am nächsten Morgen habe er sich beim Frühstück mit Kaffee bekleckert und sich schnell umgezogen, bevor er das Haus verließ. Und da habe er Hosen angehabt, die ihm viel zu klein waren, sagte der Wirt, und er habe ihn bis zur Abreise auch nicht mehr anders zu Gesicht bekommen. Wenn das stimmt, muss er aber in diesem Aufzug in der Pension ›Waldesruh‹ aufgetaucht sein, was schlussendlich bedeutet, dass Frau Wiegand sich diesbezüglich geirrt hat.«

»Ich weiß jetzt gar nicht, ob das nicht eventuell doch von Bedeutung sein könnte«, äußert sich Donner abschließend mit einem Stirnrunzeln. »Merkwürdig ist das auf jeden Fall! Ich werde eine Nacht darüber schlafen, vielleicht fällt mir dann etwas dazu ein. Und jetzt ab nach Hause mit euch!«

Erinnerungen

Oberstleutnant Steiner erwartete mich mit finsterer Miene vor dem stählernen Tor der Justizvollzugsanstalt. Vier endlose Wochen der Gefangenschaft hatte ich hinter den dicken Mauern des Gefängnisses verbracht und war in dieser Zeit fast täglich den nervenaufreibenden und menschenunwürdigen Verhörmethoden des fanatischen Ermittlers ausgesetzt gewesen, der es sich offenbar zur Lebensaufgabe gemacht hatte, mir den versuchten Mord an der eigenen Ehefrau anzuhängen.

Ich ignorierte die Anwesenheit Steiners und sog mit weit in den Nacken gelegtem Haupt und ausgebreiteten Armen die frische Herbstluft genussvoll in meine Lungen. Das berauschende Gefühl der wiedergewonnenen Freiheit konnte mir selbst dieser widerwärtige Mensch, der mich aus irgendeinem Grund abgrundtief zu verachten schien, in diesem besonderen Augenblick nicht nehmen. Jetzt würde alles wieder in Ordnung kommen!

»Wir werden Sie im Auge behalten, irgendwann werden Sie einen Fehler machen und dann sind Sie fällig!«, zischte Steiner mir hasserfüllt ins Gesicht. »Ich weiß ja nicht, aus welchem Grund Ihre Frau die von Ihnen erfundene, völlig abstruse Version der Tat bestätigt hat. Aber ich verspreche Ihnen bei allem, was mir heilig ist, dass ich nicht eher ruhen werde, bis ich Ihnen den Mordversuch und die damit verbundene Tötung des ungeborenen Kindes nachgewiesen habe, und wenn ich Sie eigenhändig zur Strecke bringen muss!«

»Weil diese ›Version‹, wie Sie es nennen, der Wahrheit entspricht«, gab ich müde zurück. Ich war es leid, immer wieder aufs Neue meine Unschuld beteuern zu müssen. Selbst jetzt, nachdem meine Frau nach Wochen endlich aus dem Koma aufgewacht war und mich umgehend entlastet hatte, ließ mir dieser schmierige Polizist keine Ruhe!

»Suchen Sie lieber den wahren Täter!«, forderte ich diesen ausgemachten Widerling wütend auf. »Es gibt jetzt immerhin eine genaue Beschreibung seines Aussehens und es wurde sogar eine Phantomzeichnung nach den Angaben meiner Gattin angefertigt. Und nun gehen Sie mir gefälligst aus den Augen!«

Und damit ließ ich den Mann einfach stehen und trottete zur Bushaltestelle auf der anderen Straßenseite. Die feindseligen Blicke des zurückbleibenden Polizeibeamten spürte ich wie Messerstiche in meinem Rücken und ich wusste, mit ihm hatte ich mir einen unerbittlichen Gegner eingehandelt.

Kapitel 4

»Ich habe eine schlechte Nachricht für euch!«, überfällt Donner seine Mitarbeiter mit finsterer Miene, noch bevor diese ihre Plätze am Besprechungstisch vollständig eingenommen haben. Der ebenfalls erschienene Leiter der Forensik benötigt wie immer einige Augenblicke, seine langen Beine zu sortieren. Dann ist endlich Ruhe eingekehrt, und fünf Augenpaare sind fragend auf den Kommissariatsleiter gerichtet.

»Wien hat sich vorhin bei mir bezüglich der Anfrage zu Steiner beziehungsweise Berger gemeldet«, eröffnet dieser nun den gebannt lauschenden Kollegen. »Leider konnte man uns dort aber nicht weiterhelfen. Nicht nur, dass ein Mann, auf den die Beschreibung passt, unter dieser Anschrift nicht registriert ist, die ganze Adresse existiert überhaupt nicht!«

»Demnach stecken wir diesbezüglich wieder einmal in einer Sackgasse«, stellt Wolfgang Müller mit nüchterner Sachlichkeit fest. »Dann bleibt wohl momentan tatsächlich nur noch die Rekonstruktion seiner letzten Tage, wenn wir etwas über ihn in Erfahrung bringen wollen. Ein bisschen was haben wir in der Zwischenzeit dank unserer Plakataktion sogar schon herausgefunden!«

»Wir haben die Zeit bis zur Fallbesprechung für ein weitgehend schlüssiges Bewegungsprofil des Mordopfers genutzt«, fühlt sich Denise Malowski angesprochen. »Dabei stützten wir uns mangels auswertbarer Handydaten ausschließlich auf die recht zahlreich eingegangenen Meldungen von Fahrgästen der Verkehrsbetriebe aus dem ganzen Stadtgebiet, die ihn in den fraglichen drei Tagen relativ häufig gesehen haben wollen.« Aufgrund ihres Handicaps trägt sie die von ihr und den Kollegen in den vergangenen zwei Stunden zusammengetragenen Fakten im Sitzen vor. Horst Weiland steht für sie an der Tafel bereit, um die wesentlichen Eckdaten zur späteren Auswertung schriftlich festzuhalten.

»Die letzte gemeldete Sichtung ist für uns insofern von Bedeutung«, fährt sie nach einer Kunstpause fort, »weil sie kurz vor seinem Tod stattgefunden haben muss. Hier fiel er gleich mehreren Zeugen auf, als er am Sonntag gegen Mittag am Waldfriedhof in Troisdorf aus dem Bus stieg. Den Koffer hatte er gemäß allen vorliegenden Aussagen dabei, wogegen die schwarze Umhängetasche von keinem der Anrufer bei ihm gesehen wurde. Laut Fahrplan wird dies etwa gegen 13:45 Uhr gewesen sein, da diese spezielle Haltestelle sonntags außer um diese Zeit nur einmal früher am Morgen und dann erst wieder am späten Nachmittag angefahren wird. Für Ortsunkundige sei noch erwähnt, dass man von dort den Leyenweiher und damit auch den Fundort der Leiche in nur wenigen Minuten zu Fuß erreichen kann!«

»Das war demnach nur eine Viertelstunde vor dem von der Rechtsmedizin ermittelten frühesten Todeszeitpunkt«, nickt Donner. »Die fehlende Umhängetasche deckt sich zudem mit der Aussage der Zimmerwirtin, wonach Steiner die Tasche bereits am Vortag von einem Ausflug nicht wieder mit zurückbrachte. Wir sollten herausfinden, wohin dieser ihn führte! Konnte einer der Anrufer eine weitere Person beobachten, die ihm in den Wald folgte?«

»Negativ, Chef. Wir vermuten daher, dass der Mörder schon eine unbekannte Zeitspanne vor seinem Opfer am Weiher war und dort auf ihn wartete, was wiederum erneut für deine Verabredungstheorie spräche. Außerdem führen noch weitere Fußwege aus unterschiedlichen Richtungen an den Tatort, über die der Täter ungesehen dorthin gelangt sein könnte.«

»Warum sollte auch einmal etwas dermaßen einfach sein?«, brummt Donner hörbar enttäuscht, gibt sich dann aber einen Ruck. »Fahr bitte fort, Denise!«

»Okay. Am Freitag sah eine Frau, die im Bus von Spich nach Troisdorf neben ihm stand, ihn gegen 10:00 Uhr morgens an der Haltestelle Rathaus aussteigen. Die Umhängetasche war ihr dabei besonders aufgefallen, weil er diese während der gesamten Fahrt krampfhaft festhielt. Nach dem, was Horst von einer städtischen Angestellten erfuhr, wird er im dortigen Bürgeramt etwas zu erledigen gehabt haben. Vermutlich ging es ihm dabei um eine Adressauskunft, was zwar bislang nicht erwiesen ist, aufgrund der bisherigen Erkenntnisse aber naheliegt. Über die nächsten sechs Stunden liegen leider keine Angaben vor. Gegen 16:00 Uhr wurde er in einem Bus gesehen, der aus Richtung der südwestlich des Ortskerns gelegenen Nebenorte kam. Diese Linie befährt die Hälfte aller Troisdorfer Ortsteile, weswegen ein Rückschluss darauf, wo er sich in der Zwischenzeit aufgehalten haben könnte, nicht möglich ist.«

»Nehmen wir einmal an, er bekam zuvor im Bürgerbüro die gewünschte Auskunft«, überlegt Donner. »Dann ist es doch naheliegend, dass er anschließend zu dieser Adresse fuhr! Auch, wenn das infrage kommende Gebiet recht groß ist, wäre das immerhin ein Hinweis auf den Bereich, auf den wir uns zu konzentrieren haben!«

»Der aber das halbe Stadtgebiet umfasst, Chef!«, wirft Wolfgang Müller ein. »Deswegen ist es von größter Wichtigkeit, den Samstag ebenfalls zu rekonstruieren, da ihm an diesem Tag die ominöse Umhängetasche auf noch ungeklärte Weise abhandenkam. Leider liegen uns diesbezüglich bisher keine Zeugenaussagen vor.«

»Solange wir die nicht haben, kommen wir in dieser Richtung nicht weiter«, stellt der Kommissariatsleiter enttäuscht fest. »Andere Hinweise liegen uns derzeit aber nicht vor, oder hat die Untersuchung von diesem Kofferschild schon etwas ergeben?«, wendet er sich an den Forensiker.

»Sagen wir, es ist uns ein Teilerfolg gelungen«, gibt Jürgen Vogel kryptisch zurück. »Nachdem alle anderen Versuche zu keinem befriedigenden Ergebnis geführt haben, wurde die Tinte mit einem Lösungsmittel vorsichtig vollständig entfernt und der Untergrund mit einem Kontrastmittel behandelt. Ausgerechnet meine IT-Spezialistin brachte uns auf diesen Gedanken. Unter UV-Licht konnten dann tatsächlich Fragmente einiger Buchstaben an Stellen sichtbar gemacht werden, wo der Stift beim Schreiben leichte Vertiefungen im Papier hinterlassen hatte. Einen Sinn ergeben die mit einer speziellen Texterkennungssoftware vervollständigten Zeichen aber nicht!«

Er entnimmt seinen Unterlagen ein DIN-A4-Blatt, welches er im Querformat unter den aufmerksamen Blicken der Kommissare mittels zweier Magnete an der Tafel befestigt. Es zeigt eine starke Vergrößerung der mit Computerunterstützung aufbereiteten Textstellen mit extrem lückenhafter Schrift, die lediglich aus neun Elementen besteht:

M W g er W d ck

»Zum besseren Verständnis enthält diese Kopie nur die mit einer Sicherheit von mindestens siebzig Prozent rekonstruierten Zeichen«, erläutert er den Ermittlern. »Die Leerstellen dazwischen lassen zudem nur unzureichend auf die Anzahl der fehlenden Buchstaben schließen, wobei es aber in keinem der Fälle mehr als zwei Auslassungen sein dürften, meint Amara. Sorry, etwas Besseres war dieses Mal leider nicht drin!«

»Das könnte eventuell ›M. Wagner aus Windeck‹ heißen«, stellt Chrissie Ohlsen eine Vermutung in den Raum, nachdem sie sich die Zeichenfolge gemeinsam mit den Kollegen einige Minuten konzentriert angeschaut hat. Sie ist von allen Anwesenden die mit der lebhaftesten Fantasie und außerdem eine begeisterte Scrabble-Spielerin.

»Oder ›M. Wegener aus Waldeck‹«, kontert Denise Malowski trocken. »Oder es ist eine Kombination beider Namen und Orte. Wer sagt uns denn, dass es sich überhaupt um Familien- und Ortsname handelt? Die Worte könnten auch etwas völlig anderes bedeuten, das da hilft uns nicht weiter!«

»Da bin ich gegenteiliger Ansicht!«, geht Donner resolut dazwischen, bevor der beginnende Disput in ein hitziges Wortgefecht ausufert. »Aufgrund der Groß- und Kleinschreibung haben wir hier offenbar einen Einzelbuchstaben und zwei Worte zu jeweils maximal acht Buchstaben vor uns, falls Amara mit ihrer Einschätzung bezüglich der Lücken recht hat. Das schaut mir schon nach einer Adresse aus, was ja auch naheliegt. Davon sind uns je vier Zeichen bekannt, womit sich die Anzahl der sinnvollen Namen, die sich daraus bilden lassen, in überschaubaren Grenzen bewegt. Wir hatten schon mit weitaus weniger Informationen Erfolg, denkt nur an das unvollständige Kfz-Kennzeichen, welches uns vor ein paar Jahren zu einem irren Serientäter führte!«

Damals waren auf der Aufnahme einer Überwachungskamera lediglich Teile eines Nummernschildes zu sehen gewesen, und die auch noch total unscharf. Aufgrund der wenigen infrage kommenden Zulassungsbezirke konnte der Halter jedoch in Verbindung mit einer weiteren Zeugenaussage im Endeffekt relativ leicht ermittelt werden. Klaus Dreyer, der Vorgänger von Amara Jones als IT-Spezialist in Vogels Truppe, hatte seinerzeit eigenhändig die Software entwickelt, die bei der Entzifferung des nur verschwommen erkennbaren Kennzeichens geholfen hatte, und die wohl auch im vorliegenden Fall zum Einsatz gekommen war.

»Es ist jedenfalls einen Versuch wert, Chef«, brummt Wolfgang Müller, der sich an diese Begebenheit noch lebhaft erinnert. »Wir machen uns gleich ans Werk und stellen am besten zuerst eine Liste mit den passenden Ortsnamen zusammen, wobei ich dich aber insofern korrigieren darf, als hinter den jeweils letzten Buchstaben durchaus noch was kommen kann, es also mehr als acht Zeichen sein können. Sobald diese Aufstellung fertig ist, sehen wir weiter!«

»Meinethalben auch das, aber dazu reicht trotzdem einer von euch«, schüttelt der Kommissariatsleiter den Kopf. »Der Rest macht mir eine gleichartige Liste mit den in dieses Schema passenden Familiennamen, *dann* sehen wir weiter! Ich habe nämlich, wie bereits angekündigt, gründlich über den Koffer und seinen Inhalt nachgedacht und bin zu dem Schluss gekommen, dass er in jüngster Vergangenheit eventuell vertauscht wurde. Das wäre zumindest eine plausible Erklärung für die Klamotten, die Steiner/Berger nachweislich viel zu klein sind.«

»Da ist was dran!«, äußert sich Denise Malowski, jetzt mit hörbarer Begeisterung in der Stimme. »Und weil er seinen Irrtum offenbar erst in Algert bemerkte, nämlich als er sich nach seinem Missgeschick mit dem Kaffee umziehen musste, muss der Koffer an der *vorherigen* Station seiner Reise vertauscht worden sein. Und zwar war dies vermutlich bei der Abfahrt am Bahnhof oder an der Bushaltestelle, denn sonst wäre es ihm bestimmt noch rechtzeitig aufgefallen. Wenn es uns gelingt, diesen Ort herauszufinden, sind wir endlich wieder auf seiner Spur!«

»Richtig! Falls es sich so verhält – und davon bin ich nahezu überzeugt – ist der rechtmäßige Eigentümer *dieses* Gepäckstücks wahrscheinlich derzeit im Besitz des *anderen* Koffers, und den müssen wir unbedingt in die Finger bekommen. Ganz abgesehen davon, dass wir mit der Heimatstadt dieses Herrn, wie Denise soeben völlig zutreffend bemerkte, ein weiteres Puzzleteil des Weges hätten, den unser Mordopfer auf seiner Suche zurückgelegt hat!« Donner reibt sich vergnügt die Hände. »Morgen ist auch Tobias wieder bei uns, dann sind wir komplett. Macht euch an die Arbeit, Leute!«

* * *

Zwei Stunden später sind Chrissie und Wolfgang schon wieder unterwegs. Sein Part war dabei erstaunlicherweise in relativ kurzer Zeit erledigt, weil nach Durchsicht des amtlichen Verzeichnisses deutscher Städte und Gemeinden weitaus weniger Orte infrage kamen als befürchtet. Die zu langen Namen abgezogen, blieben exakt fünf Ortschaften übrig, die in das Schema passen. Ihr derzeitiges Ziel ist eine davon, und sie liegt sogar fast vor der Haustür, was man von den anderen nicht gerade behaupten kann.

Bei Windeck handelt es sich um ein flächenmäßig weit auseinandergezogenes Gemeinwesen an der Grenze zu Rheinland-Pfalz. Die etwa 20.000

Einwohner verteilen sich dabei auf insgesamt sechsundsechzig teilweise nur wenige Häuser umfassende Nebenorte und Ansiedlungen. Obwohl lediglich vierzig Kilometer entfernt, werden sie weit über eine Stunde für die Fahrt benötigen. Zeit genug, sich eine Strategie zu überlegen.

Von den vier anderen Orten liegen drei in Hessen – einer davon sogar an der Grenze zu Thüringen – und einer im Landkreis Görlitz in Sachsen. Um diese Kandidaten werden sich die Kollegen im Kommissariat kümmern und zu dieser Stunde wohl mit Hochdruck alle Wagners und Wegeners in diesen Ortschaften abtelefonieren. Erfreulicherweise kommen nämlich andere Namen tatsächlich nicht in Betracht. Dank Amara Jones war eine Liste semantisch passender Familiennamen mittels eines von ihr selbst entwickelten Computerprogramms schnell zusammengestellt. Zehn davon haben Chrissie und Wolfgang im Gepäck, ein gutes Dutzend weitere sind für Denise und Horst reserviert.

»Wir haben zweimal Wegener und viermal Wagner«, erinnert Müller seine Partnerin. »Plus vier Frauen, deren Vornamen zwar mit ›M‹ anfangen, die aber aufgrund der Klamotten in dem Koffer nicht in Betracht kommen. Wir werden sie ans Ende der Liste setzen, da nicht auszuschließen ist, dass die Kleidung einem der Ehemänner gehört. Wie nicht anders zu erwarten, verteilen sich diese zehn Leute auf ebensoviele Ortschaften, daher werden wir den ganzen Tag und vielleicht auch noch morgen damit beschäftigt sein, die alle abzuklappern.«

»Allein schon die Fahrt in diese Einöde ist eine halbe Weltreise, Wolfie. Wir sollten uns deshalb ernsthaft überlegen, dort irgendwo zu übernachten, wenn es länger dauert«, schlägt seine Freundin vor. »Was meinst du?«

»Vielleicht wäre das gar nicht mal so verkehrt. Es ist immerhin davon auszugehen, dass unser namentlich variabler Kandidat auch in Windeck seine Nummer abgezogen hat und zwei oder drei Tage unter falschem Namen in einer Pension übernachtete. Wir könnten versuchen, diese Herberge ausfindig zu machen, uns dort ebenfalls einquartieren und bei der Gelegenheit gleich einmal gründlich umhören. Du kannst ja nachher mal den Chef anrufen und fragen, ob das auf Spesen geht.«

* * *

Das Diensttelefon klingelt und auf dem Display leuchtet die Nummer der Telefonzentrale auf. »Ja, Malowski?«, meldet sich Denise mit gefurchter Stirn. Es kommt beileibe nicht oft vor, dass jemand sie über die Zentrale zu erreichen versucht, statt die direkte Durchwahl zu verwenden.

»Ich habe da eine Anruferin in der Leitung, Frau Hauptkommissarin«, meldet die Telefonistin diensteifrig. »Sie wollte wohl eigentlich mit Herrn Oberkommissar Müller sprechen, aber der geht nicht an den Apparat.«

»Danke, Sie können das Gespräch zu mir durchstellen, Frau Reinhard. Kriminalhauptkommissarin Malowski, Kripo Siegburg«, meldet sie sich erneut, nachdem die Kollegin kommentarlos aufgelegt hat und im Display die Nummer der Anruferin erscheint.

»Wiegand!«, ertönt eine verunsichert klingende weibliche Stimme aus der Hörmuschel. »Ich wollte eigentlich mit Herrn Müller ... Ist der denn heute nicht im Dienst?«

»Doch, das ist er, aber im Dienste der Gerechtigkeit unterwegs«, kann sich Denise einen Kalauer nicht verkneifen. »Wie kann ich Ihnen weiterhelfen?«

»Ja, also ... Er meinte, ich soll anrufen, wenn mir noch etwas einfällt ... Und da fiel mir ein, dass der Herr Steiner ... Dass ich ihn am Samstag in ein Taxi habe einsteigen sehen, und er kam eine ganze Weile später mit demselben Wagen zurück. Aber da hatte er diese schwarze Umhängetasche nicht mehr, die er sonst ständig mit sich herumgetragen hat. Ich dachte, das interessiert Sie vielleicht, wo Ihr Kollege doch immer wieder nach dieser Tasche gefragt hat!«

»Aber als er wegfuhr, hatte er sie bei sich, das wissen Sie genau?«, wird Denise sofort hellhörig. »Was für ein Taxi war das denn? Haben Sie sich das gemerkt?«

»Ja, die Umhängetasche hatte er definitiv über die Schulter gehängt. Ich kann Ihnen sogar die Taxinummer sagen, das war nämlich die Nummer 42. Sie wissen schon, die Frage nach dem Sinn des Lebens und so! Die ist mir direkt aufgefallen.«

»Und das Taxiunternehmen? Können Sie mir das auch nennen?«, präzisiert Denise geduldig, da sie diesbezüglich offenbar missverstanden wurde.

»Keine Ahnung. Da stand eine Telefonnummer auf der Tür, doch die weiß ich nicht mehr. Ich konnte ja nicht ahnen, dass Sie mich danach fragen würden!«

Aber die Taxinummer hast du dir gemerkt, denkt Denise leise seufzend. »Haben Sie vielen Dank für die Information!«, versichert sie der Anruferin dennoch hastig, bevor die Frau noch den ganzen ›Anhalter durch die Galaxis‹ zitiert. Davon ist sie offenbar ein großer Fan. »Sie haben uns wirklich sehr geholfen!«

Der Fahrer dieses Taxis muss irgendwie zu ermitteln sein! Ich werde Horst darauf ansetzen, beschließt sie und greift erneut zum Telefon, um den Kollegen zu informieren.

* * *

Stunden später ist die Stimmung der Kommissare auf einem vorläufigen Tiefpunkt angelangt. Wolfgang Müller hatte sich für die vom Navigationssystem empfohlene nördliche Route entschieden, die an der Wahnbachtalsperre vorbei über Ruppichteroth ins ›Windecker Ländchen‹ führt. Seit geraumer Zeit lenkt er den Wagen nun auf der B256 durch teilweise winzige Nebenorte mit zum Teil absonderlich klingenden Namen. Abwechslung gibt es kaum, nur jede Menge Landschaft beidseitig der Strecke.

»Das war jetzt Fehlanzeige Nummer vier!«, grummelt Chrissie, nachdem sie die Ortsgrenze von Rosbach hinter sich gelassen haben und auf dem Weg zu ihrer nächsten Anlaufstelle sind, einer im Gegensatz zur vorherigen Ortschaft flächenmäßig eher überschaubaren Siedlung namens Eulenbruch mit einer Handvoll Einwohner. »Wir haben demnach nicht einmal die Hälfte der Kandidaten auf unserer Liste durch. Außerdem ist es schon verdammt spät, wir sollten langsam mal an den Heimweg denken, wenn wir nicht mitten in der Nacht zu Hause ankommen wollen.«

»Was ist aus deinem Plan geworden, hier zu übernachten?«, erkundigt sich ihr Partner neugierig. »Der Chef hatte unserem Antrag, hier auf Spesen die Nacht zu verbringen, doch zugestimmt!«

»Ja, aber nur unter der Bedingung, dass wir die Unterkunft finden, in der Steiner/Berger untergekommen ist. Hast du eine Idee, welche das sein könnte? In der Hälfte der sechsundsechzig Nebenorte dieses Kaffs gibt es Pensionen oder Gasthäuser mit Fremdenzimmern, wir sind in der letzten Stunde an wenigstens zehn davon vorbeigekommen. Wie sollen wir da wissen, welche Unterkunft die Richtige ist? Wenn wir die alle abklappern, sind wir noch am Sankt-Nimmerleins-Tag unterwegs!«

»Die gewählte Pension hatte bisher geografisch jedes Mal einen Bezug zu der von ihm offenbar gesuchten Person«, überlegt Müller. »Leider fehlen uns diesbezüglich grundlegendste Informationen. Allein aus diesem Grund wäre es extrem wichtig für uns, herauszufinden, wo Steiner hier übernachtet hat! Ein Vorschlag zur Güte: Wir befragen diesen

Manfred Wegener hier in Eulenbruch noch und entscheiden dann, wie wir für heute weiter vorgehen. Wäre das in deinem Sinne?«

Chrissie brummelt irgendetwas vor sich hin, das alles Mögliche bedeuten kann, ihr Partner wertet es jedoch zu seinen Gunsten großzügig als Zustimmung. Und außerdem ist er ihr gegenüber ohnehin weisungsbefugt. Zumindest theoretisch.

Der etwa vierzigjährige Mann, der ihnen wenige Minuten später die Tür öffnet, ist mittelgroß und von durchschnittlicher Statur. *Die Klamotten aus dem Koffer könnten ihm schon mal passen*, überlegt Chrissie Ohlsen, die ihn mit geübtem Auge taxiert, während ihr Partner sein Sprüchlein aufsagt. *Er scheint mir nur etwas jung für ein dermaßen altehrwürdiges Teil zu sein, so einen ollen Lederkoffer habe ich zuletzt bei meinem Opa gesehen! Aber andererseits war unser Mordopfer auch nicht so viel älter als dieser Mann hier.*

»Ein brauner Koffer aus Leder?«, hört sie Wegener soeben sagen. »Ja, so einen hatte ich mal, ein Erbstück von meinem Großvater, wenn Sie so wollen. Er ist mir aber vor ein paar Tagen abhandengekommen, warum fragen Sie?«

Müller wirft ihr einen triumphierenden Blick zu. »Ich glaube, wir haben ihn gefunden«, teilt er dem überraschten Mann lächelnd mit. »Könnten wir wohl einen Augenblick hereinkommen? Es hat sich nämlich bezüglich der Umstände seines Auffindens die eine oder andere Frage ergeben!«

* * *

Horst Weiland hätte natürlich alle Taxiunternehmen in und um Troisdorf herum anrufen und sich nach dem Fahrzeug mit der Nummer 42 erkundigen können. Dies wäre bei Dutzenden von Beförderungsunternehmen allein in dieser Region nicht nur die Umständlichste aller Vorgehensweisen gewesen, sondern mit Sicherheit ebenso die langwierigste.

Dass es wesentlich einfacher geht, bestätigt ihm soeben sein untrüglicher Instinkt, der ihn wie so oft auch jetzt wieder mit geringem Zeitaufwand zum Ziel führte. Seine Idee fußt dabei auf der allgemein bekannten Tatsache, dass Taxifahrer sich alle untereinander kennen. Was lag also näher, als sich dorthin zu begeben, wo jederzeit ein paar davon mit ihren Fahrzeugen herumstehen und auf Fahrgäste warten: am Bahnhof! Selbst, wenn das gesuchte Taxi nicht dabei wäre, fände sich garantiert jemand, der es kennt.

Er hat aber Glück: Der Wagen mit der Nummer, die laut einer bekannten Science-Fiction-Satire den Sinn des Lebens symbolisiert, parkt auf Position vier in der Haltebucht. Sein Fahrer steht zigarettenrauchend daneben und unterhält sich angeregt mit zwei seiner Kollegen, als der Ermittler sich dazugesellt. Der geringen Aufmerksamkeit gemäß, die den Männern momentan mangels potenzieller Fahrgäste zuteilwird, werden ihre Taxis wohl noch eine ganze Weile unproduktiv hier herumstehen. Genügend Zeit also für ihn, einem der Fahrer ein paar Fragen zu stellen!

Eine knappe Viertelstunde später sitzt der Ermittler bereits wieder in seinem Auto und fährt vergnügt und mit sich und der Welt zufrieden über die B8 in Richtung Kommissariat. Raimund Land – der Fahrer des Taxis mit der Nummer 42 – erwies sich in den vergangenen Minuten als wahrer Quell an nützlichen Informationen. Weiland hatte sogar Mühe, den Mann in seinem Redefluss zu bremsen und musste ihn auffordern, sich auf das Wesentliche zu beschränken.

Demnach hatte er seinen Passagier am Samstag gegen 11:00 Uhr vor der Pension in Troisdorf-Spich eingeladen und auf dessen ausdrücklichen Wunsch an einen – O-Ton: ›*ruhigen, abgeschiedenen Ort im Wald, mit der Möglichkeit ausgedehnte Spaziergänge zu unternehmen, gerne an einem Gewässer*‹ – gefahren und dort auch zwei Stunden später wieder abgeholt.

Auf die Umhängetasche angesprochen, konnte Land bestätigen, dass sein Fahrgast diese wie seinen Augapfel gehütet habe und selbst während der Fahrt nicht eine Sekunde beiseitelegte. Auf der Rückfahrt habe er sie jedoch definitiv nicht mehr bei sich gehabt, das wisse er genau. Weiland reibt sich in Gedanken die Hände. Die Beschreibung des Taxifahrers bezüglich des höchst auffälligen Verhaltens seines Passagiers lässt in Verbindung mit dem genannten Fahrziel nur *eine* Schlussfolgerung über den Verbleib der Tasche zu!

* * *

»Suchen Sie ein Zimmer?«, werden Chrissie Ohlsen und Wolfgang Müller vom Betreiber der Pension ›Siegblick‹ in Wiedenhof direkt überfallen, kaum, dass sie an den Empfangstresen im ansonsten menschenleeren Gastraum herangetreten sind.

Der hoffnungsvolle Unterton des etwa sechzigjährigen, glatzköpfigen, und zur Fülligkeit neigenden Mannes ist sicherlich der momentanen Flaute im Beherbergungsgewerbe geschuldet, denn wie Touristen sehen die Kommissare nun wirklich nicht aus.

Eulenbruch, die Heimat von Manfred Wegener, liegt nur einen Kilometer nördlich von hier. Dieser entpuppte sich schon nach einem kurzen Frage- und Antwortspiel tatsächlich als der rechtmäßige Eigentümer des aus dem Leyenweiher geborgenen Lederkoffers und konnte den Ermittlern einige wertvolle Hinweise dazu geben. Von ihm haben sie auch den Tipp mit dieser Pension erhalten, in der Konrad Steiner, oder wie immer er sich hier genannt haben mochte, abgestiegen sein könnte.

Das Gepäckstück war Wegener höchstwahrscheinlich am Dienstag, dem 1. September an der S-Bahn-Haltestelle in Rosbach abhandengekommen, als es vermutlich beim Einsteigen in den Zug nach Siegburg mit einem ähnlich aussehenden vertauscht wurde. Bei seiner Ankunft in der Kreisstadt, wo er seine kranke Schwester für ein paar Tage besuchen wollte, hatte er jedenfalls einen fremden Koffer in seinem Besitz. Leider bemerkte er seinen Irrtum aber erst, als der Zug im wahrsten Sinne des Wortes bereits abgefahren war.

Ob Steiner in Siegburg mit ihm ausgestiegen war oder weiterfuhr, wusste Wegener nicht zu sagen, wohl aber, dass dieser definitiv im Bus nach Rosbach gesessen hatte, als er selbst in Eulenbruch zustieg. Er war ihm aufgrund seiner ungewöhnlichen Körpergröße gleich aufgefallen und hatte ihn auf dem gezeigten Foto auch sofort wiedererkannt. Sofern er nicht aus einem Ort jenseits der Landesgrenze gekommen sei, so Wegener, fielen ihm eigentlich nur zwei oder drei Nachbarorte ein, wo er eingestiegen sein könnte. Eine Pension beziehungsweise einen Gasthof mit Fremdenzimmern gäbe es allerdings nur in einem davon, und zwar gleich nebenan in Wiedenhof.

Den mit einem recht stabilen Vorhängeschloss gesicherten Koffer habe er sofort nach seiner Rückkehr übrigens auf dem Fundbüro in Windeck abgegeben, da zumindest äußerlich weder Name noch Anschrift angebracht war und er sich nicht getraut habe, das Schloss aufzubrechen. Seine heimliche Hoffnung, der Fremde sei mit seinem Eigentum ebenso verfahren, hatte sich leider nicht erfüllt.

»Kommt ganz darauf an«, beantwortet Müller endlich die Frage des Wirtes, der seine vermeintlichen Gäste nach wie vor erwartungsvoll anschaut. Er holt seinen Dienstausweis und das Handy hervor. »Wir sind von der Kriminalpolizei! Haben Sie diesen Mann schon einmal gesehen?«, stellt er zunächst die wichtigste aller Fragen, indem er ihm das von der Polizeizeichnerin bearbeitete Konterfei des Opfers zeigt. »Es könnte sein, dass er in der vergangenen Woche bei Ihnen übernachtet hat.«

»Ja, der war hier!«, brummt der Mann, laut dem Leuchttransparent an der Eingangstür ein Rüdiger Fromm, dessen Miene derweil vor Enttäuschung um mindestens zwei Nuancen schattiger geworden ist. »Dem Akzent nach einer aus Österreich. Konrad Weber, wenn ich mich recht erinnere. Er stand letzte Woche Sonntag bei mir auf der Matte und wollte ein Zimmer für drei Übernachtungen, ist aber schon am übernächsten Tag Hals über Kopf abgereist. Hat der Kerl etwa was ausgefressen?«

Merkwürdig, dass die alle als Erstes fragen, ob er was angestellt hat, überlegt Müller. Konrad Weber also dieses Mal! Somit haben sie es hier mit einem weiteren, wahrscheinlich ebenfalls falschen Namen zu tun. Er tauscht einen stummen Blick des Einverständnisses mit seiner Partnerin aus. Für einen Besuch des städtischen Fundbüros ist es jetzt ohnehin zu spät und der Chef hatte im Falle eines Erfolges eine Übernachtung auf Staatskosten ausdrücklich autorisiert.

»Wir nehmen dann ein Doppelzimmer für eine Nacht!«, informiert Chrissie Ohlsen daher unverzüglich den Gastwirt, dessen Miene sich sofort wieder merklich aufhellt, obwohl seine letzte Frage gar nicht beantwortet wurde.

»Mit dem allergrößten Vergnügen!«, ruft Fromm erfreut aus und greift gleichzeitig dienstbeflissen unter den Tresen, um das Gästebuch hervorzukramen. Offenbar will er die Buchung schnellstens vornehmen, bevor die unverhofft aufgetauchten Übernachtungsgäste es sich womöglich wieder anders überlegen. »Ich werde Ihnen sogar eins meiner schönsten Zimmer geben!«

»Nicht so schnell!«, bremst Müller lächelnd den Eifer des überaus geschäftstüchtigen Mannes und schaltet sein Handy gleichzeitig in den Fotomodus. »Vorher würde ich mir nämlich gerne noch die Anmeldung dieses Herrn Weber etwas genauer anschauen und die Seite mit der Buchung zur Beweissicherung abfotografieren.«

Beim gemeinsamen Abendessen zeigt sich, dass Chrissie und Wolfgang doch nicht die einzigen Gäste dieser Herberge sind. Gleich nach ihnen fanden sich zwei Paare und ein einzelner Mann in dem kleinen Speiseraum ein und musterten die Neuankömmlinge sofort mit unverhohlener Neugier, nachdem sie ihre Stammplätze an den Tischen eingenommen hatten. Auch während des Essens warfen sie ihnen immer wieder verstohlene Seitenblicke zu.

Offenbar hat die Tatsache, dass die Polizei im Hause ist, sehr schnell die Runde gemacht, wobei die gut sichtbaren Dienstwaffen in den Gürtelholstern ein Übriges dazu beigetragen haben werden, die Aufmerksamkeit der anderen Gäste zu erregen. Aber wo hätten sie diese auch sonst lassen können? Über einen Tresor verfügt ihr ansonsten sehr schönes und gemütliches Zimmer nämlich nicht, und die Pistolen aus der Hand zu geben, damit die Wirtsleute sie für sie wegschließen, ist laut Dienstanweisung verboten.

Beim Auftischen der Speisen lernten sie auch gleich die Frau des Hauses kennen, eine große, knochige Person mit angenehmen Umgangsformen und eine begnadete Köchin, dem äußerst schmackhaften Essen nach zu urteilen. Zu Konrad Weber, wie ihre Zielperson sich hier genannt hat, wusste sie jedoch nicht wesentlich mehr beizutragen, als die Ermittler bereits von ihrem Mann erfahren hatten.

Da eine Übernachtung bei ihrer Abfahrt heute Mittag nicht einmal ansatzweise geplant war, haben die Kommissare jetzt naturgemäß keine Kleidung zum Wechseln dabei und werden sich diesbezüglich ein wenig einschränken müssen. Zahnbürsten und andere Hygieneartikel gab es jedoch zum Glück in einem kleinen Laden nebenan, der ebenfalls von den Wirtsleuten betrieben wird und dem sie gleich nach dem Check-in einen Besuch abstatteten.

Anschließend rief Wolfgang Müller ihren Vorgesetzten an und informierte ihn pflichtgemäß über das positive Ergebnis ihrer Recherche und dass sie den Verbleib des schmerzlich gesuchten Koffers klären konnten. Er kündigte an, diesen am nächsten Tag beim städtischen Fundbüro in Windeck abholen zu wollen, und bereitete den Chef vorsorglich schon einmal darauf vor, dass es etwas später werden könnte. Sie würden vor Ort noch Ermittlungen bezüglich Steiners dortiger Umtriebe durchführen und daher zur Dienstbesprechung wahrscheinlich nicht rechtzeitig zurück sein.

»Ist schon irgendwie merkwürdig, dass unser Österreicher zwar an jedem Ort einen anderen Nachnamen benutzt, den Vornamen aber niemals ändert«, äußert sich Chrissie mit vollem Mund. Sie löffelt gerade mit großem Genuss den zweiten Nachtisch, und zwar den ihres Freundes. Wolfgang macht sich nichts aus Süßigkeiten und hat der bekennenden Naschkatze deshalb seine Riesenportion Schokoladenpudding großzügig überlassen.

»Dass du nicht platzt bei dem, was du ständig in dich hineinschaufelst!«, schüttelt er ungläubig den

Kopf, obwohl er ihre Essgewohnheiten ja seit Jahren kennt. Es ist aber auch ungerecht: Chrissie kann essen, was sie will und bringt seiner Schätzung nach nicht einmal fünfzig Kilogramm auf die Waage, während er selbst schon beim Gedanken daran gleich ein paar Pfund zunimmt.

»Dieses Verhalten könnte darauf hindeuten, dass der Vorname *nicht* erfunden ist«, kommt er dann zum Thema zurück. »Das machen viele so, die im Umgang mit fremden Identitäten nicht sehr geübt sind. Bei Angaben, die der Realität entsprechen, kann man sich natürlich auf diese Weise auch nicht verplappern.«

»Die Heimatadresse, die er bei den Buchungen nennt, ist aber ebenfalls immer dieselbe«, erinnert sie ihn daran, dass Konrad Weber laut Gästebuch hier in Windeck die gleiche Anschrift angegeben hatte wie als Berger in Lohmar und als Steiner in Troisdorf, wobei er auch hier keinen Ausweis vorlegte. »Und die ist nachweislich falsch, sagen die Wiener Kollegen!«

»Ja, das ist in der Tat äußerst merkwürdig. Im Grunde wissen wir aber nicht mit absoluter Sicherheit, ob der Kerl tatsächlich aus Österreich ist. Wir haben diesbezüglich nur die Aussage seiner Pensionswirte und der Akzent könnte vorgetäuscht sein. Trotzdem bleibe ich dabei: Sollten wir es bei ihm mit einem Kriminellen zu tun haben, handelt es sich nicht um einen Profi, denn ein solcher hätte für jede seiner erfundenen Identitäten garantiert einen passenden Ausweis in der Tasche!«

»Entschuldigen Sie bitte?« Der allein reisende ältere Herr ist unbemerkt vom Nachbartisch herangetreten und enthebt Chrissie mit seinem vorlauten Zwischenruf zunächst einer Antwort. Beide Ermittler drehen ihm synchron die Gesichter zu und schauen ihn auffordernd an. Überrascht über seine im Grunde unhöfliche Einmischung in ihr Gespräch sind sie nicht. Es war ihrer Erfahrung nach lediglich eine Frage der Zeit, bis einer der vor Neugier platzenden Pensionsgäste sich auf diese oder ähnliche Weise bemerkbar machen würde, weshalb sie ihre Unterhaltung auch bewusst in nur leicht gedämpfter Lautstärke geführt haben. Natürlich immer darauf bedacht, nicht allzu sehr ins Detail zu gehen und keine Informationen preiszugeben, die nicht für die Öffentlichkeit bestimmt sind.

»Der Wirt sagte, dass Sie von der Kriminalpolizei sind und hier Ermittlungen durchführen«, fährt der etwa siebzigjährige Mann etwas selbstbewusster fort. »Und da haben wir uns gefragt …«

»Ja?«, ermuntert Wolfgang Müller ihn, weiterzusprechen, weil der begonnene Satz mit einem angedeuteten Fragezeichen unvollendet im Raum schwebt, während der Fragesteller sie nur unverwandt anschaut.

»Sind Sie wegen der Frauenleiche hier, die heute Morgen in einem Wäldchen hier in der Nähe gefunden wurde?«, platzt es endlich aus dem Rentner heraus. Die Kommissare schauen sich entgeistert an. Warum haben sie keine Kenntnis davon? Donner hätte sie in diesem Fall doch längst informiert!

»Von einer Leiche ist uns nichts bekannt«, schüttelt Chrissie Ohlsen wahrheitsgemäß den Kopf. »Wo soll das denn gewesen sein?« Gleichzeitig fordert sie ihn mit einer Handbewegung auf, sich zu ihnen an den Tisch zu setzten, was er umgehend mit einem erleichterten Aufatmen in die Tat umsetzt.

Jede Wette, dass der alte Mann von den anderen Gästen bloß vorgeschickt wurde, um uns auszuhorchen, denkt die Kommissarin amüsiert. Die sich hier bietende Gelegenheit, mit den Leuten ins Gespräch zu kommen, ist dabei nicht einmal ungünstig, da sie dies im späteren Verlauf des Abends ohnehin vorgehabt hatten. Erfahrungsgemäß lassen sich ausgesprochen neugierige Menschen jedoch wesentlich leichter ausfragen, wenn diese aus eigenem Antrieb auf einen zukommen!

»Nicht?«, wundert sich der Mann. »Mein Name ist übrigens Heinrich Rondorf. Ich mag diese ruhige Gegend und komme jedes Jahr hierher. Leider sind die vier Wochen, die ich mir immer Zeit dafür nehme, bald schon wieder vorbei! Das mit der Leiche müssen Sie aber doch wissen, das war ein Riesenaufgebot von Polizei und Tatortermittlern! Wie im Fernsehen war das!«

»Wir sind hier nicht weit von der Landesgrenze entfernt«, überlegt Müller, wobei er schamlos die Atempause ausnutzt, die der mit einem Mal extrem redselig gewordene Mann nach seinem Wortschwall jetzt einlegen muss. »War das auf der anderen Seite des Flusses? In diesem Fall sind vermutlich unsere Kollegen aus Rheinland-Pfalz zuständig.«

»Ja, da könnten Sie wohl recht haben. Aber wenn Sie nicht deswegen hier sind, weshalb denn dann?«, wundert sich Rondorf. »Oder ist es vielleicht wegen dieses Österreichers? Also wissen Sie, der kam mir ja gleich verdächtig vor!«

Christina Ohlsen beugt sich interessiert vor: »Können Sie das irgendwie präzisieren, Herr Rondorf? Was genau hat denn Ihren Argwohn gegenüber Konrad Weber geweckt? Benahm er sich merkwürdig, oder haben Sie ihn bei einer fragwürdig erscheinenden Handlung beobachtet?«

»Ist nur so ein Gefühl … Ständig hatte der diese Umhängetasche bei sich, wirklich immer! Und nie ließ er die auch nur für eine Sekunde aus den Augen! Wir haben alle darüber spekuliert, was er da wohl Wertvolles drin aufbewahren könnte. Er sprach nie ein Wort und setzte sich zu den Mahlzeiten in die entfernteste Ecke. Am ersten Tag verließ er gleich morgens die Pension und stieg in den Bus nach Au, das ist der Nachbarort. Ich sah ihn selbst einsteigen, er kann aber natürlich ebenso gut in eine Stadt jenseits der Landesgrenze gefahren sein. Die Tasche hatte er wieder dabei. Zurück kam er viele Stunden später, ging mit finsterer Miene wortlos auf sein Zimmer und erschien auch zum Abendessen nicht. Am nächsten Morgen reiste er noch vor dem Frühstück ab, obwohl er für eine dritte Nacht im Voraus bezahlt hatte, wie die Wirtsleute uns mitteilten. Und jetzt wird gar nicht weit von hier eine tote Frau gefunden! Muss ich deutlicher werden?«

»Sie haben recht, das ist alles extrem verdächtig!«, spottet die Kommissarin. »Wobei ich allerdings in der Fahrt nach Au und der zugegebenermaßen etwas übertriebenen Fürsorge für einen Stoffbeutel keine strafbare Handlung zu erkennen vermag. Und die Frauenleiche wurde *heute* gefunden, wogegen Herr Weber bereits vor acht Tagen abreiste!«

»Hallo?«, entrüstet sich Rondorf. Er fühlt sich mit einigem Recht nicht für voll genommen. »Weiß man denn, wie lange die da schon gelegen hat? *Sie* haben mich schließlich nach verdächtigen Beobachtungen bezüglich des Österreichers gefragt!«

Wolfgang Müller gibt seiner Partnerin mit einem strengen Blick zu verstehen, einen Gang zurückzuschalten, da mit einem beleidigten Zeugen niemand mehr etwas anfangen kann. »Sie sprachen vorhin von einem großen Polizeiaufgebot am Fundort der Leiche«, wendet er sich an Rondorf, der ihm sofort seine ungeteilte Aufmerksamkeit schenkt. »Das klingt in meinen Ohren so, als seien sie dabei gewesen.«

»Ich habe das von weitem gesehen«, brummt der Mann, jetzt offenbar wieder ein wenig besänftigt. »Ich sagte ja schon, dass mir die freie Natur hier sehr zusagt, und ich mache gerne ausgedehnte Wanderungen. Heute Morgen war das auf der anderen Seite der Sieg, daher habe ich den Einsatz am Rande mitbekommen. Leider haben Ihre Kollegen alles sofort weiträumig abgesperrt, sodass nicht viel zu sehen war. Ich habe nur von einer Frauenleiche reden gehört, die man wohl dort gefunden hat, und später wurde ein Zinksarg weggetragen!«

»Na, dann können Sie uns doch ganz bestimmt morgen gleich nach dem Frühstück diesen Ort zeigen«, meldet sich Chrissie unternehmungslustig wieder zu Wort und schaut Heinrich Rondorf dabei mit jenem ihrem Freund nur allzu bekannten treuherzigen Hundeblick an, dem allenfalls ein Eisblock zu widerstehen vermag.

Erinnerungen

Es kam nicht alles wieder in Ordnung, jedenfalls nicht gleich. Obwohl vom Vorwurf des Mordversuchs an der eigenen Ehefrau und der Tötung eines Fötus vor Gericht freigesprochen, zeigte man in der Nachbarschaft mit Fingern auf mich. Mindestens einmal die Woche wurden die Außenwände meiner Praxis mit hässlichen Parolen und unflätigen Beschimpfungen verunstaltet, aber das Wartezimmer blieb bis auf wenige Ausnahmen leer. Meine Festnahme war der Regenbogenpresse seinerzeit eine ganze Titelseite wert gewesen, mein Freispruch dagegen bloß eine Fußnote.

Im letzten Sommer beschlossen wir, der Hauptstadt endgültig den Rücken zu kehren, die Praxis zu verkaufen und irgendwo auf dem Land einen Neuanfang zu wagen. Die nur wenige hundert Seelen zählende Bevölkerung der kleinen Gemeinde nahe der Grenze fasste nach anfänglichem Misstrauen schließlich Zutrauen zu dem neuen Arzt und die Patienten kamen erst zögerlich, dann in großer Zahl mit den täglichen Wehwehchen zu mir. Es ging wieder aufwärts!

Unverändert blieb dagegen die düstere Stimmung meiner geliebten Ehefrau, die den Verlust des in ihr heranwachsenden Lebens auch nach der seither vergangenen Zeit nicht verwinden konnte. Die Wunden auf ihrem Leib mochten verheilt sein, die auf der Seele hingegen nicht. Hinzu kam, dass der Mann, der uns das angetan hatte, immer noch nicht gefasst worden war, obwohl sein Phantombild in sämtlichen Polizeidienststellen des Landes ausgehangen hatte und in allen Tageszeitungen veröffentlicht wurde. Anneliese, früher unbeschwert und lebensbejahend, dämmerte jetzt nur noch vor sich hin und schien jeglichen Spaß am Leben verloren zu haben.

Einziger Lichtblick in dieser wenig erbaulichen familiären Situation war, dass ich nie wieder etwas von diesem Oberstleutnant Steiner gehört hatte, der mir in der schweren Zeit der Untersuchungshaft das Leben unerträglich gemacht hatte. Obwohl dieser Widerling geschworen hatte, mich bis ans Ende der Welt zu jagen, wenn es sein musste, blieb er seit der Gerichtsverhandlung erfreulicherweise in Deckung. Bis heute!

Gleich nach dem Frühstück erhielt ich nämlich von Steiner die im Befehlston vorgetragene telefonische Aufforderung, mit meiner Frau umgehend ›zwecks Identifizierung einer verdächtigen Person‹ im Präsidium zu erscheinen. Wie sich später herausstellte, hatte die Polizei kurz zuvor einen Mann aufgegriffen, der dem Fahndungsplakat zumindest sehr ähnelte und den man aus diesem Grund zur erkennungsdienstlichen Behandlung mit auf die Wache genommen hatte. Kam jetzt endlich Bewegung in die Angelegenheit?

Um keine falschen Hoffnungen bei ihr zu wecken, teilte ich meiner Frau lediglich mit, die Polizei wolle sie noch ein letztes Mal zu dem Überfall befragen und machte mich mit ihr gemeinsam per Eisenbahn auf den weiten Weg in die Hauptstadt.

Jetzt standen wir in Begleitung zweier Kriminalbeamter vor der aus Fernsehkrimis sattsam bekannten einseitig verspiegelten Glasscheibe. Auf der anderen Seite marschierten soeben sechs Männer unterschiedlichen Alters und Aussehens mit Nummerntafeln auf, die sie mit teils undurchdringlichen Mienen vor ihrer Brust präsentierten. Kaum war dies geschehen, ging ein Ruck durch den Körper meiner Frau, die die Szene mit schreckgeweiteten Augen verfolgt hatte.

»Der da war es!«, rief sie mit tränenerstickter Stimme und zeigte mit zitternder Hand auf die Glaswand. »Der Mann mit der Nummer vier! Er hat unser Kind getötet!«, schluchzte sie und sackte im nächsten Augenblick haltlos in sich zusammen, direkt in meine Arme. Ich aber prägte mir die Gesichtszüge des Mannes mit der Nummer vier in aller Deutlichkeit ein, um sie zeit meines Lebens niemals wieder aus dem Gedächtnis zu tilgen.

Kapitel 5

Donnerstag, 10. September, 09:02 Uhr

Das von Heinrich Rondorf bezeichnete Wäldchen liegt keine fünfhundert Meter Luftlinie von der Pension entfernt südlich des Nachbarortes Imhausen in unmittelbarer Nachbarschaft eines zwar als Naturschutzgebiet ausgewiesenen, aber dennoch immer noch aktiven Steinbruchs. Die kurze Strecke hätte man durchaus bequem in zehn Minuten zu Fuß zurücklegen können, gäbe es dazwischen nicht ein nasses Hindernis in Form der Sieg. Der an dieser Stelle etwa dreißig Meter breite Fluss wälzt sich hier auf seinem Weg zum vierzig Kilometer entfernten Rhein träge durch die Landschaft.

Die Strecke über die nächstgelegene Brücke auf die andere Seite, und dann in Gegenrichtung wieder am Fluss vorbei, ist jedoch mehr als dreimal so weit. Christina Ohlsen und Wolfgang Müller haben sich daher nach reiflicher Überlegung für eine Fahrt mit dem Auto entschieden, worüber Letzterer nicht gerade unglücklich zu sein scheint. Leise pfeifend stellt er den Dienstwagen auf einer schmalen Straße ohne Wohnbebauung ab, weniger als hundert Meter von den ersten Baumreihen entfernt.

Das rot-weiße Flatterband, mit dem die Polizei im ganzen Land ihre Tatorte markiert, ist schon von hier aus schemenhaft zwischen den Bäumen zu erkennen, und so machen sich die Ermittler zügig auf den Weg dorthin. Rondorf ist jedoch entgegen seiner am Abend geäußerten Absicht nicht mitgekommen. Er hatte heute Morgen dann doch keine Lust mehr an der Exkursion verspürt, ihnen aber die Stelle auf den Meter genau benennen können, da er die GPS-Koordinaten der Position, von der aus er am Tag zuvor die Aktion beobachtet hatte, mittels einer entsprechenden App auf seinem Handy gespeichert hatte.

Zwei Minuten später stehen sie vor der ungewohnt kleinräumig mit Flatterband abgesperrten Stelle, die nur etwa drei auf vier Meter misst und von einigen Büschen gesäumt ist. Viel mehr ist aber auch nicht zu sehen, da die Forensiker sämtliche relevanten Gegenstände und Beweisstücke, sofern welche vorhanden waren, mitgenommen haben dürften. Eine flache, frisch ausgehobene Grube, in der die Leiche gelegen haben mag, ist neben dem rot-weißen Band alles, was vom gestrigen Polizeieinsatz zurückgeblieben ist.

Entsprechend enttäuscht ist Chrissies Miene. »Außer dem ollen Flatterband ist hier nichts zu sehen«, mokiert sie sich. »Den Weg hätten wir uns sparen können!«

»Wer wollte denn unbedingt hierher? Hast du etwa erwartet, dass der Täter zurückkehrt? Falls es sich hierbei überhaupt um ein Verbrechen handelt! Übrigens gehören dieser Wald und der angrenzende Steinbruch noch zu Nordrhein-Westfalen und somit zum Rhein-Sieg-Kreis«, informiert er sie mit einem Kontrollblick auf sein Handy mit der

Karte der Gegend. »Wir wären demnach selbst zuständig gewesen, und nicht die Kollegen aus Altenkirchen.«

»Betzdorf, nicht Altenkirchen!«, ertönt eine belustigt klingende Stimme hinter ihnen. Die Kommissare fahren synchron herum und sehen sich mit zwei ebenfalls bewaffneten männlichen Zivilpersonen konfrontiert, die vor allem die Pistolen in ihren Gürtelholstern voller Skepsis mustern.

»Darf man fragen, was ihr hier zu suchen habt?«, erkundigt sich der Jüngere mit gefurchter Stirn und zieht gleichzeitig seinen Dienstausweis hervor, während der andere seine rechte Hand wie zufällig auf den Griff seiner Waffe legt. »Kommissar Haferkamp, Kriminalinspektion Betzdorf! Würdet ihr euch bitte ausweisen? Und lasst die Hände da, wo ich sie sehen kann!«

Die Situation entspannt sich sofort sichtlich, nachdem Wolfgang Müller und Christina Ohlsen sich legitimiert haben. Die Kollegen aus Betzdorf hatten zudem offenbar ohnehin die letzten Worte des Oberkommissars mitbekommen und waren somit vorbereitet, ansonsten hätten sie bei der unverhofften Konfrontation mit zwei Bewaffneten im Wald und dazu noch an einem ausgewiesenen Tatort ganz sicher nicht so lässig reagiert.

»Übrigens ist uns durchaus bekannt, wo wir sind!«, meldet sich der Ältere der beiden, ein Kriminalhauptkommissar Steinbach, erstmals zu Wort. Der Stimme nach ist es derselbe, den sie zuerst gehört hatten. »Nun ist es aber so, dass die Tote keine Unbekannte ist. Sie stammt aus einem kleinen Ort auf *unserer* Seite und wurde im Frühjahr vermisst gemeldet, deshalb betrachten wir uns in diesem Fall für zuständig!«

»Hey, kein Stress deswegen, Kollegen!« Müller hebt beschwichtigend beide Arme. »Wir haben auch so schon genug zu tun. Es ist aber möglich, dass es einen Zusammenhang mit einem derzeit von uns bearbeiteten Mordfall gibt, ich wäre euch daher dankbar, wenn ihr uns über den Fortgang der Ermittlungen auf dem Laufenden halten würdet.«

Wenige Minuten später sind die Siegburger Kommissare auf dem Rückweg in die Pension. Es ist ihnen wieder einmal die Zeit davongelaufen und sie müssen ja noch den Koffer vom Fundbüro in Windeck abholen. Haferkamp und Steinbach versprachen, ihrer Behörde die Ermittlungsakte und den Autopsiebericht unverzüglich zur Verfügung zu stellen, sobald dieser vorläge.

Alsdann verabschiedeten sie sich die Betzdorfer Kollegen mit der beiläufig eingestreuten Information, die Frau sei nach Ansicht ihres Rechtsmediziners höchstwahrscheinlich *nicht* hier an dieser Stelle getötet worden, sondern bereits vor Monaten an einem derzeit unbekannten Ort. Die Todesursache wolle der Pathologe jedoch erst nach der Obduktion nennen, wie das bei diesen Leuten eben üblich sei. Was die Rheinland-Pfälzer Ermittler aber heute Morgen an diesem Ort eigentlich gewollt hatten, sagten sie ihnen nicht.

* * *

Tobias Heller stellt den Dienstwagen an der Wegbiegung südlich des Weihers ab. Weiterzufah-

115

ren wäre wenig sinnvoll, da es von hier aus etwa fünfzig Meter nach Norden über unwegsames Gelände zum Fundort der Leiche gehen soll. Außerdem wartet einige Schritte voraus neben seinem eigenen Einsatzwagen bereits Polizeihauptkommissar Kurt Heimann von der K-9 mit Labrador Retriever Hündin Cassy auf die Kommissare.

Ziel des gemeinsamen Einsatzes ist das Auffinden der verschwundenen Umhängetasche, die gemäß einem Hinweis, den der ebenfalls mitgekommene Kollege Horst Weiland gestern von einem Taxifahrer erhalten hatte, hier irgendwo zu finden sein müsste. Die Ermittler begeben sich unverzüglich zu dem Hundeführer und begrüßen ihn per Handschlag. Mit ihm und seinem klugen Spürhund hatte man es in den vergangenen Jahren mehrfach zu tun, wobei fast alle Einsätze erfolgreich verlaufen waren.

»Die Tasche, die ihr sucht, wurde vor einer knappen Woche hier abgelegt, sagtest du?«, vergewissert sich Heimann bei Weiland.

»Das müsste unserer Kenntnis nach am Samstag gewesen sein. Das stellt hoffentlich kein Problem für deinen Hund dar?«

»Cassy hat schon Menschen aufgespürt, die erheblich länger verschwunden waren«, gibt der Polizist selbstbewusst zurück. »Und bei einem Kleidungsstück oder meinethalben auch einer Stofftasche, die den Geruch des letzten Besitzers trägt, verhält es sich nicht anders. Für meinen Hund ist das ein und dasselbe, lasst uns also anfangen. Wer von euch hat die Duftprobe?«

»Liegt im Kofferraum«, erwidert Tobias einsilbig mit einer bezeichnenden Kopfbewegung zu ihrem Audi. »Wir nehmen sie nachher auf dem Weg zum Startpunkt unseres Einsatzes mit.« Er gibt sich betont lässig, sprüht jedoch nach den Tagen der erzwungenen Untätigkeit innerlich geradezu vor Tatendrang. Einziger Wermutstropfen ist die Abwesenheit seiner verletzungsbedingt zum Innendienst eingeteilten Partnerin. Denise und er sind eben im Duo mehr als nur die Summe der Einzelpersonen.

Bei dem von ihm vorhin erwähnten Startpunkt handelt es sich logischerweise um den Fundort der Leiche, wobei selbstverständlich allen Beteiligten klar ist, dass der Eigentümer der Umhängetasche den etwa fünfhundert Meter langen Weg von der Straße bis zu dieser Stelle insgesamt mindestens zweimal gegangen sein muss. Einmal *mit* der Tasche und dann am Tag darauf *ohne* sie, aber dafür mit dem mittlerweile aus dem Teich geborgenen Koffer.

Die Schnüffelprobe für den Hund besteht aus einem der Kleidungsstücke, die Steiner am Tag seiner Ermordung getragen hatte und die für solche Fälle nach der forensischen Untersuchung in einem Vakuumbeutel konserviert wurden. Wie nicht anders von dem Tier gewohnt, nimmt Cassy Sekunden später Witterung auf und folgt zielstrebig einer nur für sie wahrnehmbaren Fährte den Weg zurück, den sie wenige Minuten zuvor gekommen waren, an den geparkten Fahrzeugen vorbei und dann auf dem breiten Fußweg in Richtung Straße.

Eine erste Irritation entsteht an der Weggabelung am Brunnenkeller, der vor Jahren ebenfalls Schauplatz einer Ermittlung war. Cassy hat hier offenbar die Spur verloren und versucht, die empfindliche Nase dicht über dem Boden, diese wiederzufinden. »Ich fürchte, an dieser Stelle überlagern sich zu viele Fährten«, entschuldigt ihr Führer sich bei den Kommissaren. »Da es sich hierbei um einen häufig benutzten Wanderweg handelt, war das aber zu erwarten. Ich denke, Cassy wird die richtige Spur bald wiedergefunden haben.«

Tobias Heller hat eine Idee: »Lass deinen Hund mal da hinten weitersuchen«, weist er Heimann an, wobei er auf das nahe Bodendenkmal zeigt. »Findest du nicht auch, dass dieses Gemäuer förmlich dazu einlädt, dort etwas zu verstecken?«

Tatsächlich nimmt das Tier auf der anderen Seite der Kreuzung sofort erneut Witterung auf und führt die Menschen am Brunnenkeller beharrlich zum Fuße des mehr als mannshohen gemauerten Kamins, wozu sie eine extrem steile Böschung nach unten klettern müssen. Tobias stand vor zwei Jahren schon einmal hier, und wo damals eine Leiche lag, hängt nun die gesuchte schwarze Umhängetasche für alle sichtbar an einem dornigen Gestrüpp! Cassy setzt sich zum Zeichen, ihre Aufgabe erfüllt zu haben, direkt davor auf den Boden und schaut ihr Herrchen beifallheischend an.

Die Tasche hing, wie sich nun herausgestellt hat, hier die ganze Zeit über wie auf dem Präsentierteller und schrie förmlich danach, endlich gefunden zu werden. Aber aus welchem Grund hätte man an dieser mehr als dreihundert Meter vom Tatort entfernten Stelle nach ihr suchen sollen, bevor der entscheidende Hinweis des Taxifahrers vorlag? Und warum versteckte Steiner sie am Vortag seiner Ermordung ausgerechnet *hier*, und weshalb tat er dies *überhaupt*?

Horst Weiland beäugt den aus dickem Segeltuch gefertigten Beutel von der Größe einer altmodischen Aktentasche kritisch. »Viel kann da aber nicht drin sein«, mutmaßt er mit hochgezogenen Augenbrauen. »Wenn, dann allenfalls etwas extrem Dünnes wie eine Zeitung oder ein paar Briefe. Ich fürchte, die ganze Mühe war völlig umsonst!«

»Ja, die sieht auf den ersten Blick ziemlich leer aus«, nickt Tobias Heller und zieht seine Einmalhandschuhe aus der Tasche. »Wie nehmen sie aber natürlich trotzdem mit, es könnten sich womöglich forensische Spuren daran befinden. Und wer weiß, ob sie nicht doch noch eine Überraschung für uns bereithält, es muss ja schließlich einen triftigen Grund dafür geben, dass ihr Besitzer sie ausgerechnet hier deponiert hat!«

»Deswegen sollten wir sie besser vorerst hier so hängen lassen, bis die KTU sich das angeschaut hat«, schlägt sein Kollege vor. »Das sieht mir nämlich nicht danach aus, als hätte man das Teil bewusst so hingehängt, sondern auf mich wirkt das im Gegenteil so, als wäre die Tasche von oben heruntergefallen oder geworfen worden. Dort gibt es vielleicht Spuren!«

Heller zieht die ausgestreckte Hand schnell wieder zurück und greift stattdessen zum Telefon. »Du hast recht, wir sollten nichts überstürzen. Ich frage mal bei Jürgen an, ob er uns jetzt gleich ein paar seiner Leute vorbeischicken kann. Die Zeit dafür müssen wir uns einfach nehmen!«

* * *

»Wir haben uns von der offenbar total übertriebenen Fürsorge für einen Stoffbeutel in die Irre führen lassen!«, wettert Donner auf der im Anschluss an die forensische Untersuchung des Fundortes einberufenen Fallbesprechung. »Nur weil Konrad Steiner, oder wie der Kerl auch immer heißen mag, diesen Beutel offenbar besonders lieb gehabt hat, haben wir wertvolle Zeit und Ressourcen damit verschwendet, eine leere Tasche zu bergen! Von den Kosten, die dieser Einsatz verschlungen hat, will ich gar nicht erst reden!«

»Ja, Chef, Cassy hat immerhin zwei Hundedrops zur Belohnung bekommen. Was die wohl gekostet haben werden?«, grinst Tobias Heller und erntet für diese Albernheit einen vernichtenden Blick seines Vorgesetzten. »Außerdem war die Tasche gar nicht leer!«, fügt er rasch hinzu, weil Donners Gesicht soeben eine höchst ungesunde Farbe anzunehmen beginnt.

»Wie konnte ich das nur vergessen?«, giftet der Kommissariatsleiter, statt sich zu beruhigen. Selten haben seine Leute ihn derart aufgebracht erlebt und er hat sich jetzt endgültig in Rage geredet. »Da war ja ein *Kugelschreiber* drin! Wenn in dem mittlerweile aufgetauchten Koffer auch nur Klamotten sind, war die Vergnügungsreise unseres Ermittlerpärchens ebenfalls umsonst! Zumindest, was die Ermittlungen angeht«, fügt er ironisch hinzu.

Chrissie Ohlsen und Wolfgang Müller sind noch nicht aus Windeck zurück, werden aber stündlich erwartet.

»Das meinte Tobias nicht, Chef!«, kommt Horst Weiland seinem Kollegen schnell zu Hilfe. »Die vorläufige Untersuchung der Tasche und die Auswertung der Spurenlage im Umfeld ihres Fundortes am Brunnenkeller haben nämlich durchaus wertvolle Erkenntnisse gebracht, wie uns Jürgen vorhin auf dem Weg hierher anvertraute.« Er nickt dem neben ihm sitzenden Forensiker auffordernd zu.

»Einmal davon abgesehen, dass dieser Kugelschreiber Steiners Fingerabdrücke aufweist«, beginnt Vogel seinen Bericht, »haben meine Leute oben zwischen den Mauerresten mehrere Sohlenabdrücke sicherstellen können, die in Größe und Profil absolut identisch mit den am Tatort hinterlassenen sind. Es kann daher eine direkte Kausalität zu der Tat hergestellt werden. Aber da ist noch etwas anderes, das euch interessieren dürfte: Ich konnte im Inneren der Tasche Reste von Waffenöl nachweisen, was darauf schließen lässt, dass eine Schusswaffe darin aufbewahrt wurde. Ich bin daher geneigt, meine ursprünglichen Vorbehalte bezüglich eines Zusammenhangs der Tat mit der im Weiher gefundenen Pistole zu revidieren. Es wäre ein zu großer Zufall, wenn es sich hierbei um eine andere Waffe handeln würde!«

»Das würde tatsächlich vieles erklären«, äußert sich Denise Malowski dazu. »Die Schuhabdrücke belegen, dass Opfer und Täter sich an diesem Ort getroffen haben müssen, bevor es dann weiter zum Leyenweiher ging. Ich stelle mir den Ablauf der

Geschehnisse am Tattag folgendermaßen vor: Steiner verabredete sich mit seinem späteren Mörder am Brunnenkeller und deponierte am Tag zuvor die Tasche mit der Pistole so, dass sie nicht zufällig gefunden wurde, er aber bei dem Treffen schnell darauf zugreifen konnte. Möglichkeiten dazu sind in Form von dichtem Gesträuch und Mauerritzen genügend vorhanden. Erinnern wir uns daran, was er dem Taxifahrer sagte, der ihn dorthin fuhr: ›*ein ruhiger, abgeschiedener Ort im Wald, gerne an einem Gewässer*‹ sollte es sein«, zitiert sie dessen Aussage fast wörtlich aus dem Gedächtnis. »Diese vorausschauende Planung deutet wiederum auf eine gezielte Tötungsabsicht hin, was unsere bisherige Einschätzung von Opfer und Täter zumindest fragwürdig erscheinen lässt!«

»Er wurde von dem anderen Mann entwaffnet und von diesem mit vorgehaltener Pistole gezwungen, ihn zum Ufer des Weihers zu begleiten«, spinnt Horst Weiland den Faden weiter. »Dort gab es erneut einen Kampf, in dessen Verlauf die Schusswaffe im Wasser landete. Steiner könnte dabei unglücklich gestürzt sein und wurde von seinem Gegner bei dieser Gelegenheit ertränkt.«

Donner wiegt nachdenklich das Haupt. »Also, ich weiß nicht recht«, meldet er leichte Zweifel an. »Nicht dass wir uns hier missverstehen, es könnte sich durchaus so verhalten haben. Ja, ich bin mir sogar sicher, dass es so ähnlich abgelaufen sein könnte, aber da steckt meiner Meinung nach wesentlich mehr dahinter, als ein misslungener bewaffneter Überfall mit anschließender Tötung in Notwehr! Die beiden kannten sich und es ist so gut wie sicher, dass unser Opfer seinen Mörder monatelang, wenn nicht sogar jahrelang durch das ganze Land verfolgt hat. Und wir müssen herausfinden, aus welchem Grund er das tat!«

»Eventuell gibt uns ja der Inhalt des Koffers Auskunft darüber, Chef!«, ertönt in diesem Augenblick eine tiefe Stimme vom Eingang her. Sofort rucken alle Köpfe zu Wolfgang Müller herum, der mit Christina Ohlsen soeben in bester Laune den Raum betritt. Die Aufmerksamkeit der Kollegen ist indes eher auf den großen Lederkoffer in seiner Hand gerichtet, der eine frappierende Ähnlichkeit mit dem aus dem Weiher geborgenen hat und den man zunächst fälschlicherweise für das Eigentum des dort zu Tode gekommenen Konrad Steiner gehalten hatte.

Müller stellt den Koffer der Einfachheit neben der Tür ab und folgt seiner vorausgeeilten Partnerin unverzüglich zum Tisch, um den gespannt wartenden Kollegen eine Zusammenfassung der zweitägigen Ermittlungen am äußersten Zipfel ihres Zuständigkeitsbereichs zuteilwerden zu lassen. »Demnach hat sich unser Mann in Windeck zwar erneut unter einem anderen Namen eine Unterkunft gesucht, aber ansonsten genauso verhalten wie später in Lohmar, wo er ebenfalls vorzeitig und offenbar auch überhastet einen Tag vorher als geplant abreiste«, schließt er seinen Bericht ab.

»Dies untermauert unsere These von der Suche nach einer bestimmten Person zusätzlich«, stimmt Heller ihm zu. »Einen Zusammenhang mit der gefundenen Frauenleiche sehe ich hingegen nicht, zumal diese wohl bereits seit mehreren Monaten dort vergraben war, als man sie fand. Ich habe auch überhaupt nichts dagegen einzuwenden, dass die dortige Kripo diesen Fall an sich gerissen hat, wir haben ohnehin genügend mit unserem eigenen Kram zu tun!«

»Ich nehme an, ihr habt in den Koffer hineingeschaut?«, vermutet Donner nicht ganz zu Unrecht. Das Gegenteil hätte ihn schon sehr gewundert, da es schließlich nicht gerade leicht war, ihn aufzuspüren, und zumindest die junge Kommissarin ist für ihre ausgeprägte Neugier bei allen Kollegen bekannt.

»Haben wir«, antwortet Chrissie Ohlsen einsilbig und mit einem hintergründigen Lächeln auf den Lippen. »Es waren wie erwartet Klamotten drin.«

»Und das hier!«, trumpft Wolfgang Müller auf und wirft theatralisch einen Spurensicherungsbeutel, den er bisher erfolgreich vor den neugierigen Blicken der Kollegen hinter seinem breiten Rücken verborgen hatte, auf den Tisch.

Die enttäuschte Miene Donners hellt sich sofort um mehrere Nuancen auf, als er den Inhalt erkennt, der aus einem recht umfangreichen Papierstapel besteht. »Sind das etwa Dokumente?«, erkundigt er sich mit leuchtenden Augen. »Die müssen immens wichtig sein, wenn sie durch das halbe Land mitgeschleppt wurden!«

»Chrissie und ich haben vorab einen Blick riskiert und wir halten es eher für eine Art Tagebuch in Loseblattsammlung beziehungsweise fotokopierte Seiten aus einem solchen. Die Schrift ist zwar kaum zu entziffern, aber sämtliche Blätter sind mit einem

124

Datum versehen und zudem chronologisch geordnet, wie es scheint. Da sie in dem vertauschten Koffer waren, werden die Aufzeichnungen wohl leider spätestens mit Steiners Abreise aus Windeck enden, fürchte ich.«

»Kopien?«, echot Donner. »Wenn jemand sozusagen ein Backup seines Tagebuchs mit sich herumschleppt, bedeutet das entweder, dass ihm das Original abhandengekommen ist, oder dass es besonders wertvoll für ihn ist. Ich frage mich daher, wo er es gelassen hat. Bei ihm gefunden wurde es bekanntlich nicht!«

»Viel interessanter dürfte das sein, was da *nicht* drinsteht, Chef!«, merkt Tobias Heller dazu an. »Sofern er keinen Kopierer im Gepäck mitführte, muss er die Fotokopien irgendwann *vor* seiner Ankunft in Windeck angefertigt haben. Was hat er *danach* erlebt? *Das* wäre von allergrößter Wichtigkeit für uns, denn sobald wir das wissen, kennen wir auch seinen Mörder!«

»Die Aufzeichnungen müssen schnellstmöglich durchgesehen werden!«, bestimmt der Kommissariatsleiter. »Wer kümmert sich darum?«

»Ich erledige das«, meldet sich Heller freiwillig. »Nach drei Tagen Führungsseminar bin ich von allen hier noch am ausgeruhtesten, die einzige Herausforderung war nämlich, bei den vielen langweiligen Vorträgen nicht einzuschlafen. Ich werde die Unterlagen mit nach Hause nehmen und bis morgen früh sicherlich durchgesehen haben.«

Erinnerungen

Anneliese blühte in den Tagen und Wochen nach der Gegenüberstellung sichtlich auf. Als sie nämlich aus ihrem wochenlangen Koma erwacht war und man ihr sagte, das Kind in ihrem Leib habe die Messerattacke nicht überlebt, war sie von schwersten Depressionen befallen worden. Sie nahm mit jedem Tag, der seither ins Land ging, weniger am Leben teil und brütete schließlich nur noch dumpf vor sich hin.

Dies änderte sich nach dem Zusammenbruch auf dem Polizeirevier schlagartig. Der Umstand, völlig unvorbereitet ihrem Peiniger gegenüberzustehen – wenn auch durch eine Glasscheibe getrennt – schien etwas überaus Positives in ihr ausgelöst zu haben. Sie sprach wieder mit mir. Zunächst zwar nur wenige Worte, aber es war wenigstens ein Anfang. Schließlich willigte sie ein, sich in psychologische Behandlung zu begeben, und lernte mit der Zeit, ihre tiefe Trauer zu bewältigen. So schien es zumindest.

Nach einigen Wochen Therapie war sie dann endlich so weit, mit mir über diesen schrecklichen Abend, der alles verändert hatte, sprechen zu können. Es sollte nämlich zuerst der glücklichste Tag ihres Lebens werden. Sie hatte am Nachmittag von ihrem Gynäkologen erfahren, in der neunten Woche schwanger zu sein, und konnte es gar nicht mehr erwarten, mir davon zu erzählen, sobald ich in der Nacht von meinem jährlichen Medizinerkongress zurückkommen würde. Wir hatten uns beide sehnlichst ein Baby gewünscht.

Aber es kam anders. Statt meiner stand plötzlich ein wildfremder Mann in unserer Wohnung und bedrohte sie mit einem Messer. Im Überschwang der Gefühle und in Vorfreude auf meine baldige Rückkehr hatte sie wohl vergessen, die Haustür zu schließen. An Geld war dem Eindringling jedoch nicht gelegen, wie sich schnell herausstellte.

Vielmehr schien er auf Entzug zu sein, dem irren Flackern in seinen Augen nach zu urteilen. Diesen Ausdruck kannte Anneliese als Arztfrau nur zu gut, da ich auch Drogensüchtige betreute, weswegen ich immer einen Vorrat Methadon in meinem Medizinschrank lagerte. Und darauf hatte der Mann, dem Akzent nach ein Deutscher, es offenbar abgesehen. Sie konnte ihm zwar zunächst entwischen und sich im Badezimmer gleich nebenan einschließen, wo die Tür einladend offenstand. Leider war die Verschnaufpause aber nur von kurzer Dauer und sie hatte sich zudem mit der Wahl ihrer Zuflucht in eine extrem ausweglose Situation gebracht, denn dort gab es kein Telefon!

Der Rest der Geschichte ist durch ein gnädiges Schicksal für immer der Vergessenheit anheimgefallen und konnte nur unzureichend rekonstruiert werden. Es wird wohl so gewesen sein, dass der Einbrecher die Tür aufbrach und wie ein Berserker auf sie einstach. Wie sie in die Wanne kam, in der ich sie Stunden später gefunden hatte, dem Tod näher als dem Leben, ist ebenfalls unbekannt.

Und dann kam der Tag, der den beginnenden therapeutischen Erfolg mit einem Schlag wieder zunichtemachen und Anneliese erneut in tiefe Depressionen stürzen sollte, und dieses Mal wohl endgültig! Es war der letzte Prozesstag gegen den Mörder unseres gemeinsamen Kindes. Es war der Tag, an dem dieser miese Bastard aus Mangel an Beweisen freigesprochen wurde und auf Nimmerwiedersehen von meinem Radar verschwand. Wir wussten nicht einmal seinen Namen, da wir auf Anraten des Psychologen nicht an der Verhandlung teilgenommen hatten.

Als wäre dies noch nicht genug der Demütigung, meldete sich im Anschluss an die Gerichtsverhandlung Oberstleutnant Steiner nach Monaten des Stillschweigens wieder zu Wort. Er erinnerte mich mit hämischem Ton daran, dass er schließlich von Anfang an nicht an den ›großen Unbekannten‹ geglaubt habe und jetzt erst recht nicht ruhen werde, bis es ihm endlich gelänge, mich des Mordversuchs an meiner Frau zu überführen.

Kapitel 6

Freitag, 11. September, 08:02 Uhr

»Ich fürchte, daraus werden wir auch nicht das erfahren, was der Chef sich erhofft hat und was wir alle am dringendsten wissen wollen!« Tobias Heller wirft das Bündel der am Vortag von den Kollegen in Windeck erbeuteten Aufzeichnungen in hohem Bogen zielsicher auf seinen Schreibtisch, bevor er die Lederjacke an den Haken hängt und seinen Platz einnimmt.

Denise Malowski schaut ihn fragend an, nachdem sie widerstrebend ihren begehrlichen Blick von der Kaffeemaschine gelöst hat, in der soeben die letzten Tropfen Wasser durch den Filter laufen. »Du siehst übernächtigt aus«, stellt sie mit hochgezogenen Augenbrauen fest. »Ist es gestern denn sehr spät geworden?«

»Von dem Kaffee könnte ich jetzt auch einen kräftigen Schluck gebrauchen«, bekundet ihr Partner müde, ohne auf die Frage näher einzugehen. Er hatte sich die halbe Nacht mit dem umfangreichen Inhalt der kopierten Seiten um die Ohren geschlagen und war dabei nicht einmal weit gekommen, weil das Lesen bei der unleserlichen Schrift, mit der die Texte durchweg verfasst worden waren, sich als recht mühsam erwiesen hatte. Dies lag allerdings nicht nur an der krakeligen Handschrift, sondern in gleichem Maße sicherlich auch an der mangelhaften Qualität der Kopien. Möglicherweise wurden sie auf einem dieser Multifunktionsgeräte erstellt, die man heutzutage in heimischen Büros benutzt, und bei dem offenbar entweder die Tinte zur Neige gegangen war oder der Druckkopf fehlerhaft gearbeitet hatte.

»Das heißt, der Name des Kerls, hinter dem Steiner her war, steht da gar nicht drin?«, vergewissert sich Denise, indem sie auf seinen ersten Satz nach dem Betreten des gemeinsamen Büros Bezug nimmt. Eine Antwort auf ihre Frage hatte sie ja nicht bekommen. Sie ist derweil aufgestanden und füllt gewissenhaft zwei Becher mit dem schwarzen Muntermacher, wovon sie ihm einen reicht. »Hier, damit du endlich wach wirst! Hast du denn schon alles gelesen?«

»Machst du Witze? Ich habe es nach stundenlangem Studium gerade mal geschafft, ein paar Sätze zu entziffern. Der Kerl hat eine Sauklaue, sage ich dir! Die Kopien sind auch miserabel, und das ist noch vornehm ausgedrückt! Aber um deine Frage zu beantworten: Ich habe mir logischerweise die letzten Seiten zuerst vorgenommen, und da steht etwas über den Grund seiner Anwesenheit in Windeck. Aus dem Geschriebenen geht jedoch einwandfrei hervor, dass er zwar wusste oder zumindest vermutete, dass der von ihm gesuchte Mann sich in dieser Gegend aufgehalten hatte, aber mehr auch nicht. Einen Namen hat er jedenfalls nicht notiert, allerdings wurde der letzte Eintrag anscheinend einige Tage vorher, also vermutlich kurz vor Beginn seiner Reise vorgenommen.«

130

»Was hältst du denn davon, wenn wir Horsts Frau bitten, eine ›Übersetzung‹ anzufertigen? Für sie als Lehrerin ist der Umgang mit solchen krakeligen Handschriften doch sicher eine alltägliche Angelegenheit und wir hätten es hinterher wesentlich leichter mit dem eigentlichen Inhalt. Sie könnte es zudem gleich abtippen, wenn sie einmal dabei ist!«

»Birgit ist Grundschullehrerin, Denise! Im zarten Alter von acht Jahren schreiben die Kinder auch heutzutage in der Regel noch so, dass man es einigermaßen lesen kann. Nein, da käme wohl eher ein Apotheker infrage, denn unser Mann scheint Arzt gewesen zu sein, wenn ich sein Geschreibsel richtig verstanden habe. Und er hat vor Jahren einmal im Knast gesessen. Wegen Mordes!«

»Wegen Mordes?« Denise setzt ruckartig ihre Tasse ab, sodass ein wenig Kaffee überschwappt. »Das wird ja immer verworrener!«

»Ja, und du rätst garantiert nicht, wie der Beamte hieß, der ihn damals hinter Gitter gebracht hat. Das war nämlich ein Oberstleutnant *Steiner*!«

»Etwa *Konrad* Steiner? Könnte es sein, dass *er* das Tagebuch verfasst hat und auch derjenige ist, der am Leyenweiher zu Tode kam?«

»Das ist höchst unwahrscheinlich. Unser Mann wird sich bei der Auswahl der falschen Identitäten wohl eher einfach nur an bekannten Personen orientiert haben. Den Vornamen des österreichischen Kollegen verschweigt er uns jedoch. Seinen eigenen Namen leider ebenfalls, jedenfalls habe ich bisher keinen Hinweis darauf gefunden. Aber ich bin ja noch ganz am Anfang.«

»Die Tatsache, dass er bei allen uns bekannten Gelegenheiten denselben Vornamen benutzte, lässt immerhin die Vermutung zu, dass dieser echt ist«, überlegt Denise und greift wieder nach ihrer Tasse.

»Leichenfund in Troisdorf!«, bellt in diesem Augenblick eine wohlbekannte Stimme von der Tür her. Wie immer, steckt der Chef nur den Kopf herein. Tobias schluckt die ihm bereits auf der Zunge liegende Antwort auf den letzten Satz der Kollegin wieder hinunter und wendet sich mit einem Fragezeichen im Gesicht dem Vorgesetzten zu.

»Ihr fahrt sofort dorthin!«, ordnet Donner kurz angebunden an und reicht ihm einen Zettel mit der Adresse. »Spurensicherung und Rechtsmedizin sind schon unterwegs. Äh … Du bleibst selbstverständlich hier im Kommissariat, Denise!«, fügt er hastig hinzu, weil die Hauptkommissarin wie gewohnt sofort die Dienstwaffe hervorgeholt hat und Anstalten macht, sich Tobias anzuschließen, der bereits aufgesprungen ist und seine Jacke vom Haken genommen hat.

****

Na toll, und was soll ich jetzt machen? Denise legt nach Tobias' Abgang die Pistole enttäuscht in die Schreibtischschublade zurück und greift stattdessen zu ihrer halbvollen Kaffeetasse, die sie aber nur nachdenklich mit beiden Händen umklammert, ohne daraus zu trinken. *Warum muss ich auch von der Leiter fallen?* Sie hadert mit ihrem ihrer Meinung nach höchst ungerechten Schicksal und blickt sehnsüchtig zur Tür, die ihr Partner auf dem Weg zu einem Tatort erst vor wenigen Augenblicken hinter sich zugezogen hat. Sie wäre schon gerne mit ihm hinausgefahren, zumal sie mittlerweile ganz gut ohne die Krücken zurechtkommt.

Sie überlegt, ob der neue Leichenfund etwas mit ihrem aktuellen Fall zu tun haben könnte. *Völlig auszuschließen ist das natürlich nicht, wenn es auch ein großer Zufall wäre! Aber wurde in Windeck nicht erst vorgestern ebenfalls eine tote Frau gefunden? Sofern es zwischen den Morden tatsächlich einen Zusammenhang gibt, pflastert dieser Mensch seinen Weg geradezu mit Leichen!*

An diesem Punkt ihrer Gedanken angekommen, stutzt sie und greift sich unwillkürlich an den Kopf. *Aber natürlich! Dass da noch keiner drauf gekommen ist! Sagte der Chef nicht neulich, man müsse den Weg Konrad Steiners rekonstruieren, oder so ähnlich? Was, wenn es gelänge, die Route desjenigen nachzuzeichnen, auf dessen Spur er sich bewegte, obwohl sein Name uns nicht bekannt ist? Die beiden Bewegungsprofile müssten doch weitgehend identisch sein!*

Fieberhaft fahndet sie nach Stift und Papier auf ihrem Schreibtisch und zeichnet, nachdem sie fündig geworden ist, einen Zeitstrahl mit allen Orten, die das Mordopfer in den Tagen vor seinem Tod besuchte. Die in Imhausen entdeckte Leiche bezieht sie dabei ebenso in ihre Überlegungen mit ein wie die Annahme, dass diese nach Angaben der Ermittler aus Rheinland-Pfalz theoretisch seit mehreren Monaten dort gelegen haben könnte.

Mit einem letzten kritischen Blick auf ihre zugegebenermaßen etwas abstrakt aussehende Zeichnung greift sie entschlossen zum Telefon. Sollte ihre allmählich konkret werdende Idee tatsächlich funktionieren, liegt eine Menge Arbeit vor ihr. Aber der Tag ist ja noch jung, und Chrissie und Wolfgang werden ihr sicher bei der Auswertung der zu erwartenden Datenmenge helfen.

Ihre erklärte Absicht, das Rechenzentrum anzurufen, welches die Einwohnerdaten des gesamten Rhein-Sieg-Kreises hostet, wird indes durch das Klingeln ihres Telefons zunichtegemacht. Da sie ohnehin gerade den Hörer abheben wollte, um die Nummer des IT-Betriebes zu wählen, muss sie die Bewegung nur noch vollenden, um das Gespräch entgegenzunehmen.

In der Leitung ist eine offenbar schon etwas betagte Frau, die nach einer umständlichen und wortreichen Einleitung auf die in allen Bussen ausgehängten Fahndungsplakate zu sprechen kommt. Nun ist Denise als Mutter einer lebhaften Vierjährigen zwar mit einer nahezu unendlichen Geduld gesegnet, im Beruf geht ihr diese aber oft ab.

Dennoch hört sie der alten Dame selbstverständlich aufmerksam zu, während diese sich tausendmal dafür entschuldigt, nicht schon früher angerufen zu haben. Sie habe der Sache ja zuerst gar keine Bedeutung beigemessen, so die Anruferin, aber dann sei heute dieser Artikel von dem Leichenfund am Leyenweiher in der Zeitung, und der Tote auf dem Bild habe genauso ausgesehen wie der Mann auf dem Plakat.

Die eigentliche Information, die sie in den folgenden Minuten von der alten Dame erhält, mag zwar auf den ersten Blick keine allzu große Sensation sein, füllt aber zumindest eine weitere Lücke in dem bisher durch ähnliche Zeugenaussagen erstellten Bewegungsprofil des Konrad Steiner aus. Dennoch muss bei näherer Betrachtung wesentlich mehr hinter der von der Zeugin beobachteten Handlung dieses Mannes stecken, als es den Anschein hat, davon ist die Ermittlerin überzeugt!

Denises Gedanken überschlagen sich förmlich: Diese leider um Tage verspätet eingegangene Meldung hat womöglich etwas mit den soeben erst aufgetauchten schriftlichen Aufzeichnungen zu tun, und sollte dies der Fall sein, wäre es dringend erforderlich, mehr darüber zu erfahren! Ist das der ersehnte Durchbruch? Schnell verfasst sie eine entsprechende Notiz für die Ermittlungsakte und holt anschließend unverzüglich den ursprünglich geplanten Anruf im Rechenzentrum nach.

* * *

»Eine Apotheke?«, wölbt Horst Weiland erstaunt die Augenbrauen beim Anblick des Menschenauflaufs vor dem mit rot-weißem Flatterband abgesperrten Ladenlokal. Laut der Adressangabe, die sie von Donner erhalten haben, handelt es sich hierbei um den Tatort beziehungsweise den Fundort der Leiche, was aber nach Tobias Hellers Meinung in diesem Fall dasselbe sein dürfte. Jedenfalls fällt ihm kein triftiger Grund ein, weshalb man jemanden anderswo umbringen und dann ausgerechnet *hier* ablegen sollte.

Unter dem runden Dutzend Schaulustiger, die sich vor der Tür versammelt haben, erkennt Hellers geübter Blick sofort die wasserstoffblonde Reporterin vom *Rhein-Sieg-Echo*. Irene Leitner steht mit ihrem Fotografen Volker Grohmann wie immer in vorderster Front unmittelbar vor der Absperrung und redet pausenlos auf die beiden uniformierten Kollegen ein, die den Eingang bewachen und den Wortschwall der als besonders aufdringlich bekannten Vertreterin ihrer Zunft mit unbewegten Gesichtern über sich ergehen lassen. Vertreter der Presse haben an einem Tatort nichts zu suchen und gehören somit zu den letzten Personen, die vorgelassen würden.

Einer von ihnen hebt wortlos das Band an, um den Kriminalbeamten den Zugang zu erleichtern. Heller und Weiland nicken den Kollegen grüßend zu und tauchen nacheinander unter dem Flatterband hindurch. Die Versuche der Journalistin, sie in ein Gespräch zu verwickeln, ignorieren sie dabei ebenso wie das dreimalige Auslösen der Fotokamera ihres Begleiters. Dennoch atmen sie erleichtert auf, als die Eingangstür der Dreikönig-Apotheke sich hinter ihnen schließt und die Geräuschkulisse der draußen verbliebenen Menschenmenge wirksam ausgeblendet wird.

Drinnen laufen sie Jürgen Vogel, der mit zwei weiteren Forensikern die Tatortuntersuchung durchführt, sozusagen direkt in die Arme. Die Leiche, eine rothaarige Frau in einem weißen Laborkittel, liegt inmitten zahlloser, teilweise aufgerissener Medikamentenpackungen bäuchlings in einer Blutlache hinter dem Verkaufstresen auf dem Fußboden. Doktor Martina de Luca kniet zwecks einer ersten Einschätzung des Tathergangs und der Ermittlung von Todeszeit und Todesursache in der üblichen Pose daneben. Die Rechtsmedizinerin ist augenscheinlich wieder einmal vollständig in ihre Arbeit versunken, denn sie hat für die Neuankömmlinge nicht einen einzigen Blick übrig.

»Die Tote heißt Elena Peters«, verkündet der Forensiker. »Wir haben zwar keinen Ausweis bei ihr gefunden, aber ihr gehört der Laden hier. Das sagt jedenfalls die Kundin, die sie gleich zu Geschäftsbeginn heute Morgen tot hinter dem Tresen liegend vorgefunden hat.« Er macht eine bezeichnende Kopfbewegung hin zu einem funktional eingerichteten Wartebereich in der linken Ecke, wo zwei Stühle aufgestellt sind. Vermutlich sind diese Sitzgelegenheiten für Kunden gedacht, die etwas länger auf ihre Medikamente warten müssen. Auf einem davon sitzt eine in Tränen aufgelöste Frau in den Sechzigern, auf dem anderen eine junge Polizistin, die beruhigend auf sie einzureden versucht, mit dieser Aufgabe jedoch hoffnungslos überfordert zu sein scheint.

Tobias Heller beschließt, diese Zeugin zuerst zu befragen, damit die arme Frau schnellstmöglich in ärztliche Obhut kommt oder zumindest diesen verstörenden Ort in direkter Nachbarschaft zu einem toten Menschen verlassen kann. Sie tut ihm zwar aufrichtig leid, aber für die Ermittlungen ist es enorm wichtig, wenn die Erinnerungen der Befragten noch frisch sind und nicht von anderen Sinneseindrücken überlagert wurden.

* * *

Viel hatten sie von der Zeugin Amalia Richter nicht in Erfahrung bringen können. Die achtundsechzigjährige Rentnerin war vor einer Stunde in die Apotheke gekommen, um eine dringend benö-

tigte Salbe abzuholen, die Elena Peters extra für sie
angerührt hatte und die heute fertig sein sollte.
Zunächst war es ihr merkwürdig vorgekommen,
dass im Ladenlokal kein Licht brannte und auch
niemand im Verkaufsraum zu sein schien, obwohl
eigentlich geöffnet sein müsste.

Da die Eingangstür unverschlossen war, wie sie
durch einen zaghaften Versuch feststellte, ging sie
zögernd hinein. Nur wenige Augenblicke später
bereute sie ihren Vorstoß aber bitterlich, als sie
nämlich die Inhaberin in ihrem eigenen Blut hinter
dem Tresen liegen sah. Verdächtige Personen, die
sich eventuell vom Tatort entfernt haben könnten,
hatte sie nicht bemerkt. Tobias Heller vermutet
daher in Anbetracht der frühen Stunde dieses
Ereignisses, dass die Bluttat bereits am Abend vorher stattgefunden hat, worauf auch die eingetrock-
nete Blutlache hindeutet. Eine Tatsache, die seinem
geübten Auge vorhin sehr wohl aufgefallen war.
Diese Annahme wird ihm kurz darauf von der
Rechtsmedizinerin bestätigt.

»Der Tod trat vor mindestens vierzehn Stunden
ein«, verkündet Dr. de Luca den sich nähernden
Kommissaren, und kommt damit einer entsprechenden Frage zuvor. Dazu benötigt sie keine hell-
seherischen Fähigkeiten, da diese Auskunft immer
die Erste ist, die von Kriminalbeamten eingeholt
wird, sobald sie an einem Tatort erscheinen.

»Also wahrscheinlich irgendwann gestern vor
20:00 Uhr«, stellt Tobias Heller mit einem Blick auf
seine Armbanduhr fest. »Die Apotheke schließt
anderthalb Stunden vorher, wenn ich das Schild an
der Eingangstür richtig im Kopf habe. Das wäre

demzufolge der früheste Zeitpunkt, da man die Tote ansonsten ganz sicher noch am Abend gefunden hätte. Der Täter könnte demnach der letzte Kunde gewesen sein.«

»Mit dieser Einschätzung bezüglich des *Todeszeitpunktes* dürften Sie in etwa richtig liegen«, gibt sich de Luca ungewohnt friedfertig. Normalerweise reagiert sie auf solche Bemerkungen ziemlich bissig. »Wann genau die *Tat* verübt wurde, vermag ich allerdings dieses Mal nicht mit Bestimmtheit zu sagen!«

»Das heißt, die Frau verstarb nicht sofort infolge des Angriffs, sondern erst später?«, reagiert Heller folgerichtig auf die merkwürdige Betonung der Pathologin. Einen anderen Grund für ihre letzte Bemerkung kann er sich jedenfalls nicht denken. »Und woran starb sie Ihrer geschätzten Meinung nach?«

»Eine gerichtsfeste Auskunft darüber werde ich Ihnen wie immer im Anschluss an die Obduktion geben können«, erfolgt die halbwegs erwartete Antwort der Medizinerin. »Ich vermute aber, dass umfangreiche innere Blutungen letztlich ihren Tod herbeigeführt haben, da meiner Meinung nach keiner der acht Messerstiche für sich alleine tödlich gewesen sein dürfte.« Sie zeigt auf die jetzt auf den Rücken gedrehte Leiche: »Sehen Sie? Der ganze Leib ist von unterschiedlich tiefen Wunden bedeckt, die nur von einem Messer oder einem ähnlich spitzen Gegenstand herrühren können. Ich halte jedoch die Stiche in den Unterleib letztendlich für todesursächlich, da dort bekanntlich einige lebenswichtige Organe angesiedelt sind, von Magen und Darm ganz zu schweigen.«

»Bei einem sofort eingetretenen Tod müsste sie außerdem in der jetzigen Stellung, also auf dem Rücken liegend, vorgefunden worden sein, da der Angriff höchstwahrscheinlich von vorne kam«, mutmaßt Horst Weiland. »Ich nehme an, sie hat sich kriechend fortzubewegen versucht, nachdem der Angreifer den Laden verlassen hatte. Vermutlich wollte sie Hilfe rufen, hat es aber nicht mehr bis zu dem Telefon geschafft, das dort an der Wand hängt.«

Die Kommissare wenden sich schaudernd von dem blutigen Anblick ab. Auch ohne medizinische Kenntnisse wirkt der Leichnam auf die Ermittler, als sei der Täter hier mit ungewöhnlich großer Wut und Brutalität vorgegangen. »Haben Sie vielen Dank, Frau Doktor de Luca«, beeilt sich Tobias Heller, zu sagen. »Wir sehen uns dann bei der Leichenschau!«

»Ich werde diese gleich am Montagmorgen durchführen«, beantwortet die Rechtsmedizinerin die unausgesprochene Frage des Polizisten mit einem angedeuteten Kopfnicken und wendet sich wieder ihrer Leiche zu, um ihre erste Inaugenscheinnahme schnellstmöglich abzuschließen.

Tobias Heller und Horst Weiland hingegen begeben sich unverzüglich auf die Suche nach Jürgen Vogel, den sie irgendwo in den dem Verkaufsraum angegliederten Räumen herumhantieren hören. Von ihm erhoffen sie sich eine erste Einschätzung zum Tathergang. Außerdem haben sie das dringende Bedürfnis, ihm die *zweite* Standardfrage von Kriminalbeamten an einem Tatort zu stellen: die nach der Tatwaffe.

Es kommt nämlich gar nicht mal selten vor, dass ein Straftäter, sofern er planlos oder im Affekt gehandelt hat, anschließend in Panik gerät und diesen unter Umständen belastenden Gegenstand einfach zurücklässt. Die wahllos auf den Fußboden geworfenen Medikamente lassen zudem darauf schließen, dass der Täter auf Betäubungsmittel aus war, und Drogensüchtige gehen besonders irrational vor, wenn sie auf Entzug sind.

* * *

»Am Tatort sah alles nach dem Überfall eines Junkies aus, der sich auf die Schnelle etwas Stoff für Lau besorgen wollte«, schließt Tobias Heller seinen Bericht ab. Aufgrund der Umstände ist die Fallbesprechung heute mit zwei Stunden Verspätung einberufenen worden, sodass es jetzt schon fast Mittag ist. »Ob allerdings Medikamente fehlen, die unter das Betäubungsmittelgesetz fallen, wird uns die Assistentin der getöteten Apothekerin aber frühstens am Montag sagen können, da sie erst eine Inventur durchführen muss.«

»Könnte sie selbst für den Überfall verantwortlich sein?«, will Donner wissen. »Immerhin wurde er bereits gestern Abend gegen Ladenschluss verübt, wie du gerade sagtest.«

»Da hatte sie ihren freien Tag und war zu Hause, Chef. Ihr Mann hat uns ihr Alibi ohne zu zögern bestätigt. Heute Morgen kam sie später, weil ihre Schicht erst um 10:00 Uhr beginnt. Die Apotheke hat Notdienst und sie wäre mit der Bereitschaft an der Reihe, wenn es sich nicht um einen Tatort handeln würde und der Laden daher geschlossen bleibt, bis die Untersuchungen abgeschlossen sind. Sie wirkte sehr geschockt, als sie die Bescherung sah, und ich nehme ihr das auch ab. Außerdem: Welches Motiv sollte sie gehabt haben?«

»Habgier vielleicht? Auf dem Schwarzmarkt werden Opiate und andere Mittelchen wie zum Beispiel Methadon geradezu mit Gold aufgewogen, wie du weißt! Aber egal, ich vertraue selbstverständlich deinem Instinkt, kommen wir also zunächst zu den Ergebnissen der Tatortuntersuchung. Jürgen?«, fordert der Kommissariatsleiter den ebenfalls anwesenden Leiter der Forensik mit einem Kopfnicken zu einer Stellungnahme auf.

»Die Spurenlage unterstützt Tobias' Einschätzung voll und ganz«, beginnt Jürgen Vogel mit seinem Bericht. »Wenn eine Person sie angegriffen hätte, der sie vertraute, sähe das alles völlig anders aus. Ist Erfahrungssache! Außerdem wurde die Frau nicht dort lebensgefährlich verletzt, wo sie bei unserem Eintreffen lag, sondern ein paar Meter weiter, direkt an der Theke. An der Stelle haben wir jedenfalls Blut von ihr gefunden. Sie war, wie Tobias schon erwähnte, nach Einschätzung der Rechtsmedizinerin nicht sofort tot, und hat wahrscheinlich sogar noch versucht, Hilfe zu rufen. Sie muss sich dabei, der hinterlassenen Blutspur gemäß, kriechend fortbewegt haben.«

»Und vergessen wir nicht, dass Frau Doktor de Luca acht Stichwunden gezählt hat«, wirft Horst

Weiland ein. »Das alles sieht nun wirklich nicht nach einer geplanten Aktion aus, sondern wirkt eher wie die Tat eines komplett Wahnsinnigen.«

»Verwertbare Fingerabdrücke haben wir auch gefunden«, fährt Vogel fort. »Die meisten sind von der Inhaberin und ihrer Assistentin. Die Abdrücke im Kundenbereich haben wir allerdings gar nicht erst unter die Lupe genommen, das wären einfach zu viele gewesen. Hinter dem Tresen fanden sich jedoch einige, die bisher nicht zuzuordnen waren, sie könnten demnach dem Täter gehören. Einen Treffer in der Datenbank haben wir leider nicht, dafür aber die Tatwaffe!«, gibt er das Beste wie immer zum Schluss seines Vortrags preis, was man jedoch von dem exzentrischen Wissenschaftler seit vielen Jahren gewohnt ist.

»Wir fanden sie im Mülleimer, der vor der Apotheke steht«, fährt er nach einer Atempause fort, während der er beifallheischend in die Runde blickt. »Es handelt sich um ein großes, blutbeschmiertes Küchenmesser, welches in eine Plastiktüte eingewickelt war. Ich denke, der Täter wird es mitgebracht haben, denn im Ladenlokal haben wir vergleichbare Werkzeuge nicht gefunden. Das Blut an der Klinge wurde noch nicht analysiert, ich bin mir aber sicher, dass es vom Opfer stammt. Wesentlich interessanter dürfte der Messergriff sein. Da der Täter offenbar keine Handschuhe trug und auch sonst recht sorglos vorging, könnte er seine DNA daran hinterlassen haben. Eine einzige Hautzelle würde schon reichen, meine Leute sind zur Stunde aber noch mit der Untersuchung beschäftigt. Die DNA-Analyse der Blutprobe erwarte ich in drei bis vier Tagen, spätestens Mitte der Woche.«

»Das sieht mir in der Tat nach dem Überfall eines Junkies aus«, nickt Donner, nachdem Vogel seinen Bericht beendet hat. »Mit unserem Fall vom Leyenweiher hat er aber wohl nichts zu tun, fürchte ich. Aufgrund der derzeitigen Lage werden wir ihm jedoch höchste Priorität geben und die Ermittlungen zu dem anderen zunächst auf Sparflamme laufen lassen, bis neue Ergebnisse vorliegen. Hatte die Frau Familie?«

»Laut Aussage der Assistentin gibt es einen geschiedenen Mann«, antwortet Tobias. »Ein Doktor Lars Peters, der ebenfalls für die Pharmaindustrie arbeitet. Er ist jedoch derzeit in den USA und forscht fieberhaft an einem neuen Impfstoff. Ich habe das überprüft, als Täter kommt er nicht in Betracht.«

»Okay, dann ist der wohl raus. Bleibt aber dran, ihr wisst ja, was die Kriminalstatistik über Gewaltverbrechen im sozialen Umfeld der Opfer sagt. Gibt es wenigstens irgendwelche Erkenntnisse zu unserem anderen Mordfall?«, fragt er abschließend in die Runde. Dass sie es jetzt mit zwei Todesermittlungen zu tun haben, gefällt ihm überhaupt nicht, wie seiner finsteren Miene zu entnehmen ist.

»Ich habe etwas!«, meldet sich Denise Malowski sofort eifrig zu Wort. Sie hatte schon die ganze Zeit über ungeduldig auf eine Gelegenheit gewartet, ihre Neuigkeiten loszuwerden und berichtet hastig von dem Anruf heute Morgen und der damit verbundenen, ihrer Meinung nach äußerst brisanten Information.

»Unser Mann wurde demnach von der Anruferin dabei beobachtet, wie er am Samstagvormittag gegen 10:00 Uhr im Postladen nahe seiner Unterkunft einen gefütterten Briefumschlag nebst Marke kaufte«, resümiert Donner. »Anschließend warf er den Großbrief draußen vor der Tür in den Postkasten, nachdem er im Beisein der Zeugin ein Buch oder etwas Ähnliches hineingesteckt und den Umschlag mit großer Sorgfalt adressiert hatte. Und wie hilft uns das jetzt weiter?«

»Er holte das Buch aus derselben schwarzen Umhängetasche, die er anderen Zeugenaussagen gemäß wie seinen Augapfel hütete und die wir später leer am Brunnenkeller fanden«, erinnert Denise ihren Vorgesetzten. »Es wird demnach von großer Wichtigkeit für ihn gewesen sein, und ich habe auch schon einen konkreten Verdacht, um was es sich dabei gehandelt haben könnte!«

»Das Tagebuch!«, geht Chrissie Ohlsen vorlaut dazwischen. »Überlegt doch mal«, fährt die sogleich fort, weil alle Augen auf sie gerichtet sind. Um Denises Mundwinkel spielt ein feines Lächeln. »In dem Koffer fanden wir Fotokopien von irgendwelchen persönlichen Aufzeichnungen, die aus einem Buch herauskopiert wurden. Warum hat er das gemacht? Ich denke, dass diese Notizen ihm dermaßen wichtig waren, dass er nicht riskieren wollte, sie zu verlieren. Deshalb hatte er das Original auch ständig bei sich und ließ die Tasche aus demselben Grund keinen Augenblick allein!«

»Da ist was dran«, überlegt Donner. »Aber weshalb verschickte er es dann mit der Post? Und vor allem: Wer ist der Empfänger?«

»Das ist die ›Eine-Million-Euro-Frage‹«, meldet sich Tobias Heller zu Wort. »Wenn Chrissie mit ihrer Vermutung recht hat, müssen wir dieses Tagebuch unbedingt in die Finger bekommen! Ich hatte ja bereits mit der Durchsicht der Kopien begonnen, bin aber leider nicht sehr weit gekommen, da die Schrift schwer zu lesen ist. Soweit ich das vorab beurteilen kann, war der Verfasser Arzt und saß mal unschuldig im Gefängnis. Was ich jetzt schon sagen kann, ist, dass diese Aufzeichnungen definitiv enden, *bevor* unser Mann in Windeck auftauchte.«

»Was ja kein Wunder ist, da ihm dort der Koffer abhandenkam, in dem er sie aufbewahrte«, merkt Wolfgang Müller an. »Und die Kopien wird er, wie Tobias gestern schon sagte, vor seiner Abreise gemacht haben. Es ist daher gut möglich, dass in dem Original die Fortsetzung steht, also wahrscheinlich auch der Name des Kerls, hinter dem er augenscheinlich her war!«

»Er wird das Tagebuch an einen Freund oder zu sich nach Hause geschickt haben«, vermutet Donner. »Ohne seine wahre Identität zu kennen, ist es uns jedoch nicht möglich, den Empfänger der Sendung zu ermitteln, fürchte ich. Wieso haben wir eigentlich keinen Pass bei ihm gefunden? Im Koffer befanden sich jedenfalls nur seine Klamotten und die Fotokopien, und der Beutel war bis auf den Kugelschreiber leer!«

»Entweder hat sein Mörder ihn, oder er hatte gar keinen bei sich«, überlegt Tobias. »Es werden ja kaum noch Kontrollen an den Grenzen durchgeführt. Ich werde mich auf jeden Fall am Wochenende intensiv mit den Kopien beschäftigen. Irgendetwas, das uns weiterhilft, muss doch da drin stehen! Wie kam Steiner auf den Gedanken, nach Windeck zu fahren? Und was brachte ihn dazu, seine Zielperson danach zuerst in Lohmar und anschließend in Troisdorf zu suchen? Das sind Fragen, die wir dringend zu klären haben!«

»Lustig, dass du das erwähnst«, kommt Denise auf ihre heute Morgen angeleierte Recherche zu sprechen. »Genau darüber habe ich mir nämlich auch Gedanken gemacht und eventuell eine Lösung gefunden! Unser Mann hat ja zumindest bei seiner letzten Station das Rathaus aufgesucht, möglicherweise, um eine Adresse zu überprüfen. Bei den anderen Aufenthalten konnte dieses Verhalten zwar bislang nicht nachgewiesen werden, es ist jedoch davon auszugehen, dass er dort nach demselben Schema vorgegangen ist.«

»Worauf willst du hinaus?«

»Ich dachte mir, es wäre vielleicht eine gute Idee, alle Zuzüge der vergangenen Monate nach Troisdorf mit den Wegzügen aus Lohmar zu vergleichen. Mit denen von dort beziehungsweise von Windeck verfahren wir ebenso. Mit ein wenig Glück gibt es eine Schnittmenge, allerdings dürfte die Datenmenge nicht gerade klein sein und das Rechenzentrum hat sie auch noch gar nicht geliefert. Womöglich kann ich am Montag schon mehr dazu sagen. Bei dem zu erwartenden Umfang der infrage kommenden Adressdaten hoffe ich jedoch sehr, dass mir jemand von euch dabei behilflich ist, sonst dauert das ja wieder ewig!«

»Dann ist vermutlich auch die Mitarbeiterin im Bürgeramt Troisdorf aus dem Urlaub zurück, die Steiner am Freitag bedient hatte«, merkt Horst Weiland an. »Mit ein wenig Glück erinnert sie sich noch an ihn und kann mir sagen, was er von ihr wollte. Mit einem Namen, falls es denn tatsächlich um eine Adressauskunft ging, wären wir höchstwahrscheinlich ein ganzes Stück weiter!«

»Okay, das klingt alles sehr vielversprechend!« Der Kommissariatsleiter klatsch in die Hände. »Ihr wisst, was zu tun ist. An die Arbeit, Leute!«

Erinnerungen

Nach diesem entsetzlichen Albtraum während der Fahrt im Intercity hatte mich eine unheilvolle Vorahnung befallen und ich betrat das Haus eilig und mit klopfendem Herzen, nachdem ich den Taxifahrer entlohnt hatte und es mir trotz meiner zitternden Hände endlich gelungen war, den Schlüssel ins Schloss der Haustür zu bugsieren.

Nicht, dass ich diesen verstörenden Traum von den damaligen Ereignissen nicht schon früher gehabt hätte, er befiel mich im Gegenteil seit jener unseligen Nacht, in der ich meine schwerverletzte Frau blutüberströmt in der Badewanne vorfand, nahezu regelmäßig. Aber dieses Mal war etwas anders. Irgendetwas Schreckliches war erneut während meiner Abwesenheit geschehen, das spürte ich!

Dass das ganze Haus in völliger Dunkelheit lag, obwohl Anneliese in all den Jahren niemals zu Bett gegangen war, bevor ich nicht von der Tagung in Deutschland zurückgekehrt war, steigerte meine aufkommende Panik noch zusätzlich. Meine Frau hatte sich in den letzten Tagen und Wochen wieder sehr in sich zurückgezogen, wie ich jetzt in aller Deutlichkeit erkannte. Was war der Grund für diese erneute depressive Stimmung und warum waren mir die alarmierenden Vorzeichen nicht sofort aufgefallen?

Irgendetwas irritierte mich. War da nicht ein Geräusch? Ich hielt den Atem an und lauschte angestrengt, bis ich tatsächlich ein leises Plätschern von der Stirnseite des Flures her vernahm. Jetzt erst bemerkte ich auch die blutrote Pfütze, die sich vor der Badezimmertür gebildet hatte und sich von den dunklen Fliesen kaum abhob. Ich ließ alles fallen, was ich noch in den Händen hielt, stürzte dorthin und riss voller Panik die Tür auf.

Schwindel erfasste mich, als ich meine geliebte Ehefrau leblos in der Wanne liegen sah. Ein heftiges Déjà-vu überkam mich bei ihrem Anblick, aber im Gegensatz zu dem schrecklichen Ereignis vor jetzt beinahe zwanzig Jahren war sie dieses Mal wirklich tot, und ihre gebrochenen Augen schienen mich anklagend anzuschauen. Aus dem linken Arm tropfte immer noch Blut auf die Fliesen und färbte das übergelaufene Badewasser rot. Anneliese hatte sich die Pulsadern aufgeschnitten!

Viel zu spät erkannte ich den Grund für die düstere Stimmung meiner Frau in den letzten Wochen: Unser niemals geborenes Kind wäre in diesem Monat achtzehn Jahre alt geworden! Warum nur hatte ich daran nicht mehr gedacht? Ich hätte ihren Suizid verhindern können! Während ich in all der Zeit mein Leben wie gewohnt weitergeführt hatte und nicht ahnte, dass sich ein Unheil über unseren Köpfen zusammenbraute, war meine Frau immer tiefer in einen Sumpf der Depression versunken, bis sie schließlich keinen anderen Ausweg mehr sah, als diese elende Existenz zu beenden.

Schlagartig verließ mich sämtliche verbliebene Kraft, ich sank tränenüberströmt neben der Wanne zu Boden und nahm die tote Frau zärtlich in den Arm. Es war mir gleichgültig, dass ich dabei selbst nass wurde und alles voller Blut war. Ich saß die ganze Nacht dort und hielt weinend ihre Hand.

In dieser Verfassung wurde ich von einer Patientin gefunden, die auf dem Weg in meine Praxis die offene Haustür bemerkt hatte und umgehend die Polizei rief. Die sofort herbeigeeilten Beamten mussten mich mit Gewalt von meiner toten Ehefrau fortzerren, an die ich mich mit aller Macht zu klammern versuchte. Eine Täterschaft würde man mir jedoch dieses Mal nicht anhängen können, da ich für die von der Rechtsmedizin ermittelte Todeszeit ein wasserdichtes Alibi vorweisen konnte: Ich saß zu dieser Zeit nachweislich im Zug zwischen Nürnberg und München und träumte einen schrecklichen Traum, der dann grausame Wirklichkeit wurde.

Zudem war dieser Oberstleutnant Steiner, der sich ansonsten garantiert erneut mit Feuereifer auf mich als mutmaßlichen Mörder der eigenen Frau gestürzt hätte, vor zwei Jahren in den Ruhestand versetzt worden, ohne mir jemals eine Schuld an den damaligen Ereignissen nachweisen zu können.

Kapitel 7

Montag, 14. September, 08:59 Uhr

Grausiger Fund am Morgen

Troisdorf. Eine schreckliche Erfahrung machte Rentnerin Amalia R., als sie am Freitagmorgen ahnungslos als erste Kundin des Tages eine Apotheke in der Troisdorfer Innenstadt betrat. Statt des dringend benötigten Medikamentes, das sie eigentlich dort abholen wollte, fand sie die Inhaberin Elena P. tot in ihrem eigenen Blut vor, die Einrichtung verwüstet. War dies die Tat eines Wahnsinnigen, oder stand dem Täter der Sinn nach Drogen? Wir halten Sie über den Fortgang der Ermittlungen selbstverständlich auf dem Laufenden.

Tobias Heller legt die zuvor sorgfältig gefaltete heutige Ausgabe vom *Rhein-Sieg-Echo* zur Seite, als die Bürotür geöffnet wird und Denise Malowski ungewohnt leichtfüßig den Raum betritt. »Heute ohne Gipsverband und Krücken?«, begrüßt er die um eine Stunde verspätet zum Dienst erscheinende Kollegin. Sie kommt geradewegs von einem Termin bei ihrem Orthopäden und scheint allerbester Laune zu sein. Eine fröhliche Melodie vor sich hinsummend, setzt sie sich an ihren Arbeitsplatz.

»Der Arzt sagt, ich darf den Fuß wieder ganz normal belasten«, erklärt sie ihm mit einem unternehmungslustigen Glitzern in den Augen. »Steht in dem Schmierblatt ausnahmsweise einmal etwas Vernünftiges?«

»Na, du kennst doch die Leitner«, zuckt er mit den Schultern. »Obwohl sie eigentlich gar nicht wissen kann, was da in der Apotheke genau abgegangen ist, schreibt sie den üblichen unqualifizierten Mist. Wahrscheinlich hat sie die Frau, die die Leiche gefunden hat, vor der Tür abgefangen und ausgequetscht.«

»Ich kann es gar nicht erwarten, endlich wieder draußen zu ermitteln, Tobi! Jetzt geht die Post ab, ich habe die längste Zeit meine Talente am Schreibtisch vergeudet! Nun heißt es: Tschüss Innendienst, und um Leitern mache ich ab sofort einen großen Bogen, das kannst du mir getrost glauben!«

»Ich halte es übrigens für keine schlechte Idee, wenn wir noch ein paar Tage getrennt agieren würden«, bremst er ihren Eifer. »Erinnere dich daran, was der Chef am Freitag sagte: Der Mord an der Apothekerin hat erst einmal oberste Priorität, solange in dem anderen Fall keine neue Spur in Sicht ist. Da ich durch meine dreitägige Abwesenheit nicht so dicht da dran bin wie ihr, solltest du weiterhin die Leitung der Ermittlungen in dieser Angelegenheit behalten. Ich dagegen werde mich vornehmlich um den neuen Fall kümmern, deshalb werde ich wohl nachher mit Horst in die Rechtsmedizin fahren. Unsere Lieblingspathologin rief nämlich vor fünf Minuten an, um den Termin für die Leichenschau durchzugeben. Sie wird diese um 14:00 Uhr durchführen und ich denke, es kann dieses Mal nicht schaden, daran teilzunehmen.«

»Damit hast du sicher recht«, räumt sie mit ein wenig Enttäuschung in der Stimme ein. »Außerdem steht mir der Sinn heute sowieso nicht nach einer Autopsie.« Mit diesen Worten beendet sie das Thema und widmet sie sich dem Computer, den sie wie gewohnt beim Hinsetzen beiläufig eingeschaltet hatte und der mittlerweile betriebsbereit ist.

»Das Rechenzentrum hat die von mir angeforderten Auswertungen aus den Einwohnerregistern geschickt«, meldet sie zwei Minuten später. »Damit werde ich mich dann wohl als Erstes beschäftigen. Bis zur Fallbesprechung ist es noch eine knappe Stunde, also genügend Zeit für einen Kaffee!«, fügt sie nach einem Blick zur Uhr hinzu und bedient sich umgehend an der Maschine, die Tobias bei Dienstbeginn vorsorglich in Gang gesetzt hatte.

Der hingegen beschließt, sich bis zur Besprechung dem fälligen Bericht über die Lektüre des Tagebuches am Wochenende zu widmen, obwohl er diese in der verfügbaren Zeit trotz intensiven Studiums infolge der nahezu unleserlichen Schrift nur zur Hälfte bewältigen konnte. Großartige Erkenntnisse, die zur Lösung des Falles beitragen könnten, hat er aus dem bisher gelesenen aber nicht gewonnen.

Seine Absicht wird indes zunächst wirksam durch einen Wachmann unterbunden, der mit einer Besucherin im Schlepptau das Büro der Hauptkommissare betritt. Torsten Schröder ist der Nachfolger des vor zwei Wochen pensionierten Rudolf Klein und im wahrsten Sinne des Wortes ein ›magerer‹ Ersatz für seinen schwergewichtigen und riesenhaften Vorgänger: Im Gegensatz zu diesem wiegt ›der Neue‹ nämlich kaum mehr als achtzig Kilo und ist mit 1,80 Meter Körpergröße einen ganzen Kopf kürzer.

»Hier ist eine Dame, die eine Aussage zu dem Mord an der Apothekerin tätigen möchte!«, meldet er dienstbeflissen und ebenso gestelzt, wie man es von dem Kollegen gewohnt war. Manche Dinge ändern sich eben niemals. Tobias nickt ihm dankend zu und bittet die Besucherin mit einer einladenden Handbewegung, auf dem Besucherstuhl Platz zu nehmen. Nach seiner erst vor wenigen Minuten vorgeschlagenen Arbeitsteilung ist er nämlich selbst für die Vernehmung der Zeugin zuständig.

Seine Besucherin hingegen wartet gar nicht erst ab, bis er das Wort an sie richtet und nimmt stattdessen ungefragt die vor ihr auf dem Schreibtisch liegende Tageszeitung zur Hand. »Ich weiß, wer das getan hat!«, sagt sie und tippt mehrmals heftig mit dem Finger auf den Leitartikel. »Ich kenne den Kerl, der Elena getötet hat, Herr Kommissar!«, wiederholt sie ihre Worte noch einmal nachdrücklich, während sie dem völlig überrumpelten Tobias Heller die Zeitung in die Hand drückt.

* * *

»Tobias ist noch in einer Zeugenvernehmung, wir sollen schon mal ohne ihn anfangen«, erklärt Denise dem Vorgesetzten die ungewöhnliche Tatsache, dieses Mal nicht in Begleitung ihres Partners zur Fallbesprechung erschienen zu sein.

Dass das ›dynamische Duo‹, wie die beiden Ermittler von Kollegen anderer Kommissariate spöttisch und auch ein wenig neidvoll genannt werden, nicht gemeinsam agiert, ist freilich eine absolute Seltenheit. Niemand sonst in Donners

Team bildet nach außen seit vielen Jahren eine dermaßen unerschütterliche Einheit, was wohl auch ihre beeindruckende Aufklärungsquote erklärt.

»Wie ich sehe, bist du wieder voll einsatzfähig«, lässt Donner ihre Worte mit Blick auf den heute nicht mehr bandagierten Fuß unkommentiert. Dass jeder dieser beiden höchst eigenwilligen Charaktere gerne mal sein eigenes Ding durchzieht und sich an Regeln nicht immer gebunden fühlt, ist nämlich ebenfalls eine unbestrittene Tatsache, über die er jedoch meist großzügig hinwegsieht. Wenigstens, solange sie es nicht zu bunt treiben, was aber leider ab und zu vorkommt.

»Das kommt zum jetzigen Zeitpunkt gerade richtig, wo wir es mal wieder mit zwei Mordfällen gleichzeitig zu tun haben«, fährt er übergangslos fort. »Tobias ist nicht anwesend, fangen wir also mit dem Österreicher an: Laut dem neuesten Bericht der Forensik ist die Analyse der Hautzellen vom Koffergriff negativ verlaufen. Das bedeutet mit anderen Worten, dass die DNA weder dem Opfer zugeordnet werden konnte, noch in der Datenbank erfasst ist. Sie stammen demnach entweder vom Täter oder vom Vorbesitzer, da der Koffer ja bekanntlich vertauscht wurde. Von ihm haben wir aber keine Probe«, fügt er mit einem strengen Blick zu Ohlsen und Müller hinzu.

»Wer konnte denn ahnen, dass wir die benötigen würden?«, entrüstet Chrissie sich sofort über den unterschwelligen Vorwurf des Vorgesetzten. »Wir hatten ja nicht einmal die notwendige Ausrüstung zur Entnahme einer Speichelprobe dabei!«

»Man sollte darüber nachdenken, sowas zum Standard zu erheben!«, brummt der Kommissariatsleiter missgestimmt. »Ist aber jetzt nicht mehr zu ändern und ein weiteres Mal extra deswegen ans Ende der Welt zu fahren, ist wohl nicht angebracht. Solange es keine Übereinstimmung mit Täter-DNA gibt, nützt uns ein Ausschluss ohnehin nichts und füllt nur die Ermittlungsakte.«

Er schaut ungeduldig auf die Uhr. »Okay, Leute. Machen wir also ohne Tobias weiter. Bis unser Genie sich blicken lässt, kann es wohl noch dauern. Hat wenigstens *einer* von euch heute etwas Positives zu berichten?«

»Wie man's nimmt, Chef«, meldet sich Horst Weiland zu Wort. Er hatte gleich zu Dienstbeginn auf dem Weg ins Kommissariat Zwischenstation im Troisdorfer Bürgeramt gemacht, um die vergangene Woche durch Urlaub abwesende Mitarbeiterin zu befragen, die Konrad Steiner – wie er der Einfachheit halber weiterhin genannt wird – am Freitag, dem 4. September bedient hatte. »Ich habe die Kollegin vom Bürgerbüro heute Morgen angetroffen und sie konnte sich sogar noch an den Mann mit dem österreichischen Akzent erinnern, der tatsächlich eine Auskunft zu einer Wohnanschrift eingeholt hat, ganz wie wir es vermutet hatten.«

»Aber?«

»Speziell diese Mitarbeiterin hatte an dem Tag dummerweise sehr viele Kunden mit Adressauskünften und konnte mir nach der inzwischen vergangenen Zeit nicht mehr sagen, um wen es dabei genau ging. Dass es sich um eine Frau handelte, wusste sie dagegen aber noch. Damit ist das Rätsel im Grunde wieder etwas größer geworden, fürchte ich.«

»Da sagst du was, Horst! Laut unseren bisherigen Erkenntnissen ist der Täter mit hoher Wahrscheinlichkeit ein Mann. Auch die DNA vom Koffergriff ist männlich, wie wir aufgrund der Analyse jetzt wissen. Da muss man sich doch ernsthaft fragen, warum sich Steiner ausgerechnet nach der Adresse einer *Frau* erkundigte!«

»Dann bin ich jetzt wohl an der Reihe«, nimmt Denise Malowski die auf Donners eher rhetorisch gemeinte Bemerkung folgende Stille zum Anlass, ihre eigenen Rechercheergebnisse vorzutragen. »Ich bin nämlich mit den Auswertungen der Zu- und Wegzüge von Windeck, Lohmar und Troisdorf der letzten zwölf Monate durch.«

»So schnell?«, wundert sich Donner. »Hattest du nicht gesagt, das wäre eine so große Datenmenge, dass du sie alleine nicht bewältigen kannst?«

»Hab mich geirrt, Chef. Es waren zwar tatsächlich einige hundert Datensätze, aber ich hatte den Mitarbeiter im Rechenzentrum darum gebeten, die eventuellen Übereinstimmungen gesondert auszuweisen, dadurch habe ich viel Zeit gespart. Langer Rede Sinn: Es existieren keine Überschneidungen! Im gesamten fraglichen Zeitraum taucht nicht einzige Person auf, die in allen drei Städten meldeamtlich erfasst war. Auch nicht in Kombination zweier dieser Orte.«

»Hm. Wenn *wir* das nicht herausfinden konnten, war das Steiner aber ebenfalls nicht möglich!«, überlegt Donner. »Wie in Dreiteufels Namen ist er dann auf der Spur geblieben? Wie hat der Kerl das bloß angestellt?«

»Das steht womöglich in dem Tagebuch, Chef!«, beantwortet Tobias Heller die Frage. Er kommt gerade zur Tür herein und hat die letzten Worte des Kommissariatsleiters noch mitbekommen. »Leider bin ich damit nicht ganz fertig geworden«, muss er dem Vorgesetzten beichten. »Wenn, dann erhalten wir diese Information erst am Ende der Aufzeichnungen, sofern diese überhaupt vollständig sind.«

»Hat das ganze Wochenende etwa nicht ausgereicht?«, erkundigt sich Chrissie spöttisch.

»Es handelt sich immerhin um ein sehr umfangreiches Manuskript und die Schrift ist wahnsinnig schwer zu lesen. Dass der Verfasser Arzt ist oder war, und vor Jahren einmal im Knast saß, hatte ich ja schon erwähnt. Seine Ehefrau heißt Anneliese. Das schreibt er immer wieder, offenbar lag ihm das besonders am Herzen. Seinen Namen verschweigt er dagegen komplett. Folgendes habe ich bisher außerdem herausgefunden: Seine Frau wurde vor etwa zwanzig Jahren im eigenen Haus von einem Unbekannten angegriffen und beinahe getötet. Er wurde zu Unrecht dieser Tat beschuldigt und saß, wie schon gesagt, deswegen in U-Haft. Maßgeblich an den offenbar schlampig durchgeführten Ermittlungen war damals ein gewisser Oberstleutnant *Steiner*, was darauf schließen lässt, dass das Ganze in Österreich passierte. Weitere Hinweise auf den Handlungsort habe ich allerdings bislang nicht gefunden.«

»Etwa *Konrad* Steiner?«, unterbricht Donner ihn hastig und benutzt dabei unwissentlich exakt dieselben Worte wie Denise am Freitag. Ihm ist die besondere Betonung, die sein Mitarbeiter auf den Namen legte, natürlich ebenfalls nicht entgangen.

»Das hat Denise mich auch schon gefragt, Chef«, lächelt Heller. »Der Vorname wird in den Aufzeichnungen jedoch an keiner Stelle erwähnt. Allerdings vermuten wir ja ohnehin, dass unser Mann gar nicht so hieß. Vielleicht war dieser unfähige Oberstleutnant das Vorbild für die Namenswahl, aber kommen wir wieder zu der Handlung in dem Tagebuch zurück: Die Frau beging Jahre später Selbstmord, sie wahr wohl schwer traumatisiert, weil sie bei dem Überfall damals ihr ungeborenes Kind verlor. Viel mehr habe ich noch nicht herausgefunden, da die Aufzeichnungen wirklich sehr ausschweifend und auch ziemlich emotional sind. Zudem muss man die meisten Sätze mehrmals lesen, um den Sinn zu verstehen. Sowas hält natürlich auf, ich denke jedoch, den Rest bis morgen weitestgehend entziffert zu haben.«

»In Ordnung. Aber findest du nicht, dass es langsam an der Zeit ist, uns den Grund für dein verspätetes Erscheinen zu nennen?«, kritisiert Donner die zu nichts führenden Ausführungen seines Stellvertreters. »Immerhin sitzen wir schon eine halbe Stunde hier und warten auf dich! Was war das denn jetzt für eine dringende Zeugenbefragung?«

»Die Frau heißt Annemarie Richartz und ist nach eigenen Angaben eine sehr gute Freundin der getöteten Elena Peters«, erklärt Tobias Heller. »Die beiden waren schon in der Schule befreundet und galten bei ihren Mitschülern als nahezu unzertrennlich. Ich erwähne dies nur der Vollständigkeit halber, da es für die Wertung ihrer Aussage wichtig sein könnte. Es ist schließlich eine bekannte Tatsache, dass sogenannte beste Freundinnen aus purer Eifersucht oft etwas an den Männern auszusetzen haben, mit denen sich die jeweils andere abgibt. Aber hört selbst, was sie mir vorhin zu Protokoll gab!«

* * *

Eine Stunde zuvor

»Ich kenne den Kerl, der Elena getötet hat, Herr Kommissar!«, erklärte die Besucherin im Brustton der Überzeugung, während sie mir die Zeitung in die Hand drückte, die sie zuvor von meinem Tisch gegrabscht hatte. Ich war geplättet, das könnt ihr mir getrost glauben. Mit allem hatte ich gerechnet, aber nicht damit, den Namen des Mörders sozusagen auf dem Silbertablett serviert zu bekommen. Aus dem Augenwinkel sah ich Denise ebenfalls überrascht den Kopf heben, um sich dann jedoch gleich wieder der Auswertung ihrer Meldedaten zu widmen. Das hier war schließlich *mein* Fall, wie ich ihr erst kurz zuvor vollmundig erklärt hatte.

»Nennen Sie mir bitte zuerst Ihren Namen und die Adresse«, sagte ich und lud gleichzeitig die Vorlage für Zeugenvernehmungen in den Rechner. Dies gab mir die notwendige Zeit, meine Überraschung zu überwinden und einen klaren, unverbauten Blick auf diese Angelegenheit zu bekommen. Denn wer garantierte mir, dass es sich bei der Dame, die zugegebenermaßen einen recht ordentlichen Eindruck machte, nicht bloß um eine Wichtigtuerin handelte?

»Annemarie Richartz«, gab sie knapp zurück, wobei sie konzentriert in ihrer Handtasche kramte. Wenige Sekunden später reichte sie mir einen auf sie ausgestellten Personalausweis, von dem ich alle benötigten Angaben abschreiben konnte.

Im Folgenden klärte sie mich über ihre langjährige Freundschaft zu Elena Peters auf und kam anschließend auf einen ziemlich zwielichtigen Kerl zu sprechen, den diese vor etwa einem Jahr kennengelernt hatte und mit dem sie eine heftige, wenn auch nur kurze Affäre hatte. Auf die Gründe für ihre Ablehnung gegenüber diesem Mann angesprochen, behauptete Frau Richartz, dieser habe ein massives Drogenproblem gehabt und sich ihrer Meinung nach nur deswegen an ihre Freundin herangemacht.

»Was war der Grund für die Beendigung der Beziehung? Ging die Trennung von ihm aus oder von Elena?«, wollte ich wissen. Immerhin bezichtigte meine Zeugin den Mann des Mordes, da kamen mir logischerweise zuallererst die üblichen Tatmotive in den Sinn, wie beispielsweise verschmähte Liebe.

»Elena erwischte ihn eines Tages dabei, wie er verschreibungspflichtige Medikamente aus der Apotheke mitgehen lassen wollte, als sie für ein paar Minuten nach hinten ins Labor gegangen war und ihn im Laden alleingelassen hatte«, entgegnete Annemarie Richartz jedoch zu meiner Überraschung. »Selbstverständlich hat sie ihn dann sofort aus ihrer Wohnung geworfen, in der er sich schon eingenistet hatte, und die Schlösser hat sie auch auswechseln lassen. Zur Sicherheit ebenfalls die in der Apotheke für den Fall, dass er sich heimlich Nachschlüssel besorgt hat. Er ist jedoch nach diesem Vorfall vollständig von der Bildfläche verschwunden und nicht wieder aufgetaucht.«

»Und jetzt ist er Ihrer Meinung nach zurückgekehrt und hat versucht, mit Gewalt an Drogen zu kommen, wobei er seine frühere Geliebte tötete? Haben Sie dafür mehr Belege als nur eine persönliche Abneigung gegen diesen Mann?«

»Der war das, Herr Kommissar!«, rief sie aus und sprang aufgebracht von ihrem Stuhl auf. »Dessen bin ich mir zu hundert Prozent sicher!«

***

»Das war ja eine abenteuerliche Geschichte!«, kommentiert Donner den Bericht seines Hauptkommissars. »Allerdings entbehren die Anschuldigungen der Zeugin nicht einer gewissen Logik, daher fehlt jetzt eigentlich nur noch der Name des mutmaßlichen Täters! Haben wir den?«

»Das ist das Problem, Chef. Den wusste sie nämlich nicht! Das ist auch der Grund für meine Verspätung, ich habe sie vorher schnell zu unserer Zeichnerin gebracht. Mit dem Phantombild und den Spuren, die wir in der Wohnung des Opfers hoffentlich noch von dem Kerl finden, haben wir möglicherweise genügend Material an der Hand, ihn trotzdem aufzuspüren.«

»Okay. Ich besorge uns gleich anschließend den notwendigen Gerichtsbeschluss. Da fällt mir gerade ein: Gibt es in der Apotheke eigentlich keine Überwachungskameras?«

»Negativ, Chef. Da haben wir die Assistentin logischerweise als Erstes nach gefragt. Wir könnten uns höchstens mal bei den Nachbarn umhören, ob einer von denen sowas an seiner Garage hat.«

»Das können Chrissie und Wolfgang machen. Horst kümmert sich um die Wohnungsdurchsuchung und du fährst mit Denise in die Rechtsmedizin zur Leichenschau!«, bestimmt Donner und wirft mit dieser Anordnung seine diesbezügliche Planung komplett um. »Ich will dieses Mal die Ergebnisse aus erster Hand, und dafür benötige ich ein bewährtes Team!«

* * *

Während Tobias mit Denise zur Pathologie unterwegs ist und Chrissie mit Wolfgang das Umfeld der Apotheke nach Überwachungskameras ausspäht, ist Horst Weiland mit dem in Rekordzeit ausgestellten Durchsuchungsbeschluss und in Begleitung zweier Forensiker aus Jürgen Vogels Team zur verwaisten Wohnung von Elena Peters gefahren. Ziel der Aktion ist es, nach eventuellen Hinterlassenschaften des von Annemarie Richartz der Tat bezichtigten Ex-Freundes zu suchen, der sich in diesen Räumen eine ausreichend lange Zeit aufgehalten haben soll. Eine behördliche Anmeldung liegt jedenfalls nicht vor, wie eine rasche Überprüfung ergab, und da es sich um eine Eigentumswohnung handelt, gibt es auch keinen Vermieter, den man fragen könnte.

Es ist zwar allen Beteiligten klar, dass die Wahrscheinlichkeit, jetzt noch Fingerabdrücke und/oder DNA dieses Herrn hier zu finden, nicht gerade berauschend ist. Andererseits kennen die Spezialisten der KTU wesentlich mehr Ecken, in denen solche Spuren auch nach Jahren noch vorhanden sind, als die reinlichste Hausfrau mit ihrem besten Wischmob jemals zu erreichen vermag. Dies ist schließlich die Basis vieler erfolgreich gelöster Mordfälle, weswegen das Credo sämtlicher Tatortermittler dieser Welt lautet, dass irgendwas immer übersehen wird. Eine einzige Hautschuppe reicht bekanntlich für eine eindeutige Identifizierung aus, sofern man im Besitz einer Vergleichsprobe ist.

Die polizeiliche Abordnung betritt unter den neugierigen Blicken einiger Hausbewohner in geordneter Formation die geräumige Vier-Zimmer-Wohnung im zweiten Obergeschoss, nachdem der Oberkommissar die Tür mit dem mitgebrachten Schlüssel aus der Hinterlassenschaft der Toten geöffnet hat. Mit ein Grund für das Aufsehen dürften die weißen Schutzmonturen mit der Aufschrift ›POLIZEI‹ auf dem Rücken sein, in die alle drei gewandet sind. Von kriminalpolizeilichen Ermittlern wird dies normalerweise nur an Tatorten verlangt, um keine forensischen Beweise zu verfälschen.

Hier handelt es sich jedoch um eine Ausnahme, da man vornehmlich auf der Suche nach DNA ist und ein Mensch solche Spuren jederzeit in Form verlorener Haare oder Hautschuppen schon allein durch seine Anwesenheit in größerer Zahl hinterlässt, als manch einer glaubt. Bevor Weiland den beiden Forensikern folgt, überlegt er, ob es nicht sinnvoller wäre, die Schaulustigen, wo sie schon mal hier herumlungern, zuerst zu dem Mitbewohner zu befragen, der sich vor einem Jahr hier aufgehalten hat. Irgendwem wird dieser sicherlich aufgefallen sein und mit etwas Glück ist auch einmal ein Name gefallen. Die Spezialisten kommen in der Zwischenzeit da drinnen bestimmt ganz gut ohne ihn zurecht.

* * *

Derweil steht Wolfgang Müller gemeinsam mit seiner Partnerin vor dem Eingang der Apotheke und schaut sich aufmerksam um. »Es ist im Grunde gar nicht erlaubt, Kameras auf dem eigenen Grundstück anzubringen, sofern diese auf den öffentlichen Verkehrsraum gerichtet sind«, bemerkt Chrissie Ohlsen kritisch zu der von Donner übertragenen Aufgabe.

Eine hypothetische Kamera, die in der Lage wäre, das Geschehen im Eingangsbereich zu erfassen, müsste sich ihrem Verständnis nach auf der gegenüberliegenden Straßenseite befinden. Die Zone, in der noch für ihre Zwecke verwertbare Aufnahmen zu erwarten sind, dürfte dabei innerhalb eines Winkels von jeweils 45° links und rechts von ihnen angesiedelt sein. Groß ist die Auswahl also nicht.

»Das wissen die Leute, die sowas installieren, meist gar nicht«, relativiert ihr Freund. »Und da man solche Geräte heutzutage für einen kleinen Preis im Internet bestellen kann, ist trotz dieser Einschränkungen davon auszugehen, dass eine

Menge Kameras allein hier in dieser Straße im Einsatz sind. Ich sehe allerdings momentan keine einzige. Du vielleicht?«

»Nein, aber was hältst du denn davon, wenn wir ein paar dieser Leute erschrecken, indem wir die infrage kommenden Häuser abklappern und die Bewohner fragen, ob sie *illegale* Überwachungskameras installiert haben?«, grinst Chrissie unternehmungslustig. »Wir sind schließlich die Polizei und so viele Gebäude sind das ja nun auch nicht. Wir behaupten einfach, uns von der ordnungsgemäßen Installation überzeugen zu wollen.«

* * *

Eine halbe Stunde später sind die Kommissare bereits wieder auf dem Weg zu ihrem Wagen, den sie in einer Seitenstraße geparkt haben. Wolfgang Müller hatte den durchaus ernstgemeinten Vorschlag seiner Partnerin sicherheitshalber leicht abgewandelt und in den insgesamt acht Wohnhäusern in aller Direktheit nach Kameras gefragt, die eventuell einen Teil der Straße erfassen.

Sollten sie nämlich tatsächlich fündig werden, können die darauf befindlichen Aufnahmen nur vor Gericht verwendet werden, wenn sie mit Wissen des Eigentümers erworben wurden. Und dazu gehört eben auch, dass dieser über den geplanten Verwendungszweck informiert wird und sich mit der Herausgabe des Videomaterials einverstanden erklärt, da sie dafür ansonsten einen richterlichen Beschluss benötigt hätten. Es wurden schon Täter wegen geringerer Verfahrensfehler freigesprochen.

Viel Erfolg hatten sie mit dieser Strategie zugegebenermaßen nicht, lediglich ein Anwohner ganz am Rande des Erfassungsbereichs gab sofort freimütig zu, eine solche Kamera zu besitzen, und ließ die Kommissare bereitwillig testen, ob sie für ihre Zwecke geeignet sei. Der Winkel, in dem die Apotheke erfasst wurde, ist zwar nicht besonders günstig und diese auch gute fünfzig Meter davon entfernt, aber es sind die einzigen Aufnahmen, die sie erbeutet haben. Ob etwas von Belang dabei ist, wird die Auswertung im Kommissariat zeigen. Alle anderen Hauseigentümer gaben vor, keine derartigen Geräte zu besitzen.

* * *

Die Befragung der Hausbewohner hatte dann doch länger gedauert, als von Horst Weiland veranschlagt. Die kleine Gruppe, die zu Beginn der Aktion gaffend um ihn herumstand, hatte sich nämlich wie von Zauberhand innerhalb von Sekunden aufgelöst, sobald er sich mit gezücktem Dienstausweis an einen von ihnen wandte und nach dem Namen erkundigte. Man hatte sich wohl urplötzlich an höchst wichtige Dinge erinnert, die noch zu erledigen waren. Ein solches Verhalten ist polizeilichen Ermittlern beileibe nicht unbekannt. Gaffen ist eben nur unterhaltsam, solange man selbst dabei anonym bleibt.

Viel ist bei der Befragungsaktion ohnehin nicht herausgekommen. Der noch vor der Wohnungstür von Elena Peters abgefangene Mann gab sich vollkommen ahnungslos, was eine männliche Person im Haushalt der Verstorbenen anging, und die übrigen Hausbewohner, die er anschließend in deren Wohnungen aufsuchte, hatten ebenfalls nichts Hilfreiches beizusteuern gehabt. Mit einer Ausnahme: Ein älterer Herr erinnerte sich, die beiden einmal zusammen im Treppenhaus gesehen zu haben und dass die Frau ihren Begleiter mit ›Tom‹ anredete. Wenn das stimmt, haben sie jetzt wenigstens einen Vornamen, der wahrscheinlich Thomas lautet. Besser als nichts.

Gerade, als er sich enttäuscht den Forensikern widmen will, die seit einer Stunde alleine in der Wohnung herumwerkeln, kommen diese ihm in der Diele entgegen. »Wir sind soweit fertig«, eröffnet ihm August Weise, Vogels Spezialist für jegliche Art menschlicher Spuren mit einem zufriedenen Gesichtsausdruck, der neue Hoffnung in ihm weckt.

»Ihr habt was gefunden?«

»Wir konnten ein paar deutliche Fingerabdrücke an einem Bilderrahmen und an der Unterseite des gläsernen Couchtischs im Wohnzimmer sicherstellen, an solchen Stellen wird nämlich erfahrungsgemäß oft nicht gründlich genug gewischt. Es sieht so aus, als wären einige davon mit denen am Tatort identisch, die weder dem Opfer noch deren Assistentin zugeordnet wurden und demnach vom Täter sein könnten. DNA haben wir ebenfalls sichergestellt. Was davon der Toten gehört, und was nicht, wird sich im Labor bald herausstellen. Wir können also gehen!«

* * *

Dr. Martina de Luca legt die Instrumente beiseite und wendet sich unter beiläufiger Entsorgung von

Schutzmaske, Kopfhaube und OP-Handschuhen in einen neben dem Sektionstisch bereitstehenden Behälter an die abseits des blutigen Geschehens der letzten beiden Stunden wartenden Ermittler. Assistentin Krystina Nowak, seit einigen Monaten ebenfalls im Besitz eines akademischen Titels, räumt derweil ihren ›Arbeitsplatz‹ auf.

»Was den exakten Todeszeitpunkt anbelangt, muss ich mich aufgrund der Erkenntnisse der Autopsie etwas korrigieren«, beginnt die Pathologin ohne Umschweife mit dem Eingeständnis eines Irrtums bei der ersten Inaugenscheinnahme der Leiche am Tatort. »Dafür vermag ich ihn dieses Mal recht genau einzugrenzen. Der Tod trat demnach am Donnerstagabend zwischen 20:00 und 21:00 Uhr ein.«

»Also eine Stunde später als ursprünglich angenommen«, nickt Tobias Heller und versucht dabei, seiner Stimme einen möglichst neutralen Klang zu verleihen, da die selbstbewusste Rechtsmedizinerin auf offene Kritik mitunter recht ungemütlich zu reagieren pflegt. »Und was war nun die Todesursache?«

»Inneres Verbluten. Ich sagte Ihnen ja bereits, dass keine der ihr zugefügten Wunden für sich genommen tödlich gewesen ist, in der Gesamtheit jedoch schon. Leber und Milz waren nahezu zerfetzt und der Dünndarm an gleich zwei Stellen vollkommen durchtrennt. Wenn Sie mich fragen, war da eine Bestie am Werk, anders kann man das nicht nennen. Die arme Frau hat etwa eine Stunde mit dem Tode gerungen, bevor sie endlich von ihren

Qualen erlöst war. Vermutlich wird sie aber die Hälfte davon bereits bewusstlos gewesen sein, was man nur als gütiges Schicksal bezeichnen kann.«

Die letzten Worte kommen ungewohnt leise über die Lippen der Rechtsmedizinerin. Offenbar ist sie trotz aller zur Schau gestellten Emotionslosigkeit tatsächlich zu menschlichen Empfindungen fähig, wie die Kommissare mit einiger Verwunderung zur Kenntnis nehmen. Nichtsdestoweniger ergibt sich aus ihrer Zeitangabe etwas, das von allergrößter Wichtigkeit für die Ermittlungen sein könnte.

»Das bedeutet mit anderen Worten, dass der Angriff zwischen 19:00 und 20:00 Uhr stattgefunden haben muss«, schlussfolgert Denise Malowski. »Also lange nach Ladenschluss!«

»Elena Peters hat ihren Mörder selbst hereingelassen«, gibt Tobias Heller ihr recht. »Was wiederum ein Indiz dafür sein kann, dass sie ihn kannte!« Dass dies die bisher als wilde Anschuldigung abgetane Vermutung der Freundin des Opfers bezüglich des Täters ebenfalls in einem vollkommen neuen Licht erscheinen lässt, behält er für sich. Das weiß Denise ebenso wie er selbst.

»Ich wäre Ihnen sehr verbunden, wenn Sie sich darauf beschränken würden, kriminalistische Schlussfolgerungen jeglicher Art außerhalb meines Sektionssaals durchzuführen!«, unterbricht Martina de Luca den kurzen Wortwechsel bissig. Offenbar hat sie zu ihrer alten Form zurückgefunden. »Ich habe nämlich noch andere ›Kunden‹ zu bedienen und meine Zeit ist äußerst knapp bemessen! Wir sind aber eigentlich soweit fertig miteinander, abschließend kann ich Ihnen lediglich bestätigen, dass das Messer, welches von Ihren Forensikern am Tatort gefunden wurde, von der Klingenbreite her definitiv als Tatwaffe infrage kommt.«

Mit diesen Worten lässt sie Denise Malowski und Tobias Heller einfach stehen und rauscht mit wehenden Haaren von dannen. »Meinen Bericht haben Sie spätestens übermorgen in der Post!«, ruft sie ihnen noch über die Schulter zu.

Erinnerungen

Ich kam müde und kraftlos vom Grab meiner Frau zurück, auf das ich, wie an jedem Tag der vergangenen zwölf Monate, einen frischen Strauß roter Rosen gelegt hatte. Obwohl es eigentlich nicht viel zu erzählen gab, stand ich eine volle Stunde dort, um mir in stummer Zwiesprache alles von der Seele zu reden, was mich momentan beschäftigte. Eines allerdings ließ ich aus einer inneren Scheu heraus fort: die am Vortag von meinem Arzt erhaltende niederschmetternde Diagnose der letzten medizinischen Untersuchung.

Ich hatte Knochenkrebs im Endstadium, mit Metastasen, die sich bereits im gesamten Körper ausgebreitet hatten. Mir blieben nur noch wenige Wochen oder bestenfalls Monate, mein Leben zu ordnen, und ganz oben auf der Liste der unerledigten Dinge stand der Wunsch, eigenhändig denjenigen zur Strecke zu bringen, der meiner geliebten Frau unsägliches Leid angetan und sie letztendlich in den Suizid getrieben hatte.

Wie ich das anstellen wollte, wusste ich nicht zu sagen, zumal es mir in den seither vergangenen Jahren schon nicht gelungen war, den Mörder meines ungeborenen Kindes – und im Grunde auch den meiner Ehefrau – ausfindig zu machen. Die Polizei hatte mir jedenfalls den Namen des von Anneliese identifizierten Täters trotz wiederholter Nachfrage

nicht nennen wollen, und an der Gerichtsverhandlung hatten wir aufgrund der damaligen schlech-
ten Gemütsverfassung meiner Frau nicht teilnehmen können. Somit blieb für die Suche nur das Bild
von diesem Kerl, welches sich mir seit der Gegenüberstellung unauslöschlich ins Gedächtnis
gebrannt hatte, und die Vermutung, es handele sich
bei ihm um einen Deutschen. Wie aber sollte ich
ihn mit diesen spärlichen Informationen aufspü-
ren?

Als hätte das Schicksal ein Einsehen mit meiner
verzweifelten Lage, kam mir in dieser ausweglosen
Situation ein nahezu unglaublicher Zufall zu Hilfe.
Ich zappte eines Abends wie gewohnt lustlos durch
das Fernsehprogramm, das auch in Österreich
keine höhere Qualität aufweist als anderswo. Zwischen einer Kochshow und einem Bericht über
junge Truckerinnen, die in knackigen Shorts und
tonnenschweren LKW mehr oder weniger sinnlos
herumfuhren, blitzte für Sekundenbruchteile ein
Bild auf, das mich wie elektrisiert zusammenzu-
cken ließ.

Schnell wechselte ich von den Lastwagenschön-
heiten zurück auf den vorherigen Kanal und
erstarrte förmlich zu Eis: Ich blickte nämlich direkt
in das verhasste Gesicht des schmerzlich gesuchten
Mistkerls, der meine Frau und das ungeborene Kind
auf dem Gewissen hatte! Leider war der Bericht
eines deutschen Regionalsenders über ein Markt-
platzfest fast vorbei, als ich umschaltete. Es ging
wohl um das Aufstellen einer riesigen Birke, an der
man unterhalb der Krone einen Kranz mit bunten
Bändern angebracht hatte.

Ich hatte von dieser Tradition schon gehört. Was mich aber wesentlich mehr interessierte als das junge Volk, das ausgelassen um den sogenannten Maibaum herumtanzte, waren die Häuser im Hintergrund der Szene. Denn aus einem davon lugte ein mir nur allzu bekanntes Gesicht aus einem Fenster im ersten Stock hervor und schien das Geschehen mit großem Interesse zu verfolgen!

Geistesgegenwärtig machte ich mehrere Fotos von der Szene, wobei eines mir sogar eine recht brauchbare Großaufnahme des Mannes im ersten Stock einbrachte, als die Fernsehkamera zufällig den Hintergrund mit den Häusern heranzoomte. Das Bild dürfte deutlich genug sein, um es herumzuzeigen und dadurch eventuell den Namen des Kerls in Erfahrung zu bringen. Jetzt fehlte nur noch eine Auskunft über den Ort, von dem hier berichtet wurde. Meine Geduld wurde allerdings auf eine harte Probe gestellt, denn dieser wurde erst im Abspann genannt.

Anhand der Fotos, die ich während der Fernsehsendung angefertigt hatte, würde ich diesen Marktplatz und auch das Haus im Hintergrund finden, dessen war ich mir sicher! Ohne lange nachzudenken, packte ich in großer Hast wahllos ein paar Sachen in den alten Lederkoffer, holte die Pistole aus der Stahlkassette, in der ich die schon vor Jahren gekaufte Waffe bis jetzt aufbewahrt hatte, und begab mich auf eine Reise ohne Wiederkehr.

Denn dass ich das vor mir liegende Abenteuer nicht überleben würde, darüber gab es für mich nicht den Hauch eines Zweifels. Entweder würde die Krankheit mich umbringen oder ich würde bei dem Versuch sterben, den Mörder meiner Familie zu stellen. Wie auch immer diese Sache ausgehen mochte, ich würde höchstwahrscheinlich niemals hierher zurückkehren.

Die Fotos druckte ich zuvor aus und legte sie in das Tagebuch, das ich seit einiger Zeit führte. Diese Erinnerungen gedachte ich einem besonderen Zweck zuzuführen, sobald meine Aufgabe erfüllt war. Ich würde nämlich den Mörder nicht nur höchstpersönlich stellen und zur Rechenschaft ziehen, sondern zusätzlich jeden Schritt, der dazu führte, bis ins Kleinste dokumentieren und diese Aufzeichnungen der Nachwelt hinterlassen. Die Öffentlichkeit sollte meiner Meinung nach auf gar keinen Fall über die Unfähigkeit dieses widerlichen und überheblichen Ex-Bullen im Unklaren gelassen werden!

Oberstleutnant Steiner von der Wiener Mordkommission hatte sich nämlich absolut unprofessionell verhalten, als er sich von Anfang an auf mich eingeschossen hatte und die Suche nach dem wahren Täter dadurch sträflich vernachlässigte. In der Folge kam dieser selbst dann noch ungeschoren davon, als man ihn Monate später endlich in polizeilichem Gewahrsam hatte. Der Ermittler hatte es in seiner Einfalt oder Überheblichkeit schlichtweg versäumt, nach sicherlich vorhandenen Hinweisen auf das Eindringen einer fremden Person am Tatabend zu suchen.

Die Aussage meiner Frau, den Angreifer wiedererkannt zu haben, reichte dem Gericht nicht für eine Verurteilung aus, und weil aufgrund zahlreicher Ermittlungsfehler ansonsten keinerlei

176

Beweise für eine Schuld dieses Mannes vorlagen, wurde er in der gegen ihn anberaumten Hauptverhandlung freigesprochen. Und das wiederum war schlussendlich der Grund für den Suizid meiner geliebten Anneliese, wenn man es recht bedachte. Daher fand ich es nur für gerecht, diesem Oberstleutnant a.D. wenigstens im Nachhinein einen Beweis für dessen erwiesene Unfähigkeit zu liefern.

Ich sah mich ein letztes Mal in der Wohnung um, die mir jetzt ohnehin fremd und kalt erschien. Dann schloss sich die Tür des Hauses, in dem ich einmal für eine viel zu kurze Zeit mit Anneliese und der Hoffnung auf eine kleine Familie glücklich gewesen war, hinter mir. Ohne einen einzigen Blick zurück auf mein altes Leben zu werfen, stieg ich in das Taxi, das mit laufendem Motor am Straßenrand auf mich wartete.

Kapitel 8

Dienstag, 15. September, 10:00 Uhr

»Die tödliche Messerattacke hat demnach frühestens um 19:00 Uhr stattgefunden«, schließt Denise Malowski den Bericht über den gestrigen Besuch in der Rechtsmedizin ab. Die Freude, wieder aktiv am Geschehen teilhaben zu dürfen, ist ihr deutlich ins Gesicht geschrieben. »Da die Tür der Apotheke höchstwahrscheinlich eine halbe Stunde zuvor abgeschlossen wurde, muss Elena Peters ihrem Mörder eigenhändig aufgeschlossen haben, sofern dieser nicht schon bei Ladenschluss anwesend war.«

»Was aber in höchstem Maße unwahrscheinlich ist«, wirft Tobias Heller ein. »Das würde nämlich bedeuten, dass er mit dem Angriff auf sie eine geschlagene halbe Stunde gewartet haben müsste und davon ist wohl eher nicht auszugehen. Sie muss ihm demnach kurz zuvor die Tür geöffnet haben, und das wiederum ist ein Indiz dafür, dass sie ihn womöglich kannte!«

»Die Fingerabdrücke, die wir am Tatort und in der Wohnung des Opfers sicherstellen konnten, weisen ebenfalls darauf hin«, bestätigt Jürgen Vogel die Vermutung der Ermittler mit einem Kopfnicken. »Wir haben einen vollständigen Satz davon sowohl in der Apotheke als auch bei der Inhaberin zu Hause gefunden, was ein Beleg dafür ist, dass sich die fragliche Person an beiden Orten aufgehalten hat! Die DNA-Analysen stehen selbstverständlich noch aus, ich erwarte ein Ergebnis nicht vor Ende der Woche.«

»Dafür kann die Frage, wann der Täter den Tatort betreten hat, ausreichend exakt beantwortet werden!«, meldet sich Chrissie Ohlsen zu Wort und hält einen USB-Stick hoch. Auf diesen günstigen Moment hat sie offenbar nur gewartet. »Zu diesem Zweck schauen wir uns am besten zuerst gemeinsam das gestern Nachmittag erbeutete Überwachungsvideo an, wenn es recht ist.«

Tobias Heller schaltet kommentarlos die aus einem Computer und einem an der Decke befestigten Beamer bestehende Videoanlage ein und fährt per Fernbedienung die Motorleinwand herunter, die sich leise summend vor das Whiteboard schiebt. »Dann leg mal los!«, nickt er der Kollegin zu, nachdem er den Stick von ihr entgegengenommen und in den Rechner gesteckt hat.

Auf der Leinwand erscheint ein grobkörniges Bild mit dem Eingangsbereich der Apotheke, augenscheinlich von der gegenüberliegenden Straßenseite aus in einem spitzen Winkel aufgenommen, da man Tür und Schaufenster schräg von der Seite sieht. In der rechten unteren Ecke ist ein Timecode eingeblendet, er zeigt ›2020-09-10 18:35:00‹ an, also den Tattag, fünf Minuten nach dem regulären Geschäftsschluss.

»Die Kamera ist etwa fünfzig Meter entfernt auf einem Garagendach angebracht«, entschuldigt Wolfgang Müller die schlechte Qualität der Aufnahme. »Außerdem hat Amara diesen Ausschnitt für uns herauskopiert und so weit vergrößert, dass man überhaupt was erkennt. Ist leider nicht besonders scharf, wie ihr seht.«

Wenige Augenblicke später kommt Leben in das bislang statische Bild, als eine Frau die Apotheke verlässt, eiligen Schrittes zu ihrem davor geparkten Auto geht und davonfährt. Der Timecode lautet an dieser Stelle ›2020-09-10 18:36:21‹. Das Kennzeichen des Wagens ist nicht zu erkennen.

»Habt ihr die eingeblendete Zeitangabe überprüft?«, will Donner wissen. »Es wäre schließlich nicht das erste Mal, dass uns jemand mit einer falsch eingestellten Überwachungskamera zu beschummeln versucht!«

»Haben wir, Chef! Der Zeitstempel stimmt auf die Sekunde genau. Das war vorhin übrigens die letzte Kundin, hinter ihr wurde vermutlich die Tür abgeschlossen. Man kann es auf der Aufnahme zwar nicht sehen, aber später wird die Sache klar. Jetzt passiert die nächste halbe Stunde nichts für uns Relevantes, ich werde das Video daher etwas vorspulen.«

Bei Timecode ›2020-09-10 19:08:02‹ kommt ein Mann ins Bild, rüttelt an der Eingangstür und klopft anschließend fordernd an die Schaufensterscheibe, um sich bemerkbar zu machen. Das Gesicht hat er abgewandt, als ahne er, dass er heimlich gefilmt wird. Sekunden später wird die Tür geöffnet, der verspätete Kunde betritt die Apotheke und hinterlässt erneut ein statisch wirkendes Bild, da sich sonst niemand mehr im Erfassungsbereich der Kamera aufhält.

»Damit erübrigt sich wohl auch die Suche nach etwaigen Tatzeugen«, bemerkt Horst Weiland, indem er auf das menschenleere Bild zeigt. »Falls das der Täter war, hat ihn keiner hineingehen sehen. Schade, dass man sein Gesicht nicht erkennen konnte. Dafür wissen wir jetzt aber mit einiger Sicherheit, dass die Tür extra für ihn aufgeschlossen wurde!«

Chrissie lässt die Aufnahme kommentarlos ein Stück vorlaufen. Bei ›*2020-09-10 19:29:23*‹ kommt der Mann von vorhin wieder zum Vorschein, schaut sich panisch um und wirft dann etwas, das man auf dem Videobild nicht eindeutig identifizieren kann, in den draußen angebrachten Abfallbehälter. Dieses Mal wendet er das Gesicht der Kamera zu!

»Bei dem entsorgten Gegenstand wird es sich um die Tatwaffe gehandelt haben, da diese später exakt dort von der Forensik gefunden wurde!«, bemerkt Wolfgang Müller, während seine Partnerin das Bild an dieser Stelle einfrieren lässt. »Bis zum Morgen ist niemand mehr hineingegangen oder herausgekommen. Wenn wir den Film weit genug vorspulen, ist als Nächstes die Kundin zu sehen, die die Leiche fand. Wir haben somit hier nicht nur den Täter, sondern auch den Tatzeitpunkt auf weniger als eine halbe Stunde genau!«

»Das Bild ist wirklich extrem unscharf«, bemängelt Donner die schlechte Qualität. »Kann deine überaus talentierte Mitarbeiterin das eventuell noch für uns bearbeiten?« Die Frage ist an Jürgen Vogel gerichtet, für den die angesprochene IT-Spezialistin Amara Jones arbeitet. Die junge Frau ist dafür bekannt, wahre Wunder zu vollbringen, wenn darum geht, Dinge sichtbar zu machen, die auf den ersten Blick nicht vorhanden zu sein scheinen. Donners Hoffnung auf eine Verbesserung der Bildqualität entbehrt daher nicht einer gewissen Grundlage.

»Ich denke, das wird dieses Mal nicht nötig sein«, antwortet Tobias Heller an Stelle des Forensikers und erhebt sich von seinem Platz. Um an das Phantombild des Ex-Freundes der Apothekerin zu gelangen, muss er sich in die schmale Lücke zwischen Leinwand und Whiteboard zwängen. Er nimmt die Zeichnung ab und hält sie demonstrativ neben das Standbild. »Seht ihr? Das ist definitiv derselbe Kerl! Wir haben unseren Täter!«

»Von dem wir aber den Namen nicht wissen«, bemängelt Horst Weiland. »Mit Vornamen heißt er wahrscheinlich Thomas. Ein Hausbewohner will einmal gehört haben, wie Elena Peters ihn mit ›Tom‹ anredete.«

»Diese Information ist zum jetzigen Zeitpunkt von keinem großen Nutzen für uns«, wiegelt der Kommissariatsleiter schulterzuckend ab. »Gleichwohl werde ich eine Fahndung nach ›unbekannt‹ mit diesem Phantombild anleiern. Schaden kann es schließlich nicht. Gibt es sonst noch etwas zu berichten?«

»Es ist kaum zu glauben, aber ich habe es tatsächlich endlich geschafft, die restlichen Seiten des kopierten Tagebuchs zu entziffern!«, meldet Tobias Heller den längst fälligen Vollzug der ihm schon vor Tagen übertragenen Aufgabe. »Die Aktion hat mich reichlich Nerven gekostet, und das ist noch untertrieben!« Anschließend gibt er den Kollegen eine Zusammenfassung der niedergeschriebenen Erinnerungen, die etwa zehn Minuten in Anspruch nimmt.

»Das Tagebuch endet somit tatsächlich, wie bereits von mir befürchtet, eine unbekannte Anzahl von Tagen *vor* der Ankunft des Verfassers dieser Zeilen in Windeck«, schließt er seinen Bericht ab. »Der letzte Eintrag wurde im Mai dieses Jahres vorgenommen, und er bekundet darin seine Absicht, die Stadt Hamm im Ruhrgebiet aufzusuchen, weil er dort den von ihm gesuchten Mörder vermutete. Wie es weitergeht, werden wir wohl erst erfahren, wenn das Original wieder aufgetaucht ist.«

»Welches er aber, falls unsere Vermutung zutrifft, per Post an eine bisher unbekannte Person geschickt hat«, nickt Donner. »Wir stecken also diesbezüglich in einer Sackgasse.«

»Ist euch eigentlich bezüglich dieser ominösen Briefsendung nichts aufgefallen?«, unterbricht Denise Malowski die Diskussion. »Wenn wir davon ausgehen, dass Steiner das Originaltagebuch am Samstagvormittag – also *vor* der Taxifahrt zum Leyenweiher – per Post irgendwohin schickte, wird er seine Mission zu diesem Zeitpunkt als erledigt betrachtet haben. Die Umhängetasche mit der Pistole versteckte er zwar am selben Tag, aber nachweislich *danach* in der Nähe des späteren Tatortes, und seinem Mörder begegnete er gar erst am Sonntag! Entweder wusste er bereits, dass er diesen tags darauf dort treffen würde, oder er hat ihn nach der Versteckaktion am Brunnenkeller noch einmal aufgesucht, um den Termin mit ihm klarzumachen. Es haben sich aber bisher keine weiteren Zeugen mehr bei mir gemeldet, die ihn an diesem Tag irgendwo im Stadtgebiet gesehen haben.«

»Das muss nichts bedeuten, Denise«, schüttelt Tobias den Kopf. »Er kann das alles vorher minutiös geplant haben, Zeit genug hatte er jedenfalls auf seiner Monate währenden Odyssee dafür. Erinnern wir uns daran, dass er seine Zielperson zuvor in mindestens drei Orten gesucht hat, bevor er hier offenbar endlich fündig wurde. Wir haben außerdem aus dem Tagebuch eine ganze Menge über den Herrn und seine Beweggründe erfahren, was uns bei den weiteren Ermittlungen zugutekommen könnte!«

Er stellt sich an das Whiteboard, das jetzt wieder frei zugänglich ist, um seine eigenen Schlussfolgerungen aus den niedergeschriebenen Erinnerungen zusammenzufassen und schriftlich festzuhalten. Aufgrund der vier Semester Kriminalpsychologie, die er vor seiner Zeit bei der Kriminalpolizei absolvierte, ist er der Einzige in der Runde, der einem Profiler zumindest nahekommt und daher für die Würdigung der zugrundeliegenden Ereignisse der beste verfügbare Mann ist.

»Es gibt meiner Ansicht nach insgesamt exakt fünf Schlüsselerlebnisse, die alle aufeinander aufbauen und in ihrer Gesamtheit letztlich in der heutigen Situation gipfelten«, führt er aus, während er einen Stift zur Hand nimmt. »Halten wir also Folgendes fest:

→ unser Mann, nennen wir ihn der Einfachheit halber weiterhin Konrad Steiner, kam von einem Ärztekongress nach Hause und fand seine Frau,

durch sieben Messerstiche in den Unterleib lebensbedrohlich verletzt, ohne Bewusstsein in der
Badewanne liegend vor. Sie überlebte zwar, verlor
durch die Messerattacke jedoch ihr ungeborenes
Kind. Laut Tagebuch war das im August 2000. Man
bezichtigte ihn zu Unrecht dieser Tat und er
verbrachte vier Wochen in Untersuchungshaft, bis
seine Frau endlich aus dem Koma erwachte und ihn
entlastete.

→ etwa zwei Jahre später wurde ein Mann von der
österreichischen Polizei aufgegriffen, der dem nach
Angaben der Ehefrau erstellten Phantombild glich
und von dieser bei einer Gegenüberstellung auch
wiedererkannt wurde. Das eigentliche Ereignis, um
das es hier geht, ist jedoch der spätere Freispruch
des namentlich leider nicht genannten Täters, weil
dieser letztendlich zur nächsten Katastrophe
führte.

→ die traumatisierte und schwerst depressive Frau
beging im Mai 2019 Suizid, indem sie sich in
derselben Badewanne die Pulsadern aufschnitt, in
der sie schon einmal fast getötet wurde. Grund für
die Selbsttötung war wohl die Tatsache, dass ihr
niemals geborenes Kind in diesem Monat volljährig
geworden wäre. Konrad Steiner befand sich
währenddessen auf dem Heimweg von seinem
jährlichen Ärztekongress und kam erneut zu spät,
um seine Frau noch retten zu können. Dies hatte
meiner Einschätzung nach extreme Schuldgefühle
zur Folge, die einen weiteren Auslöser darstellten.

→ das letztlich ausschlaggebende Ereignis – der
Trigger, wenn man es so nennen mag – war dann
die Krebsdiagnose, die er aber erst nach dem

Freitod seiner Frau erhielt, nämlich Ende April dieses Jahres, und die ihn vollends aus der Bahn geworfen haben dürfte. Laut Auskunft des behandelnden Arztes hatte er seinen Aufzeichnungen zufolge bestenfalls noch wenige Monate zu leben und er beschloss, vorher reinen Tisch zu machen und denjenigen aufzuspüren und zur Strecke zu bringen, der ihm und seiner Familie dies alles angetan hatte.

→ das wichtigste Schlüsselerlebnis war jedoch kurz darauf ein Fernsehbericht von einem Dorffest, den er zufällig sah und in dessen Verlauf ein Mann – offenbar ein Anwohner – ins Bild kam, den er sofort wiedererkannte: Es war der Kerl, der zwanzig Jahre zuvor seine Frau fast getötet hatte und der Schuld daran war, dass sie ihr ungeborenes Kind verlor und somit auch seiner Meinung nach für ihren Selbstmord verantwortlich zeichnete.«

»Hier enden die uns vorliegenden Tagebuchaufzeichnungen«, schließt Tobias Heller seine Ausführungen ab und legt den Stift beiseite. »Unser Mann begab sich dann, dem letzten Eintrag zufolge, auf die Suche nach dem Zerstörer seines Lebensglücks. Weshalb er auf seiner Reise unterschiedliche Falschnamen benutzte, ist jedoch unbekannt. Die Verwendung des Namens Steiner deutet allerdings auf eine gewisse Obsession hin, da so der Kriminalbeamte hieß, der mit seiner schludrigen Ermittlung ebenfalls Schuld auf sich geladen hatte.«

»Ich danke dir für deine detaillierte und sehr professionelle Analyse der Psyche dieses Herrn«, übernimmt Donner wieder die Gesprächsführung und kommt gleich zum Kern der Angelegenheit:

186

»Seine Aufzeichnungen enden also mit der Absicht, nach Hamm im Ruhrgebiet zu fahren, weil das der Ort war, der in dem Fernsehbericht genannt wurde. Wie ist der Kerl von dort ins Windecker Land gelangt? Das liegt auf der entgegengesetzten Seite von Nordrhein-Westfalen!«

»Dafür gibt es eventuell eine einfache Erklärung, Chef!« Die Leinwand fährt wieder herunter, auf der nach wie vor das Standbild mit dem mutmaßlichen Täter angezeigt wird. In derselben Sekunde verschwindet es und macht einem Kartenausschnitt von *Google Maps* Platz. Chrissie Ohlsen greift zum Laserpointer und lässt den Lichtpunkt um einen Ort südlich von Windeck kreisen. »Voilà! Ich präsentiere: Hamm in Rheinland-Pfalz, kaum drei Kilometer von dem Gasthof in Wiedenhof entfernt, in dem unser Mann nachweislich übernachtete und wo auch Wolfgang ich untergekommen sind. Laut Zeugenaussage eines Pensionsgastes fuhr Steiner, der sich dort Weber nannte, am Tag nach seiner Ankunft mit dem Bus in diese Richtung. Wir haben wieder eine Spur!«

»Ja, das ergibt in der Tat einen Sinn!« Donner klatscht begeistert in die Hände. »Dort in dem *anderen* Hamm fand Steiner irgendwie heraus, wohin seine Zielperson weitergezogen ist und folgte ihm erst nach Lohmar und dann nach Troisdorf! Es müsste doch möglich sein, eine Aufzeichnung dieser Fernsehsendung zu bekommen … Hat von euch einer eine Idee, wie das zu bewerkstelligen wäre?«

»Das dürfte kein Problem sein«, gibt Heller sich zuversichtlich. »Wir wissen, dass die Sendung von einer Maibaumerrichtung handelte, damit sind Monat und Jahr schon einmal bekannt. Bezüglich des Senders würde ich mal vermuten, dass sie von *SWR3* ausgestrahlt wurde, und zwar dem für die Region Rheinland-Pfalz zuständige Teil, den man über Satellit auch in Österreich empfangen kann. Ich werde mich umgehend darum kümmern!«

»Hört sich gut an! Jetzt aber was anderes: Ich habe heute endlich die Fallakte zu dem Leichenfund in Imhausen auf den Tisch bekommen, die uns die Kollegen aus Betzdorf schon für letzte Woche versprochen hatten«, nickt der Kommissariatsleiter in Richtung Ohlsen und Müller. »Anstatt die Akte einzuscannen und per E-Mail an mich zu senden, haben diese Genies sie kopiert und mit der Post geschickt! Wie auch immer: Laut Autopsiebericht lag die Tote mindestens ein Vierteljahr an der Stelle im Wald, wo man sie jetzt fand. Getötet wurde sie mit mehreren Messerstichen. Woran erinnert mich das bloß?«

»Du glaubst an einen Zusammenhang mit dem Mord an Elena Peters?«, interpretiert Denise Malowski den offen zur Schau gestellten Sarkasmus des Vorgesetzten völlig korrekt. »Und was ist mit der Messerattacke auf diese Anneliese vor zwanzig Jahren? Das sieht mir doch ebenfalls sehr ähnlich aus, nur dass *sie* das zunächst überlebte!«

»Wir müssen es jedenfalls in Betracht ziehen. Immerhin scheinen in mindestens zwei dieser drei Fälle Drogen im Spiel gewesen zu sein. Laut dem mittlerweile vorliegenden Inventurbericht wurden in der Apotheke am Donnerstag definitiv Betäubungsmittel entwendet, und im Tagebuch war in

Verbindung mit dem Überfall auf die Arztgattin ebenfalls die Rede davon. Glaubt ihr da noch an Zufälle? Ich nicht!«

Donner legt eine kurze Pause ein und schaut seine Ermittler der Reihe nach ernst an. Schließlich bleibt sein Blick auf Ohlsen und Müller haften. »Chrissie und Wolfgang, ihr zwei nehmt euch die Fallakte der Toten aus Imhausen vor!«, bestimmt er.

»Und auf was sollen wir dabei speziell achten?«, erkundigt sich Müller vorsichtshalber, obwohl er sich eigentlich denken kann, worauf der Chef hinauswill.

»Sucht nach Hinweisen, die auf einen Zusammenhang mit den uns bekannten Messerangriffen auf Frauen hindeuten. Versucht herauszufinden, ob Drogen im Spiel waren. Außerdem solltet ihr euch für die kommenden Tage nichts Wichtiges vornehmen, weil ihr nämlich ein weiteres Mal nach Windeck beziehungsweise Hamm fahren werdet! Sobald wir im Besitz dieser Fernsehaufzeichnung sind und somit auf demselben Stand sind wie Steiner, geht es los. Ihr werdet vor Ort in aller Ruhe recherchieren, bleibt meinetwegen so lange, bis ihr ein Ergebnis habt. Wenn ein *Arzt* dort erfolgreich eine Spur aufnehmen konnte, muss *uns* das doch ebenfalls gelingen!«

»Und warum schickst du Wolfgang und mich dorthin und nicht Denise und Tobias?«, will Chrissie Ohlsen wissen. Sie scheint von der Aussicht, erneut ans Ende der Welt zu fahren, nicht gerade begeistert zu sein. Und diesmal wäre es nach der Vorstellung ihres Vorgesetzten wahrscheinlich sogar gleich für mehrere Tage!

»Aus genau drei Gründen, junge Dame: Ihr beide wart schon einmal dort und kennt daher die Gegebenheiten von uns allen am besten, und meine Hauptkommissare benötige ich dringend hier im Kommissariat zur Koordinierung der Ermittlungen. Es ist ja nicht so, dass wir hier in der Zwischenzeit Däumchen drehen werden!«

Chrissie kneift misstrauisch ein Auge zusammen. »Da fehlt aber noch ein Argument!«, argwöhnt sie zu Recht eine Hinterlist des Chefs.

»Stimmt, und das ist sogar das Wichtigste von allen«, lächelt Donner hintergründig. »Falls es vor Ort zu Komplikationen kommt, kann von hier aus niemand einschreiten, deshalb werden *zwei* Beamte fahren. Wenn du und Wolfgang das machen, muss die ohnehin arg gebeutelte Staatskasse nur für *ein* Zimmer pro Nacht aufkommen!«

Erinnerungen

Geschlagene drei Monate lang war ich auf der Suche nach dem Festplatz aus dem Fernsehen unermüdlich kreuz und quer durch die Stadt im Ruhrgebiet gezogen. Erfolglos. Nirgends in dem über zweihundert Quadratkilometer großen Stadtgebiet war ein Marktplatz oder etwas Ähnliches zu finden gewesen, das auch nur andeutungsweise dem Bild aus dem Fernsehbericht entsprach. Zu allem Überfluss hatte ich irgendwo in diesem Großstadtdschungel meinen Reisepass verloren.

Gefühlte tausend Einwohner hatte ich im Laufe der Zeit erfolglos nach einer solchen Lokalität gefragt, hatte unermüdlich die Fotos herumgezeigt, und allenthalben nur einhelliges Kopfschütteln oder sogar Unverständnis für meine verzweifelte Lage geerntet. Manche fühlten sich gar von mir belästigt und hatten mit der Polizei gedroht, falls ich sie nicht in Ruhe ließe. Ein wochenlanges Studium sämtlicher Stadtpläne und Städteführer, denen ich habhaft werden konnte, brachte ebenfalls kein Resultat.

Schließlich gab ich mich mutlos geschlagen und trat maßlos enttäuscht den Heimweg an. In meiner grenzenlosen Einfalt hatte ich mir das alles wesentlich einfacher vorgestellt, zumal der Fernsehbericht über das Maifest mir einen dörflichen Charakter vorgegaukelt hatte, der in der Realität offenbar gar nicht existierte. Zumindest hatte ich diesen kleinen Festplatz aus dem Fernsehen nicht gefunden, obwohl ich täglich unermüdlich jeden Quadratmeter dieser Stadt abgesucht hatte.

An dieser Stelle meiner Überlegungen stutzte ich plötzlich. Konnte das denn wirklich sein, dass ich monatelang den ganzen Ort abgegrast, und einen zugegebenermaßen nicht sonderlich großen Dorfplatz übersehen hatte? Nein, das war einfach unmöglich! Die einzig mögliche Konsequenz aus dieser Überlegung war, dass das Hamm, von dem in der Sendung eines deutschen Regionalsenders die Rede gewesen war, demzufolge ein anderes sein musste. Eine Stadt, die zwar genauso hieß, jedoch erheblich kleiner war!

Fieberhaft holte ich umgehend nach, was ich eigentlich sofort hätte tun sollen, aber in meinem Eifer leichtfertig versäumt hatte: Ich recherchierte im Internet und es dauerte nur ein paar Minuten, bis ich meinen Irrtum erkannte. Es gab tatsächlich eine Stadt mit demselben Namen im Bundesland Rheinland-Pfalz, hundertfünfzig Kilometer von dem Ort im Ruhrgebiet entfernt und im Verhältnis zu diesem mit nur wenig mehr als 3.000 Einwohnern geradezu winzig. Das musste es sein! Neuer Tatendrang erfasste mich, ich war endlich auf der richtigen Spur, das spürte ich!

Erneut packte ich voller Hast den Koffer. Vorher jedoch fertigte ich auf dem Kopiergerät in der seit Monaten geschlossenen Praxis sorgfältig von allen bisherigen Aufzeichnungen Kopien an, da sich an der Absicht nichts geändert hatte, das Original aus der Hand zu geben, sobald die Mission erfolgreich abgeschossen sein würde. Und davon, dieses Mal mehr Glück mit meiner selbstgestellten Aufgabe zu haben, war ich felsenfest überzeugt.

Die Duplikate hingegen, die allerdings die Erlebnisse der vergangenen Wochen noch gar nicht enthielten, benötigte ich wegen der darin festgehaltenen Erinnerungen an ein Leben mit Anneliese und als moralische Stütze auf meiner beschwerlichen Reise ins Ungewisse. Das Tagebuch konnte ich unterwegs vervollständigen, vielleicht würde sich ja später noch eine Gelegenheit ergeben, von den neu hinzugekommenen Einträgen ebenfalls Kopien anzufertigen, bevor ich die Aufzeichnungen unwiderruflich aus der Hand geben würde.

Einer spontanen Eingebung folgend, beschloss ich, Tagebuch und Pistole vorsichtshalber getrennt von den anderen Sachen aufzubewahren. Bei der Ankunft vor einem Vierteljahr am Hauptbahnhof Hamm im Ruhrgebiet wäre mir nämlich beinahe der Koffer mit allen Habseligkeiten gestohlen worden. Gerade noch rechtzeitig hatte ich den dreisten Dieb bei seinem schändlichen Tun ertappt und mein Eigentum schützen können. Nicht auszudenken, wenn sowas erneut passieren würde und die wertvollen Aufzeichnungen mir abhandenkämen!

Ich verstaute stattdessen die Schusswaffe und das Tagebuch zusammen mit der einzigen Schachtel Munition, die ich besaß, in einer Umhängetasche aus Segeltuch. Die hatte ich mir vor vielen Jahren einmal aus einer Laune heraus gekauft und jetzt nach langer, zunächst vergeblicher Suche schließlich auf dem Dachboden inmitten des üblichen Gerümpels wiedergefunden, das sich im Laufe der Zeit an einem solchen Ort ansammelt.

Ich würde diese Tasche von nun an ständig bei mir tragen und niemals mehr aus den Augen lassen. Die Kopien hingegen landeten im Koffer bei den anderen Sachen. Sollte mir dieser jetzt tatsächlich abhandenkommen, war nicht viel verloren, da ich die Fotokopien jederzeit wieder erneut anfertigen konnte, solange ich das Original noch besaß. Dann schloss sich die Haustür hinter mir. Dieses Mal hoffentlich für immer.

Kapitel 9

Mittwoch, 16. September, 09:47 Uhr

»Uff!« Tobias Heller stößt einen tiefen Seufzer aus, während er den Hörer eine Spur zu heftig auflegt, was seine Kollegin erstaunt den Kopf heben lässt. Sie kennt ihn zwar durchaus als impulsiv veranlagt, solche Gefühlsausbrüche sieht man bei ihm jedoch eher selten. »Es ist kaum zu glauben, wie viele Schnarchnasen bei den öffentlich-rechtlichen Rundfunkanstalten beschäftigt sind, Denise!«, eröffnet er ihr mit einem genervten Augenrollen.

»Sicherlich auch nicht mehr als bei der privaten Konkurrenz, nur dass *die* schlechter bezahlt werden!«, vermutet sie abwesend und wendet sich wieder ihrem Computerbildschirm und damit den Recherchen zu, die sie seit Dienstbeginn mit der ihr eigenen Verbissenheit durchführt und über deren Inhalt sie ihn bislang im Unklaren gelassen hatte. Tastaturgeklapper und ein hin und wieder eingestreutes unartikuliertes Brummen war alles, was er davon mitbekommen hat. Langjährige Erfahrung im Umgang mit ihr hat ihn indes gelehrt, dass man sie dabei besser nicht stört.

»Jedenfalls hatte ich jetzt endlich den Verantwortlichen beim *SWR3* an der Strippe«, informiert er sie dennoch kurz über seinen Erfolg. »Er versprach mir, unverzüglich einen Link zu generieren, mit dem wir eine Aufzeichnung der Sendung vom

Mai dieses Jahres online bei denen abrufen können. Ich müsste demnach jeden Augenblick eine entsprechende E-Mail erhalten. Was machst du da eigentlich die ganze Zeit?«, will er jetzt doch endlich wissen und schaut auf die Uhr. »In zehn Minuten beginnt übrigens die Dienstbesprechung!«

»Na, dann wirst du so lange sicher noch warten können, sonst muss ich alles zweimal erzählen!«, bescheidet sie ihm und legt nach einem letzten Klick die Maus zur Seite. Im selben Augenblick nimmt der Drucker neben ihrem Schreibtisch seine Arbeit auf und Denise greift zu ihrer Kaffeetasse.

* * *

»Wenn ich euch so anschaue, könnte man glatt denken, ihr habt was Interessantes aufgedeckt!«, interpretiert Donner die höchst zufriedenen Mienen seiner Hauptkommissare, als diese den Raum betreten. In der Tat steht beiden die Freude über einen Ermittlungserfolg geradezu ins Gesicht geschrieben, selbst Tobias' Pokerface, das er in solchen Situationen aufzusetzen pflegt und das ihn somit genau genommen verrät, hat deutliche Risse bekommen. »Wer will zuerst?«

»Lass Tobias anfangen«, sagt Denise schnell mit einem Seitenblick zu ihrem Partner. In ihren Augen blitzt für eine Sekunde der Schalk auf. Soll der neugierige Kerl ruhig noch etwas zappeln! »Er hat, glaube ich, die brisanteren Neuigkeiten von uns beiden.«

»Wenn du es sagst«, zuckt dieser betont gleichmütig mit den Schultern und schaltet gleichzeitig Beamer und Computer ein. Die ebenfalls notwendige Motorleinwand hingegen wird geistesgegenwärtig von seinem Chef herabgelassen, der dazu nur zur Fernbedienung greifen muss, die vor ihm auf der Stiftablage der Tafel liegt.

»Ich habe heute Morgen per E-Mail einen Link erhalten, mit dem wir die Aufzeichnung der Sendung über die Maibaumaufstellung in Hamm abrufen können«, informiert Heller die Kollegen. »Eine speicherbare und somit veränderbare Datei wollten die aus urheberrechtlichen Gründen nicht herausrücken. Das sollte uns zwar eigentlich nicht weiter stören, aber man kann in dem Stream leider nicht vorspulen, sodass wir gezwungen sind, uns die Sendung vollständig anzuschauen. Sie dauert eine halbe Stunde und die Maibaumsetzung kommt erst ganz am Ende, sagte der Redakteur. Allerdings sollte ich in der Lage sein, das Bild an geeigneter Stelle anzuhalten.«

»Dann lassen wir die Zeit bis dahin nicht ungenutzt verstreichen und machen derweil mit der Tagesordnung weiter«, bestimmt der Kommissariatsleiter, während auf der Leinwand bereits der Titel der Fernsehsendung eingeblendet wird, er lautet ›Tradition und Brauchtum‹. Der Ton wurde von Tobias vorsorglich abgeschaltet. »Denise?«

»Ich habe ein wenig im Internet herumgestöbert und im Onlinearchiv einer Wiener Tageszeitung bisher insgesamt zwei Artikel gefunden, die sich mit ziemlicher Wahrscheinlichkeit auf die in dem Tagebuch festgehaltenen Erlebnisse beziehen«, beginnt Denise Malowski. »Der erste ist vom 12. August 2000 und berichtet vom Überfall auf eine *Anneliese H.* und die anschließende Festnahme ihres Ehemannes *Konrad H.* Ich glaube nicht, dass es sich hierbei um eine zufällige Ähnlichkeit der Namen handelt!«

Sie reicht je fünf Ausdrucke der beiden Zeitungsartikel herum, die sie in weiser Voraussicht in ausreichender Anzahl angefertigt hatte. Die Tafel ist momentan ja wegen der laufenden Filmvorführung verdeckt und fällt für die nächste halbe Stunde für eine Präsentation aus. Und dass Tobias eine solche plante, war ihr zu diesem Zeitpunkt ja schon bekannt.

Blutiges Ehedrama in Arztpraxis!

Wien. Die neunundzwanzigjährige Anneliese H. wurde in der Nacht zum Donnerstag blutüberströmt und durch unzählige Messerstiche lebensgefährlich verletzt in ihrer Wohnung aufgefunden. Dringend der Tat verdächtigt wird ihr Ehemann, der in demselben Haus eine Praxis für Allgemeinmedizin betreibt. Er wurde in einem verwirrten Geisteszustand, mit einem blutigen Messer in der Hand neben der bewusstlosen Frau sitzend, am nächsten Morgen von der Polizei aufgegriffen. Er leistete erheblichen Widerstand gegen seine Festnahme und schweigt seitdem verbissen zu dem Tatvorwurf, die ermittelnden Beamten gehen jedoch von einem Ehedrama aus. Konrad H. soll heute noch dem Haftrichter vorgeführt werden.

»Wesentlich interessanter für uns dürfte aber der Artikel vom 11. September 2000 sein«, lenkt Denise die Aufmerksamkeit der Kollegen auf den zweiten Ausdruck. »Dort wird nämlich nicht nur die Haftentlassung erwähnt, sondern zusätzlich der vollständige Name des ermittelnden Beamten genannt. Der ist zwar, wie wir aus dem Tagebuch wissen, mittlerweile im Ruhestand, könnte uns jedoch eventuell mit ein paar Fakten weiterhelfen, sofern er sich nach zwanzig Jahren noch daran erinnert. Leider habe ich im Wiener Telefonbuch keinen Valentin Steiner finden können.«

Mediziner aus U-Haft entlassen!

Wien. Der des Mordversuchs an seiner Ehefrau beschuldigte Arzt Konrad H. wurde gestern nach insgesamt 29 Tagen aus der Untersuchungshaft entlassen. Laut Staatsanwaltschaft war das Opfer Anneliese H. aus dem Koma erwacht und entlastete ihren Gatten, indem sie angab, von einem Einbrecher überfallen worden zu sein. Der mit den Ermittlungen beauftrage Oberstleutnant Valentin Steiner von der Wiener Kriminalpolizei hingegen sprach von einem Komplott und versprach, in dieser Angelegenheit notfalls gegen den Widerstand sämtlicher Behörden weiter zu ermitteln.

»Falls er nicht zwischenzeitlich verstorben ist. Wir wissen ja nicht, wie alt er damals war«, überlegt Donner. »Ich werde mich daher erneut mit einem Amtshilfeersuchen an die österreichischen Kollegen wenden, die werden mir sicher die derzeitigen Kontaktdaten mitteilen. Gute Arbeit, Denise! Damit kommen wir mit etwas Glück ein ganzes Stück weiter, und wenn es nur der wahre Name unseres Toten vom Leyenweiher ist, den wir in Erfahrung bringen!«

»Wenn ihr euch bitte jetzt wieder alle auf den Film konzentrieren würdet?«, unterbricht Tobias Heller die kurze Diskussion, die man seiner Meinung nach auch später fortführen kann. »Hier fängt es nämlich gerade an, interessant zu werden!«

Tatsächlich entspricht die Szene auf der Leinwand jetzt exakt der Beschreibung dessen, was in dem Tagebuch darüber geschrieben steht: Junge Menschen beiderlei Geschlechts tanzen auf einem Dorfplatz ausgelassen um einen frisch aufgestellten Maibaum herum. Im Hintergrund sind einige Wohnhäuser zu sehen, aus deren Fenstern Anwohner neugierig dem Treiben zuschauen. Auf eins dieser Häuser macht der Kameramann aus einem wahrscheinlich nur ihm bekannten Grund in diesem Augenblick einen Zoom. Tobias stoppt geistesgegenwärtig die Wiedergabe an dieser Stelle.

»Da haben wir unseren Kandidaten!«, ruft er begeistert aus und kreist zusätzlich ein Fenster im ersten Stock eines taubenblau angestrichenen Hauses mit dem Laserpointer ein. »Was meint ihr? Sieht dieser Kerl dort nicht genauso aus wie der aus dem Video von der Apotheke? Also, ich finde diese Ähnlichkeit geradezu frappierend!«

»Du hast recht«, nickt Donner. »Das sind dieselben eingefallenen Gesichtszüge, soweit man das sehen kann. Und die zotteligen Haare sind auch gleich. Das wäre jetzt wirklich ein unwahrscheinlicher Zufall, wenn wir es hier mit zwei verschiedenen Personen zu tun hätten! Schade, dass man das Video nicht speichern kann.«

»Mit einem Trick wäre das durchaus möglich«, meldet sich Jürgen Vogel erstmals zu Wort. »Es gibt Computerprogramme, mit denen man den Film vom Bildschirm aufnehmen und dann abspeichern kann. Vielleicht ist das aber gar nicht mehr nötig, ich habe nämlich heute die Ergebnisse der noch ausstehenden DNA-Analysen erhalten. Und zwar gibt es eine Übereinstimmung der Hautzellen vom Koffergriff mit denen am Griff des Messers, mit dem die Apothekerin getötet wurde. Und diese wiederum sind identisch mit den DNA-Spuren aus deren Wohnung. Mit anderen Worten: Alle drei Proben stammen von ein und derselben Person!«

»Habe ich es mir doch gedacht!«, entfährt es dem Kommissariatsleiter. »Ich verspeise auf der Stelle den Wischmob meiner Frau, wenn die Tote aus dem Wald von Imhausen nicht ebenfalls auf das Konto dieses Kerls geht! Ihr habt euch die Fallakte angesehen«, wendet er sich an Chrissie und Wolfgang. »Gibt es dafür irgendwelche Indizien?«

»Bis auf den Zeitraum, in dem der Mord verübt wurde, und der Todesart sind keine Gemeinsamkeiten erkennbar, Chef«, übernimmt es Müller, die Kollegen ins Bild zu setzten. »Bei der Toten handelt es sich um die achtundzwanzigjährige pharmazeutisch-technische Assistentin Julia Kern. Sie wurde von ihrem Freund vermisst gemeldet, weil sie seit Tagen nicht auf seine Anrufe reagiert hatte und auch von den Nachbarn länger nicht gesehen wurde. Getotet wurde sie laut Obduktionsbericht in der ersten Maiwoche durch drei Messerstiche in die Brust. Aufgrund der seither verstrichenen Zeit ist eine genauere Angabe leider nicht möglich, schreibt der Pathologe.«

»Bezüglich des Zeitraums käme unser Mann also durchaus für den Mord in Betracht, wie wir jetzt wissen«, ergänzt seine Partnerin mit einem bezeichnenden Blick auf das eingefrorene Videobild auf der Leinwand. »Die uns bisher bekannten Messerattacken fanden jedoch nicht unter freiem Himmel statt, sondern einmal bei der Arztfrau zu Hause und das andere Mal in der Apotheke, wenngleich die Vorgehensweise im vorliegenden Fall zumindest ähnlich ist.«

»*PTA* war sie, sagtest du? Dann hat sie doch bestimmt ebenfalls in einer Apotheke gearbeitet«, überlegt Denise Malowski. »Hatten die Kollegen aus Rheinland-Pfalz euch gegenüber nicht erwähnt, die Frau wäre gar nicht an der Stelle getötet worden, wo man sie später fand? Wenn ich es mir recht überlege, kann es dabei durchaus um Drogen gegangen sein. Man könnte sich beispielsweise zu einer Übergabe irgendwo in der Nähe verabredet haben, eine solche Lokalität ist geradezu prädestiniert dazu!«

»Dafür konnte die dortige Forensik keine Belege finden«, schüttelt Chrissie den Kopf. »Julia Kern wurde zwar nicht dort umgebracht, wo sie von ihrem Mörder verscharrt wurde, aber ob die Messerattacke in demselben Wäldchen stattfand oder ganz woanders, war nach über vier Monaten nicht mehr zu bestimmen.«

»Wurde ein Drogentest an der Leiche durchgeführt?«

»Davon steht in der Akte nichts, Chef!«

»Hm. Denise hat womöglich recht mit ihrer Vermutung«, grübelt Donner. »Die Tatsache, dass es sich hierbei erneut um eine Apothekerin beziehungsweise eine pharmazeutisch-technische Assistentin gehandelt hat, muss uns zu denken geben! Vergessen wir auch nicht den allerersten Überfall, bei dem es ebenfalls um Betäubungsmittel ging. Damals war es eine Arztpraxis!«

»Im vorliegenden Fall könnten sich Opfer und Täter in der Abgeschiedenheit des Wäldchens zu einer Drogenübergabe verabredet haben, die dann irgendwie aus dem Ruder gelaufen ist«, stimmt Tobias Heller ihm zu. »Es wäre schließlich nicht das erste Mal, dass unterbezahlte Angestellte etwas aus der Firma abzweigen, um es unter der Hand in klingende Münze umzuwandeln! Die Übereinstimmung des Tatverlaufs in allen drei Fällen ist zudem ein untrügliches Indiz für spontanes, unüberlegtes Handeln und unbändige Wut, was wiederum dem Täterprofil eines Drogensüchtigen auf Entzug entspräche.«

»Habt ihr eure Sachen schon gepackt?«, wechselt Donner unvermittelt das Thema, indem er sich an Chrissie Ohlsen wendet.

»Ja, Chef. Das Gepäck steht reisefertig in unserem Büro bereit, wir können also sofort losdüsen, wenn es sein muss!«

»Das tut es! Ihr zwei setzt euch unverzüglich ins Auto und fahrt dorthin!« Welchen Ort er damit meint, bedarf keiner Erklärung. »Was ihr zu tun habt, dürfte soweit klar sein: Findet heraus, wohin der Herr verschwunden ist, der dort auf der Leinwand so munter aus dem Fenster schaut. Wenn ihr seinen Namen herausfindet, wäre das ebenfalls hilfreich. Alsdann recherchiert ihr im sozialen Umfeld dieser Julia Kern, ob sie den Kerl eventuell gekannt haben könnte. Bittet jedoch vorsorglich die Kollegen aus Rheinland-Pfalz um Mithilfe bei den Ermittlungen, sofern es sich einrichten lässt. Die Tote wurde zwar in *unserem* Zuständigkeitsbereich gefunden, aber Hamm liegt auf *deren* Seite, ich will von denen nachher keine Klagen wegen Kompetenzüberschreitung durch meine Leute hören. Und jetzt ab mit euch! Wenn ihr heute noch etwas bewerkstelligen wollt, wird es langsam Zeit!«

* * *

Chrissie Ohlsen steckt das Handy ein, mit dem sie das Kommissariat in Betzdorf telefonisch zu erreichen versucht hatte. »Die Kollegen Haferkamp und Steinbach sind im Außendienst«, informiert sie ihren Partner schulterzuckend. »Sie werden auch nicht vor heute Abend zurückerwartet, sagte die Kollegin, mit der ich gerade gesprochen habe.«

»Dann werden wir denen gleich morgen früh unsere Aufwartung machen«, verkündet Wolfgang Müller seinen Entschluss. »Heute könnten wir aber schon diesen Daniel Bertram aufsuchen. Der wohnt nämlich ebenso wie seine ermordete Freundin in einem Nebenort, der übrigens genau in der Mitte zwischen Hamm und Imhausen liegt. Aber zuerst besorgen wir uns ein Zimmer.«

»Und für die Vernehmung des Freundes benötigen wir keine Erlaubnis?«

»Der Ortsteil Niederhausen ist sozusagen zweigeteilt, und die Wohnung von Bertram ist im nördlichen Teil angesiedelt, der zu Nordrhein-Westfalen gehört.«

»Aber dennoch auch zum Landkreis Altenkirchen, soweit mir bekannt ist!«, zeigt Chrissie, dass sie ihre Hausaufgaben gemacht hat. »Er liegt somit noch im Zuständigkeitsbereich der hiesigen Kollegen!«

»Wer wird denn gleich so kleinlich sein?«, grinst Wolfgang, während er den Audi auf dem Parkplatz vor der Pension ›Siegblick‹ abstellt. »Die haben schließlich auch in unserem Revier gewildert. Und was heißt hier überhaupt ›Vernehmung‹? Wir haben doch nur eine harmlose Befragung vor!«

* * *

Daniel Bertram schaut sich auf dem Display von Müllers Handy lange und intensiv das Phantombild an, das von Polizeizeichnerin Alexandra Stein nach den Angaben von Annemarie Richartz angefertigt wurde. »Kann sein, dass ich den schon mal gesehen habe«, sagt er dann leise und reicht das Mobiltelefon mit zittriger Hand an den Oberkommissar zurück. Auch jetzt, mehr als vier Monate nach dem spurlosen Verschwinden seiner Freundin, ist der Schmerz, den der Verlust in der Seele des jungen Mannes hinterlassen hat, deutlich zu erkennen.

Aber da ist noch etwas anderes, was den Kommissaren schon beim Betreten der Wohnung sofort aufgefallen war: Die fahrig wirkenden Bewegungen, die zitternden Hände, und nicht zuletzt die geweiteten Pupillen verraten ihnen, dass Bertram mit großer Wahrscheinlichkeit irgendetwas ›eingeworfen‹ hat, und das ganz sicher heute nicht zum ersten Mal! Nach eigenen Angaben sei er derzeit mental nicht in der Lage, einer geregelten Arbeit nachzugehen und habe sich beurlauben lassen, erklärte er ihnen gleich zu Beginn unaufgefordert. Er habe sich zudem in psychologische Behandlung begeben und sei im Grunde froh, dass man die Leiche seiner Freundin gefunden habe, weil er nun endlich loslassen könne. Für eine umfassende Trauerbewältigung sei dies laut seinem Arzt von extremer Wichtigkeit.

»Sie sind sich nicht sicher? Können Sie sich denn wenigstens daran erinnern, bei welcher Gelegenheit das gewesen sein könnte?«, erkundigt sich Chrissie Ohlsen. Sie gibt sich gelassen, obwohl von der Antwort auf die betont harmlos gestellte Frage einiges abhängt. Sollte sich nämlich herausstellen, dass Julia Kern den Mann ebenfalls kannte, wäre ein direkter Zusammenhang zwischen allen drei bisher bekannten Todesfällen dieser Mordermittlung hergestellt!

»Da trieb sich im Frühjahr tagelang so einer vor dem Laden herum, in dem Julia gearbeitet hat. Irgendein Penner, glaube ich. Gut möglich, dass der das gewesen ist.«

»Die politisch korrekte Bezeichnung lautet Obdachloser«, korrigiert die Kommissarin ihn nachsichtig. »Wo genau befindet sich die Apotheke ihrer Freundin?«

»Die ist am Marktplatz in Hamm. Da waren Julia und ich auch, um uns die Maibaumaufstellung anzuschauen. Ich glaube, da habe ich ihn ebenfalls gesehen. Er hing im Fenster des Hauses gleich neben der Apotheke und starrte meine Freundin die ganze Zeit über an! Wenn ich es recht bedenke, war dies auch das letzte Mal, wo ich ihm begegnet bin. Und am Tag darauf war Julia plötzlich wie vom Erdboden verschluckt! Hat dieser Mensch etwa was mit ihrem Tod zu tun?«

»Haben Sie ein Problem damit, wenn andere Männer Ihre Freundin anschauen?«, erkundigt sich

Wolfgang Müller, da Bertram sich bei der Erwähnung dieser Begebenheit in Rage geredet hat. Übertrieben eifersüchtige Menschen sehen seiner Erfahrung nach überall begehrliche Blicke auf den Partner oder die Partnerin. Allerdings stimmt seine Angabe bezüglich des Mannes im Fenster mit den eigenen Kenntnissen überein, sodass diese wohl der Wahrheit entsprechen dürfte.

Die Frage nach der Täterschaft lässt er hingegen bewusst unbeantwortet, da er sich nicht in die Angelegenheiten der hiesigen Ermittlungsbehörde einmischen möchte. Außerdem sind solche Aussagen in einer laufenden Mordermittlung ohnehin nicht üblich, da man bis zur Aufklärung eines Falles nie sicher sein kann, nicht mit dem Mörder zu reden.

»Haben Sie zufällig mitbekommen, ob Ihre Freundin sich eventuell mal mit ihm unterhalten hat? Immerhin schien er ja unmittelbar neben deren Arbeitsplatz zu residieren«, stellt Chrissie Ohlsen die nächste Frage, nachdem Bertram auf den Vorstoß des Partners verbissen schweigt und stattdessen nervös seine Hände knetet.

»Wenn es so gewesen sein sollte, hat sie mir jedenfalls nichts davon erzählt, Frau Kommissarin. Irgendwie finde ich es aber schon reichlich auffällig, dass der Kerl dauernd in ihrer Nähe herumgelungert ist. Es könnte also durchaus sein, dass er sie mal auf der Straße angequatscht hat!«

»Eine letzte Frage noch: Ihre Freundin wohnte hier in Niederhausen, arbeitete aber in Hamm. Gefunden hat man sie jedoch in genau der entgegengesetzten Richtung zu ihrer Arbeitsstätte. Wissen Sie, ob sie in dieser Gegend Bekannte oder Verwandte hatte?«

»Nee, davon weiß ich nichts. Dieser Wald ist aber bloß ungefähr zwei Kilometer von hier entfernt, da kann man bequem mit dem Fahrrad hinfahren. Zu ihrer Arbeit ist es etwa genauso weit, und da fuhr sie auch immer mit dem Rad hin.«

Ich frage mich, wo das Bike abgeblieben ist, überlegt Wolfgang Müller mit einem angedeuteten Stirnrunzeln, welches seiner Partnerin jedoch nicht verborgen bleibt. *Ob Julias Mörder es nach der Tat an sich genommen hat? Wurde überhaupt danach gesucht?*

»Haben Sie vielen Dank für Ihre Zeit«, verabschiedet er sich stattdessen höflich, da hier und heute wohl nichts mehr von Bedeutung zu erfahren ist. Er schaut Chrissie auffordernd an, während er sich von seinem Stuhl erhebt. »Bleiben Sie ruhig sitzen, wir finden schon alleine hinaus!«, nickt er Daniel Bertram zu.

»Wir sollten die Kollegen morgen unbedingt nach dem Verbleib dieses Fahrrades fragen«, flüstert Chrissie Ohlsen ihm auf dem Weg zur Tür zu. Wie nicht anders zu erwarten, bewegen sich ihre Gedanken in haargenau dieselbe Richtung wie seine eigenen.

»Ja, und außerdem fragen wir, ob sie Daniel Bertram überhaupt gesagt haben, wo genau die Leiche seiner Freundin gefunden wurde!«

Erinnerungen

Um nicht allzu nah am geplanten Geschehen zu sein – immerhin war *dieses* Hamm tatsächlich ein Dorf – suchte ich mir vorsorglich in einem der zahlreichen Nachbarorte ein Zimmer, da ich auf jeden Fall vermeiden wollte, dem Mörder meiner Familie zu früh oder gar unvorbereitet über den Weg zu laufen. Es war zwar nicht davon auszugehen, dass dieser mich erkannte, aber das man konnte nie wissen.

Ein Zusammentreffen sollte nach meinem Willen erst dann stattfinden, wenn ich den letzten mir bekannten Aufenthaltsort dieses Mistkerls, ein Haus am Rande eines Dorfplatzes mit einer recht auffälligen Fassade, gefunden und eingehend observiert hatte. Die Begegnung und die anschließende Abrechnung würden dann zu *meinen* Bedingungen und an einem möglichst abgeschiedenen Ort meiner Wahl vonstattengehen. An solchen Lokalitäten herrschte in dieser ländlichen Gegend wahrlich kein Mangel, fast fühlte ich mich in dieser Hinsicht an mein Heimatdorf nahe der deutsch-österreichischen Grenze erinnert.

Die Pension ›Siegblick‹ im zu Windeck gehörenden Nachbarort Wiedenhof auf der anderen Seite des kleinen Flusses, der das Land hier in zwei Teile zerschnitt, erfüllte alle Voraussetzungen und lag zudem äußerst günstig an der Buslinie, mit der ich in wenigen Minuten mein Ziel erreichen konnte, wenn es darauf ankam. Ein Zimmer, das meinen geringen Ansprüchen genügte, war auch noch zu haben und so checkte ich mit einem guten Gefühl ein, was den Ausgang der Sache dieses Mal betraf. Denn daran, dass ich am Ziel angekommen war, gab es für mich nicht die Spur eines Zweifels.

Als Erstes würde ich den Festplatz aus dem Fernsehbericht ausfindig machen und mir einen detaillierten Plan zurechtlegen. Laut meinem Pensionswirt gab es dort einen Steinbruch, der weit genug von der Wohnbebauung entfernt sein dürfte, um einen Schuss ungehört verhallen zu lassen. Am besten würde es daher sein, den Kerl unter einem Vorwand dorthin zu locken und ihn seiner gerechten Strafe zuzuführen. Nachdem dies getan war, würde ich hoffentlich endlich meinen Frieden finden.

Am Morgen griff ich mir gleich nach dem Frühstück die Umhängetasche, überprüfte sorgfältig den Ladezustand der Pistole und stieg entschlossen in den Bus Richtung Hamm. Den gesuchten Dorfplatz zu lokalisieren, erwies sich im Gegensatz zu dem Desaster im Ruhrgebiet geradezu als lächerlich einfach. Der Bus hielt nämlich dort und ich erkannte die Lokalität sofort wieder, noch bevor der Wagen zum Stehen gekommen war.

Draußen stellte ich mich mitten auf den nahezu kreisförmigen, im Radius kaum mehr als einige Dutzend Meter großen Platz, und drehte mich langsam einmal um die eigene Achse, um das Foto aus dem Fernsehbericht mit der realen Umgebung zu vergleichen. Dieses Mal wollte ich sichergehen, mich in der richtigen Stadt zu befinden und nicht schon wieder einem fatalen Irrtum aufgesessen zu sein. Denn eine nochmalige Enttäuschung würde ich nicht verkraften, zumal ich förmlich spürte, wie das Leben langsam aber unaufhaltsam aus meinem kranken Körper wich. Viel Zeit würde mir für die Erfüllung der selbstgewählten Mission nicht mehr bleiben.

Die Sorge erwies sich jedoch als unbegründet. Schon nach einer halben Umdrehung sprang mir das Mehrfamilienhaus mit der auffälligen taubenblauen Fassade förmlich in die Augen. Alles war wie in dem Fernsehbericht, nur dass im ersten Stock niemand aus dem Fenster schaute und stattdessen die Rollläden herabgelassen waren. Ich war endlich am Ziel meiner Reise angekommen!

Kapitel 10

Donnerstag, 17. September, 08:32 Uhr

»Unsere Aufgabe war es, einen Zusammenhang des Mordes an Julia Kern mit einer eigenen laufenden Mordermittlung herzustellen oder auszuschließen«, erklärt Wolfgang Müller den Kollegen Haferkamp und Steinbach, nachdem er ihnen zuvor eine Zusammenfassung über die bisherigen Erkenntnisse zum Fall Konrad Steiner gegeben hatte. »Wir hatten also zu keiner Zeit vor, uns in eure Angelegenheiten einzumischen!«

»Und?«, hebt Hauptkommissar Günter Steinbach fragend die Augenbrauen. »Gibt es einen Zusammenhang?«

»Mit Sicherheit ausschließen lässt sich das nicht, wir halten es jedoch für sehr unwahrscheinlich«, beantwortet Chrissie Ohlsen die Frage nach einem abstimmenden Blick zu ihrem Partner. »Allein schon der Tathergang unterscheidet sich in auffälliger Weise von der Vorgehensweise *unseres* Täters. Die beiden Opfer, um die es hierbei geht, wurden mit sieben beziehungsweise acht Messerstichen, die wahllos über den gesamten Leib verteilt waren, schwer verletzt und am Tatort liegen lassen. Eine der Frauen ist qualvoll innerlich verblutet, während die andere von ihrem Ehemann rechtzeitig gefunden wurde und gerettet werden konnte.«

»Julia Kern hingegen bekam laut Obduktionsbericht drei Stiche in den Oberkörper, wovon einer
die Aorta zerfetzte und ein zweiter das Herz durch-
bohrte«, fährt Wolfgang Müller fort. Er hat die mit-
gebrachte Kopie der Ermittlungsakte vor sich liegen. »Bis zum Tod muss demnach eine gewisse
Menge Blut geflossen sein. Wäre sie in diesem
Wäldchen getötet worden, hätten das eure Tatortermittler ganz sicher herausgefunden. So sehr
groß ist das infrage kommende Areal schließlich
nicht.«

»Stimmt, wir haben es mit Bluthunden versucht. Leider erfolglos!«, brummt Kommissar Rolf
Haferkamp missmutig. »Falls deine Rede aber darauf hinausläuft, dass wir uns ihre Wohnung oder
die ihres Freundes hätten anschauen sollen, muss
ich dich enttäuschen. Als die Frau vermisst gemeldet wurde, haben wir selbstverständlich die dafür
erforderlichen Gerichtsbeschlüsse angefordert. Leider fand der zuständige Richter, dass für eine solche Maßnahme kein hinreichender Verdacht vorlag!«

»Vielleicht habt ihr den ja jetzt! Bei der Gelegenheit: Habt ihr dem Freund des Opfers gesagt, wo die
Leiche gefunden wurde?«

Haferkamp und Steinbach schauen sich kurz an
und schütteln dann synchron die Köpfe. »Der war
ziemlich weggetreten, als wir ihm die Nachricht
überbracht haben«, übernimmt der Kommissar die
Antwort. »Den Ort haben wir aber nicht erwähnt,
er schien es auch gar nicht wissen zu wollen.«

»Weil er den vermutlich bereits kannte!«, nickt
Müller. »Als wir ihn gestern darauf angesprochen

haben, hat er jedenfalls von einem Wald gesprochen, und dass seine Freundin überall mit ihrem Rad hinfuhr. Ihr habt nicht zufällig eins gesehen, als ihr mit den Hunden dort unterwegs gewesen seid?«

»Mann, die Frau wurde vor vier Monaten getötet! Wenn da ein Fahrrad war, kann sich das längst einer unter den Nagel gerissen haben!«, echauffiert sich Haferkamp. Die unterschwelligen Vorwürfe der Kollegen aus dem Rhein-Sieg-Kreis scheinen ihm doch sehr zuzusetzen.

Wolfgang Müller hebt begütigend beide Arme. »So war das ja auch gar nicht gemeint, Leute! Ich finde allerdings, ihr solltet aufgrund der neuen Sachlage noch einmal bei eurem Richter vorstellig werden. Daniel Bertram hat nämlich meiner Meinung nach nicht nur ein enormes Drogenproblem, sondern ist zudem offenbar auch extrem eifersüchtig! Wenn seine Freundin nicht mit dem Fahrrad zu dem Wäldchen gefahren ist, um dort jemanden zu treffen, wurde sie wahrscheinlich dorthin gebracht. Ich fürchte nur, dass sie zu diesem Zeitpunkt bereits tot war. Dieser Wald liegt ja in unmittelbarer Nachbarschaft von Niederhausen und bietet sich daher förmlich an, eine Leiche dort zu entsorgen. Das Fahrrad hingegen findet ihr vermutlich da, wo sie umgebracht wurde.«

»Entschuldige, du hast natürlich vollkommen recht. Ich finde es eben nur frustrierend, einen Mordfall nach so langer Zeit auf den Tisch zu bekommen und keine verwertbaren Spuren mehr zu haben, denen man nachgehen kann! Ich werde aber gleich anschließend den Richter mit den neuesten Erkenntnissen konfrontieren und ihn um Ausstellung der Beschlüsse bitten.«

Hauptkommissar Steinbach nickt grimmig zu den Worten seines Partners. »Wenn du mit deiner Vermutung richtig liegst, finden wir im Keller einer der beiden Wohnungen das Fahrrad und irgendwo dort sicher auch noch Spuren von dem vergossenen Blut. Ihr habt was gut bei uns, Kollegen!«

* * *

Daheim im Kommissariat hat Tobias Heller derweil endlich jemanden unter der von der Wiener Polizeiinspektion übermittelten Telefonnummer erreicht. Er schaltet das Gespräch auf den Lautsprecher, damit die Kollegin der Unterhaltung folgen kann und er ihr hinterher nicht alles haarklein berichten muss.

»Herr Oberstleutnant a.D. Valentin Steiner?«, vergewissert er sich, weil der Mann am anderen Ende sich lediglich mit einer unverständlichen Lautfolge in einem unüberhörbar österreichischen Akzent gemeldet hat.

»Hier ist Hauptkommissar Tobias Heller von der Kriminalpolizei Siegburg in Nordrhein-Westfalen, Deutschland«, stellt er sich ordnungsgemäß vor, nachdem sein Gesprächspartner näselnd ein ›am Apparat‹ geschnarrt hat. »Haben Sie einen Augenblick Zeit? Ich hätte da ein paar Fragen zu einem ungefähr zwanzig Jahre zurückliegenden Kriminalfall, bei dem Sie als leitender Ermittler tätig waren!«

»Doch nicht etwa der von dem Wiener Arzt, der seine eigene Frau zu töten versucht hat?«, kommt es ungläubig aus dem Lautsprecher. »Da habe ich nämlich erst heute Morgen wieder dran denken müssen.«

Tobias wirft Denise einen überraschten Blick zu. »Gibt es einen besonderen Grund dafür, dass Sie sich nach dieser langen Zeit gedanklich damit befassen?«, will er von Steiner wissen. An einen Zufall glaubt er hingegen nicht, und er hegt diesbezüglich auch schon einen konkreten Verdacht.

»Der Grund liegt in dem Tagebuch, welches ich vorhin in meinem Briefkasten fand«, erhält er umgehend die Bestätigung für seine Vermutung. Jetzt wissen sie zumindest, an wen es der Unbekannte, der sich zuletzt ebenfalls Steiner nannte, vor seinem Tod schickte. Im Nachhinein betrachtet, hätte man da eigentlich von selbst drauf kommen können! »Dieses Tagebuch wurde nämlich unmissverständlich von Konrad Hofer verfasst!«, fügt der ehemalige Polizist erklärend hinzu.

»Wir wären an den Aufzeichnungen brennend interessiert«, formuliert Heller eine nachvollziehbare Bitte, nachdem er die Überraschung über diesen schnellen Teilerfolg einigermaßen verdaut hat. Endlich wissen sie, wie der Verfasser des Tagebuchs wirklich heißt! »Ist es wohl möglich, uns diese kurzfristig zur Verfügung zu stellen? Herr Hofer wurde nämlich vor beinahe zwei Wochen getötet und wir suchen händeringend nach Hinweisen, die zur Ergreifung seines Mörders führen.«

»Und die hoffen Sie ausgerechnet in diesem Tagebuch zu finden? Da werden Sie kein Glück haben, fürchte ich. Herr Hofer hat damals versucht, seine Frau zu töten und fantasiert sich jetzt erneut irgendein Märchen zusammen, an das er offenbar mittlerweile selbst glaubt. Aber bitte, meinetwegen können Sie den Schinken gerne haben, ich habe ohnehin kein gesteigertes Interesse daran!«

»Wir sind im Rahmen unserer Ermittlungen im Gegenteil zu der Auffassung gelangt, dass Herr Hofer damals sehr wohl die Wahrheit sagte, wogegen *Sie* den wahren Täter höchstwahrscheinlich schon in Gewahrsam hatten und einfach wieder laufen ließen!«, zischt Heller aufgebracht in den Telefonhörer. »Sie werden bis ans Ende Ihrer Tage mit der Tatsache leben müssen, dass dieser Mann anschließend mindestens zwei Menschen tötete! Wissen Sie wenigstens den Namen dieses Herrn?«

»Sie meinen den Kerl, den Anneliese Hofer angeblich wiedererkannt haben will?«, zeigt Steiner sich von Hellers Ausbruch völlig unbeeindruckt. »Nein, den Namen habe ich mir nicht gemerkt, wozu auch? Diese Geschichte war von vorne bis hinten erstunken und erlogen! Ich könnte jedoch, wenn Sie unbedingt darauf bestehen, einen Beamten kontaktieren, der den Fall mit mir gemeinsam bearbeitet hat und der im Gegensatz zu mir noch im Dienst sein dürfte. Irgendwo in den Akten wird der Name ja wohl stehen! Der Kollege wird Sie umgehend zurückrufen und sofern Ihre Behörde bereit ist, die Kosten dafür zu übernehmen, lasse ich Ihnen das Tagebuch per Expresszustellung zukommen, dann haben Sie es spätestens übermorgen auf dem Tisch.«

»Konrad Hofer hat mit seiner Darstellung dieses höchst gewöhnungsbedürftigen Zeitgenossen voll ins Schwarze getroffen, Denise!«, gesteht Tobias seiner Kollegin zwei Minuten später, nachdem er Valentin Steiner die Postadresse des Kommissariats genannt und anschließend das Telefonat mit einem tiefen Seufzer beendet hatte. »Der Kerl ist, gelinde gesagt, eine Pestbeule und eine Schande für unseren gesamten Berufsstand!«

* * *

Kurz nach Mittag sind die Kommissare vor dem aus der Fernsehsendung hinreichend bekannten taubenblauen Haus in Hamm angekommen. Julia Kerns ehemaliger Arbeitsplatz liegt, wie ihr Freund es ihnen gestern bereits sagte, nur etwa zwanzig Meter links daneben. Allerdings sind an sämtlichen Fenstern in der ersten Etage des Wohnhauses die Rollläden heruntergelassen. »Sieht ganz so aus, als würden wir hier niemanden antreffen, Wolfie!«, kommentiert Chrissie Ohlsen es enttäuscht.

»Was hattest du erwartet? Wenn der Kerl jemals hier gewohnt hat, treibt er derzeit nachweislich in unserer Gegend sein Unwesen«, versucht Wolfgang Müller eine Erklärung. »Das war uns aber doch schon vor der Fahrt hierher klar, oder? Wir werden nachher die anderen Hausbewohner dazu befragen, vorher erkundigen wir uns kurz in der Apotheke, ob denen der Kerl eventuell aufgefallen ist. Daniel Bertram hatte in ihm ja einen Obdachlosen gesehen, ich frage mich allerdings, wie er dann in diese Wohnung dort gekommen ist!«

Das Klingeln seines Diensthandys enthebt Chrissie zunächst einer Antwort. Auf dem Display ist Donners Nummer zu sehen, aber da Wolfgang wie alle seine Kollegen einen speziellen Klingelton dafür eingestellt hat, muss er da gar nicht hinschauen. »Ja, Chef? … … Ach, das ist ja interessant! … … Nein, wir sind hier noch eine Weile beschäftigt … … Okay, machen wir!«

»Was wollte der Chef von uns?«, erkundigt sich Chrissie, nachdem ihr Partner das Telefon eingesteckt hat. »Sollen wir etwa ins Kommissariat zurückkehren?«

»Das nicht«, beruhigt er sie. »Jedenfalls nicht sofort. Der Chef wollte uns nur mitteilen, dass das Tagebuch aufgetaucht ist und unser Mordopfer vom Leyenweiher jetzt endlich einen Namen hat! Er heißt Konrad Hofer und das Buch hat er an den *echten* Steiner nach Wien geschickt. Ein früherer Mitarbeiter von diesem Oberstleutnant a.D. konnte sich zudem noch an den Kerl erinnern, der damals ebenfalls in die Sache verwickelt war und hinter dem unser Mann offenbar seit Monaten her ist. Wir sollen uns hier nach einem Thomas Schneider erkundigen.«

»Der mutmaßliche Mörder von Elena Peters wurde von ihr mit ›Tom‹ angesprochen«, erinnert sich Chrissie an die Aussage eines Nachbarn aus dem Haus der getöteten Apothekerin. »Das könnte also hinkommen. Und warum nehmen die Kollegen diesen Thomas Schneider dann nicht einfach fest oder besorgen sich wenigstens eine DNA-Probe von ihm, wenn sie schon den Namen haben?«

»Weil er nirgends in unserem Zuständigkeitsbereich polizeilich gemeldet ist! Anfragen in anderen Bezirken und bei den Standesämtern laufen zwar noch, aber du weißt ja selbst, dass es ohne genauere Angaben zu seiner Person so gut wie aussichtslos ist, ihn auf diese Weise aufzuspüren. Und Schneider ist ja nicht gerade ein seltener Familienname in Deutschland!«

»Schade, das wäre ja auch zu einfach gewesen. Also haben wir im Grunde gar nichts?«

»Ganz so negativ würde ich das nicht sehen, immerhin wissen wir jetzt seinen Namen und dass er sich vor vier Monaten hier in Hamm aufgehalten hat. Der *Schlüssel* zu seinem derzeitigen Aufenthaltsort liegt demnach genau hier, da Konrad Hofer ihm von hier aus bis nach Troisdorf zu folgen vermochte. Und was *ihm* möglich war, muss *uns* ebenfalls gelingen. Die Apotheke müsste übrigens jeden Augenblick öffnen«, verkündet er mit einem Blick auf die Uhr. »Lass uns also rübergehen, wir sind schließlich nicht zum Vergnügen hier!«

* * *

»Das ist Tom!«, nickt der Apotheker und reicht Chrissie Ohlsen das Handy mit dem Phantombild zurück. Der Endvierziger, dem Ladenschild gemäß ein Rüdiger Vollmer, sieht genauso aus, wie man sich Leute seiner Zunft allgemein vorstellt: weißer Laborkittel, hohe Stirn mit ausgeprägten Geheimratsecken und Brille mit rechteckigen Gläsern.

»Tom?«, echot die Kommissarin mit fragend hochgezogenen Augenbrauen. Der unausgesprochene Wunsch, diese einsilbige Aussage näher erläutert zu bekommen, steht ihr unmissverständlich auf der Stirn geschrieben.

»So nannte er sich jedenfalls«, hebt Vollmer die Schultern. »Er saß meist hier neben der Ladentür und schnorrte meine Kunden an. Ab und an auch vor dem Friseurladen nebenan. So oft wir den verjagt haben, er kam immer wieder. Ich habe ihn allerdings seit dem Frühjahr nicht mehr gesehen, oder ist er dir noch einmal über den Weg gelaufen?«, wendet er sich seiner Ehefrau zu, die mit ihm gemeinsam den Laden führt und der Unterhaltung ihres Gatten mit den beiden Polizisten bisher stumm gefolgt ist.

»Ich glaube, der Herr Reuter von nebenan hat ihn bei sich aufgenommen«, erinnert sich Karin Vollmer. »Das muss im April gewesen sein, als es nachts so bitterkalt geworden war. Du weißt doch, dass der alte Mann ein Herz für Streuner hat. Egal, ob Hund, Katze oder Obdachloser – alle finden bei ihm zumindest vorübergehend ein Zuhause.«

»Da hast du recht«, nickt ihr Ehemann. »Dass dem bei seiner Gutgläubigkeit noch keiner den Schädel eingeschlagen hat, ist eigentlich ein Wunder!«

»Er bezieht nämlich als ehemaliger Bahnbeamter eine ansehnliche Pension, müssen Sie wissen«, wendet Frau Vollmer sich in verschwörerischem Ton an Müller und Ohlsen. »Und was er nicht ausgibt, hortet er bei sich zu Hause, da er den Banken nicht über den Weg traut. Das weiß hier jeder! Da kann man schon mal auf dumme Gedanken kommen!«

»Der Herr Reuter hat die Wohnung im ersten Obergeschoss des taubenblauen Hauses nebenan?«, vergewissert sich Wolfgang Müller vorsorglich bei der schwatzhaften Frau. »Wissen Sie, was mit ihm ist? Wir sahen vorhin, dass die Rollläden an allen Fenstern heruntergelassen sind, und das am hell-lichten Tag.«

»Jetzt, wo Sie es sagen … Ich habe den auch schon seit Tagen nicht mehr gesehen, womöglich ist er ja krank und liegt hilflos in seiner Wohnung!«

»Wir werden uns darum kümmern«, verspricht Wolfgang Müller ihr. »Wahrscheinlich gibt es aber eine völlig harmlose Erklärung dafür, dass er nicht mehr vor die Tür geht. Eventuell wissen die Nachbarn ja etwas darüber. Und dieser Tom, den er vor einem halben Jahr bei sich aufgenommen hat? Ist der Ihnen seitdem nochmal aufgefallen?«

»Nein, der hat sich seit Anfang Mai nirgends mehr blicken lassen«, schüttelt die Apothekerin den Kopf. »Die Tatsache, eine Bleibe zu haben, hielt ihn nämlich zunächst nicht davon ab, weiterhin unsere Kunden zu belästigen. Er ist wohl weiterge-zogen, vermute ich. Solche Menschen hält es ja nie lange an einem Ort.«

»Eine letzte Frage noch: Wissen Sie, ob Ihre Angestellte ihn gekannt hat oder eventuell persön-lichen Kontakt zu ihm hatte?«

»Das kann ich mir nicht vorstellen! Julia fand diesen Mann extrem widerlich und ungepflegt, sie hätte den nie näher als zwei Meter an sich herange-lassen. Glauben Sie, er hat ihr etwas angetan? Immerhin ist er zur selben Zeit verschwunden wie unsere Mitarbeiterin!«

»Das ist extrem unwahrscheinlich!«, bremst Müller ihren Eifer. Dennoch ist er davon überzeugt, dass in dieser dörflichen Gegend heute noch entsprechende Gerüchte die Runde machen werden. Spätestens jedoch, wenn die Nachricht vom Tod der jungen Frau in der Presse veröffentlicht wird, was offenbar bisher nicht geschehen ist. »Haben Sie vielen Dank, Sie haben uns sehr geholfen«, nickt er den Eheleuten zum Abschied zu und verlässt mit seiner Partnerin eilig das Ladenlokal, um sich dem Nachbarhaus zuzuwenden.

* * *

Das Klingelbrett enthält sechs Namen, was auf zwei Wohneinheiten auf jeder Etage schließen lässt. Chrissie Ohlsen drückt auf den dritten Klingelknopf von unten, der mit ›D. Reuter‹ beschriftet ist und zu der Wohnung im ersten Obergeschoss mit den herabgelassenen Rollläden gehören dürfte. Eine erkennbare Reaktion erfolgt jedoch erwartungsgemäß nicht, weshalb sie nach einer gefühlten Minute des ungeduldigen Wartens erneut klingelt. Und ein drittes Mal.

»Da werden Sie kein Glück haben, junge Frau«, hören die Ermittler unvermittelt eine zittrige Stimme von links. Chrissie tritt einen Schritt aus dem überdachten Hauseingang zurück und gewahrt eine weißhaarige alte Dame, die sich aus einem Fenster im Erdgeschoss gelehnt hat und ihrem Tun offenbar schon eine ganze Weile zuschaut. Den zahlreichen Falten nach zu urteilen, die sich im Laufe eines langen Lebens in ihr Gesicht gegraben haben, hat sie die achtzig bereits weit überschritten, ihre Augen blicken jedoch wachsam und mit unverhohlener Neugier in die Welt.

Die Kommissarin zieht geistesgegenwärtig ihren Dienstausweis aus der Tasche und hält ihn der alten Dame so vor die Augen, dass sie diesen bequem lesen kann. Allerdings muss sie sich dafür mit ihren hundertzweiundsechzig Zentimetern Körpergröße arg strecken. »Kriminalpolizei!«, ruft sie zu der Frau hinauf. »Können Sie uns denn sagen, wo wir den Herrn Reuter finden?«

»Sie müssen nicht schreien«, tadelt die Greisin sie lächelnd. »Ich bin zwar alt, aber deswegen noch lange nicht taub! Wollen Sie und Ihr großer Freund nicht auf einen Kaffee hereinkommen? Es sind gerade leckere Schokoladenkekse fertiggeworden!«

* * *

»Der Herr Reuter ist leider vergangene Woche verstorben«, eröffnet Gertrud Fischer ihnen mit trauriger Stimme, nachdem sie die Kanne mit dem frisch aufgebrühten Kaffee zu dem appetitlich aussehenden Gebäck auf den eingedeckten Tisch gestellt hat. »Das Herz, wissen Sie? Man hat ihn in seiner Wohnung gefunden, aber da war er schon ein paar Tage tot!«

»Ja, das ist wirklich schlimm. Wer so ganz alleine lebt, wird oft gar nicht so richtig vermisst, wenn sowas passiert«, nickt Chrissie mitfühlend, was sie jedoch nicht daran hindert, ihren Teller gleichzeitig mit dem leckeren Gebäck zu füllen. Wolfgang, der sich im Gegensatz zu seiner Freundin nichts aus Süßkram macht, nimmt sich einen ›Anstandskeks‹ zu seinem Kaffee.

»Zum Glück kann mir das ja nicht passieren, da meine Urenkelin mich jeden Tag auf dem Heimweg von der Schule besuchen kommt. Oder für wen, glauben Sie, habe ich diese Kekse gebacken?«, zwinkert Frau Fischer fröhlich hinter ihren Brillengläsern.

»Haben Sie diesen Mann schon mal gesehen?«, will Wolfgang Müller nach einem verstohlenen Blick zur Uhr wissen und zeigt der alten Dame das Phantombild von Thomas Schneider auf seinem Handy. Wenn sie es heute noch nach Hause schaffen wollen, müssen sie langsam losfahren. Viel Zeit zum Plaudern bleibt da nicht mehr.

»Lassen Sie mal sehen!« Gertrud Fischer nimmt ihm resolut das Telefon aus der Hand, um sich das Bild aus der Nähe anschauen zu können. »Ja, an den kann ich mich erinnern«, bekundet sie nach einer Minute und reicht das Handy an ihn zurück. »Ein Obdachloser, der im Frühjahr die Leute hier am Marktplatz angeschnorrt hat. Als es im April so kalt wurde, hat der Herr Reuter ihn ein paar Tage bei sich wohnen lassen. Er hatte eben ein großes Herz für Bedürftige. Und dann ist dieser undankbare Mensch einfach bei Nacht und Nebel abgehauen, ohne sich zu verabschieden! Kann man sich sowas vorstellen?«

»Wohin er weitergereist ist, wissen Sie vermutlich nicht? Können Sie mir denn sagen, wann das ungefähr gewesen ist?«

»Das war in der ersten Maiwoche, glaube ich. Aber Sie irren sich, junger Mann! Ich weiß sehr wohl, wohin dieser Tom, wie er sich nannte, verschwunden ist. Zumindest habe ich eine Ahnung, zu wem er gefahren sein könnte!«

Erinnerungen

Schon, als ich an der Haltestelle ›Rathaus‹ aus dem Bus stieg, hatte ich das erhebende Gefühl, jetzt endgültig am Ziel meiner Odyssee angelangt zu sein. Hier, in einer Stadt namens Troisdorf, würde ich den Kerl finden, der Frau und Kind auf dem Gewissen hatte, dessen war ich mir absolut sicher. Ich konnte den Grund für diese Euphorie nicht benennen, ich wusste es eben einfach: Hier war die Endstation meiner Reise!

Woher ich letztlich diese Zuversicht nahm, wahr mir nach den Fehlschlägen der vergangenen Tage völlig schleierhaft. Hatte ich nicht in Hamm an der Sieg, von wo ich gerade kam, ebenfalls dieses Glücksgefühl verspürt? Und hatte ich nicht enttäuscht weiterziehen müssen, nachdem sich herausgestellt hatte, dass der Kerl sich dort zwar aufgehalten hatte, aber schon vor Monaten weitergezogen war?

Immerhin: Dieser Mensch, von dem ich jetzt wenigstens den Vornamen kannte, hatte in dieser Stadt tatsächlich Station gemacht. Die Spur war also nicht vollständig kalt, sie fing im Gegenteil dort erst richtig an! Von einem der Bewohner des taubenblauen Hauses in Hamm hatte ich nämlich erfahren, dass dieser Tom dort gar nicht gewohnt hatte, sondern als Obdachloser vagabundierend durch die Lande gezogen war.

Besagter Mieter, ein Rentner namens Reuter, hatte den verwahrlost aussehenden Landstreicher aus purer Nächstenliebe bei sich aufgenommen, jedoch war dieser eines Morgens plötzlich ohne Abschied verschwunden gewesen. Allerdings hatte er in einem der wenigen Gespräche, die sie miteinander geführt hatten, unabsichtlich einen deutlichen Hinweis hinterlassen, wohin er eventuell weiterzuziehen gedachte.

Außer einem Namen wusste der Mann aus Hamm leider nur noch, dass diese Person am Rande des Naturschutzgebietes ›Wahner Heide‹ nahe einer Talsperre wohnte. Der genaue Ortsname war ihm entweder entfallen oder Tom hatte ihn gar nicht erwähnt. Dennoch hatte ich mich unverzüglich auf den Weg in diese Gegend gemacht.

So viele Orte, die der Beschreibung des freundlichen Herrn Reuter entsprechen, gab es dort einer Landkarte gemäß, die ich an einer Tankstelle kaufte, nun auch wieder nicht und ich beschloss, diese einfach der Reihe nach abzuklappern, bis ich fündig wurde. Im Anschluss an eine erfolglose Suche in Lohmar fuhr ich geradewegs hierher nach Troisdorf.

Einen kleinen Wermutstropfen stellte allerdings der Verlust meines Koffers dar. Ich musste ihn auf der Fahrt von Windeck nach Siegburg irgendwo mit einem ähnlich aussehenden Gepäckstück vertauscht haben, wahrscheinlich an der Bushaltestelle oder am S-Bahnhof. Gemerkt hatte ich den Irrtum jedoch erst, als ich mich vorgestern nach einem Malheur beim Frühstück umziehen wollte und mir die Sachen in dem Koffer nicht nur vollkommen unbekannt waren, sondern außerdem zwei Nummern zu klein. Zudem wies das Gepäckstück eine Besonderheit in Form eines Adressschildes auf, wonach es einem Kerl aus Windeck gehörte. Da ich in weiser Voraussicht seit Beginn meiner Reise Pistole und Tagebuch gesondert aufbewahrt hatte, störte mich dieser Verlust nicht sehr. Nicht so kurz vor dem ersehnten Ziel!

Um für den Fall, dass mir jemand folgen sollte, keine allzu offensichtliche Spur zu hinterlassen, hatte ich schon dem Pensionswirt in Wiedenhof aus einer Laune heraus einen falschen Namen genannt, und dem Betreiber des Gasthofes in Lohmar einen anderen. Die Wiener Adresse hatte ich hingegen einfach erfunden. Da ich meinen unüberhörbaren österreichischen Akzent ohnehin nicht verheimlichen konnte, erschien es mir jedenfalls ratsam, diesbezüglich weitgehend bei der Wahrheit zu bleiben.

Ich musste leise lachen, als mir der Falschname in den Sinn kam, den ich speziell hier in Troisdorf benutzen würde. Dieser Widerling hatte es meiner Ansicht nach verdient, dass in seinem Namen ein Mensch getötet wurde! Was dieser schmierige Kerl wohl dazu sagen würde, wenn er das Tagebuch in die Finger bekam? Denn dass es der Oberstleutnant a.D. Valentin Steiner sein würde, dem ich die Aufzeichnungen meiner geheimsten Gedanken und Erinnerungen zukommen lassen würde, war mir spätestens auf der langen Fahrt von Windeck hierher klargeworden. Alles andere ergab auch im Grunde gar keinen Sinn!

Und nun stand ich hier an der Haltestelle vor dem Rathaus und überlegte mein weiteres Vorgehen. Ich schaute mich aufmerksam um, bevor ich die Straße überquerte, um nicht so kurz vor dem Ziel versehentlich überfahren zu werden. Jetzt galt es, eine geeignete Unterkunft zu finden und dort in aller Ruhe einen Plan zu entwickeln, wie dem Kerl beizukommen wäre, sobald ich ihn aufgespürt hatte. Im Gebäude der hiesigen Stadtverwaltung würde ich zunächst die Touristeninformation aufsuchen, sofern man hier über so eine Einrichtung verfügte. Alles Weitere würde sich dann schon zeigen.

Kapitel 11

Freitag, 18. September, 16:18 Uhr

Das kleine Fachwerkhaus inmitten eines liebevoll gestalteten Obstgartens ist das einzige Wohnhaus weit und breit. Die nächste zusammenhängende Wohnbebauung ist an die hundert Meter entfernt und von hier aus nur über einen vornehmlich landwirtschaftlich genutzten asphaltierten Weg zu erreichen. Offenbar ist die Wohnraumnot in diesem verschlafenen Nebenort noch nicht verzweifelt genug, um die Lücke mit unschönen Mietskasernen oder ähnlichen Bausünden füllen zu müssen.

Die hölzerne Bank neben der Eingangstür ist seit fünf Minuten ebenso verlassen wie die Schaukel, die an einem Ast aufgehängt ist und sich im aufkommenden Wind sanft hin- und herbewegt. Fast scheint es, als habe das zwölfjährige Mädchen, das hier mit seiner Mutter wohnt, noch vor wenigen Augenblicken darauf gesessen, musikalisch begleitet von ein paar Singvögeln im Geäst der Bäume. Doch die scheinbare Idylle trügt.

Ungewöhnlich viele Fahrzeuge sind heute vor dem Gebäude auf dem unbefestigten Fahrbahnrand abgestellt, darunter zwei Streifenwagen. Diese waren es wohl auch, die den rauchenden Mann veranlassten, seinen Platz auf der Bank fluchtartig zu verlassen und ins Haus zu eilen, als er ihrer ansichtig wurde. Das Mädchen hingegen kam nur wenige

Augenblicke später herausgelaufen, um bei den Polizisten Schutz zu suchen, aber auch, um diesen eine Nachricht zu überbringen. Ihre Mutter, teilte es den Beamten weinend mit, werde drinnen mit einem Messer bedroht und müsse bestimmt sterben, wenn die Polizei nicht umgehend das Feld räumen würde.

Kriminalhauptkommissar Tobias Heller, der diesen Einsatz leitet, verhandelt seither mit dem Geiselnehmer über den Festnetzanschluss der Mutter, dessen Nummer er von dem Kind genannt bekam, um ihn zum Aufgeben zu bewegen. Seine Partnerin Denise Malowski fordert derweil ein SEK an, während Chrissie Ohlsen sich um das verängstigte Mädchen kümmert. *So* hatte man sich die geplante Festnahme eines mutmaßlichen Mörders nicht vorgestellt!

* * *

Einige Stunden zuvor

»Habt ihr mittlerweile irgendetwas uber den Aufenthaltsort dieses Thomas Schneider herausfinden können?«, erkundigt sich Donner ungeduldig bei seinen leitenden Ermittlern, kaum dass diese am Besprechungstisch Platz genommen haben. »Niemand hinterlässt in diesem Land *überhaupt keine* Spuren! Wenigstens seine Geburt müsste doch irgendwo beurkundet worden sein! Wie alt ist der Kerl? Vierzig Jahre? Größere Katastrophen, die zum bundesweiten Verlust von Personendaten geführt haben könnten, hat es in dieser Zeit meines Wissens keine gegeben! Habt ihr schon die Standesämter abtelefoniert?«

»Wir haben uns sogar bei den Sozialversicherungsträgern erkundigt, Chef«, nutzt Tobias Heller eine Atempause des Vorgesetzten zu einer schnellen Antwort. »Nun wirst du dir aber bestimmt vorstellen können, dass die mit einem Allerweltsnamen wie diesem nicht viel anfangen konnten. Bei den Standesämtern ist es dasselbe Problem! Die exakt dreiundvierzig Männer mit diesen Namen, die wir über die Meldeämter unseres Zuständigkeitsgebietes ermittelt haben, kommen entweder altersmäßig nicht in Betracht, sind mittlerweile verstorben, oder die hinterlegten Passbilder entsprechen nicht dem Phantombild beziehungsweise der Aufnahme des Überwachungsvideos vor der Apotheke. Für weitere konstruktive Vorschläge haben Denise und ich aber jederzeit ein offenes Ohr!«

»Da können wir womöglich weiterhelfen!«, meldet sich Wolfgang Müller mit seinem kräftigen Bass zu Wort, was ihm sofort die ungeteilte Aufmerksamkeit der Kollegen einbringt. Er und Chrissie Ohlsen waren am Vortag erst lange nach Dienstschluss von ihrer Dienstreise zurückgekehrt, sodass sich vor dieser Fallbesprechung keine Möglichkeit des Wissenstransfers mehr ergeben hatte. »Wir haben nämlich durch einen glücklichen Umstand fast dieselben Informationen erhalten wie Konrad Hofer, als er vor drei Wochen in Hamm an der Sieg nach dem Verbleib seiner Zielperson forschte!«

»Irgendwie macht mir das unscheinbare Wörtchen ›fast‹ große Sorgen!«, runzelt der Kommissari atsleiter unwillig die Stirn. »Es bedeutet nämlich, dass ihr nicht *genau* dieselben Kenntnisse erlangt habt, richtig?«

»Das stimmt leider. Dennoch glauben wir, dass sie uns weiterhelfen werden, aber urteilt selbst«, nickt Müller und gibt einen detaillierten Bericht über die vergangenen zwei Tage ab. Er beginnt mit der Toten aus dem Wald von Imhausen, die höchstwahrscheinlich nichts mit ihrem Fall zu tun hat, und endet mit den Informationen, die sie in der Apotheke und dem Haus erhalten haben, in dem Thomas Schneider sich laut dieser Fernsehsendung sowie den Aufzeichnungen Konrad Hofers zufolge aufgehalten hat.

»Dummerweise ist der Herr Reuter, bei dem unser Mann eine unbekannte Anzahl von Tagen untergekommen war, vorige Woche verstorben«, kommt er endlich zum Kern der Geschichte. »Chrissie und ich gehen aber stark davon aus, dass Hofer von ihm ziemlich exakte Angaben über den Verbleib Schneiders erhalten hat, da er kurze Zeit später hier bei uns aufgetaucht ist und auch mit diesem zusammengetroffen sein muss. Leider wurde uns diese Information durch den Tod Reuters verwehrt, wir haben jedoch trotzdem etwas erfahren!«

»Eine Mieterin aus demselben Haus, in dem dieser Herr wohnte, konnte uns sagen, dass Schneider, der in dieser Gegend wochenlang als Landstreicher herumgezogen war und sich ›Tom‹ nannte, eine jüngere Schwester und eine minderjährige Nichte irgendwo im Rheinland haben soll, zu der er vermutlich weitergereist sein könnte«, übernimmt

Chrissie den Schluss des Vortrages. »Reuter hatte es ihr einmal erzählt, nachdem sein ›Untermieter‹ sich ohne Abschied über Nacht einfach davongeschlichen hatte. Im Gegensatz zu ihm wusste Frau Fischer aus dem Erdgeschoss aber nichts Näheres darüber, vor allem konnte sie uns weder einen Namen noch den genauen Ort nennen.«

»Letzteren kennen wir mittlerweile«, äußert sich Denise Malowski dazu. »Er muss *Troisdorf* lauten, da Hofer seinen Widersacher dort letztendlich gestellt hat, wenn unsere bisherigen Ermittlungen nicht völlig daneben waren. Und hatte er sich im Bürgeramt dieser Stadt nicht die Adresse einer *Frau* geben lassen? Jetzt wissen wir endlich, was der Grund dafür war!«

»Das ist gar nicht mal so schlecht überlegt, Denise!«, nickt Donner. Vollständig vom Wert dieser Information überzeugt scheint er jedoch nicht zu sein. »Es ist zwar nicht viel, aber bis wir das Originaltagebuch in den Händen haben, ist das unser einziger Anhaltspunkt. Leider hat das mit der Expresszustellung aus Österreich, die dieser Oberstleutnant a.D. Steiner uns versprochen hatte, bis heute nicht geklappt. Wir werden es wohl erst am Montag auf dem Tisch haben.«

»Vielleicht ist es aber jetzt über die Standesämter und das Einwohnermeldeamt mit diesen Zusatzinfos möglich, die Suche einzugrenzen«, überlegt Tobias Heller. »Wir konzentrieren uns auf eine Frau mit Kind, die unter dem Namen Schneider geboren wurde und einen älteren Bruder mit dem Vornamen Thomas hat. Das Lebensalter würde ich wegen der minderjährigen Tochter auf zwischen dreißig und maximal vierzig ansiedeln. Außerdem sollte sie in Troisdorf wohnen, und zwar in einem der südwestlich des Ortskerns gelegenen Nebenorten. Mit diesen Parametern müsste sie doch zu finden sein!«

»Was bringt dich auf die Idee mit der Eingrenzung der Ortsteile?«, wölbt Donner die Brauen. »Davon war in den Ausführungen der Kollegen nirgends die Rede!«

»Konrad Hofer wurde am Freitag vor seiner Ermordung zweimal in einem öffentlichen Verkehrsmittel gesehen«, zeigt Denise, dass sie den Gedankengängen ihres Partners durchaus zu folgen vermag. Sie schaut kurz in die mitgebrachten Berichte, um die exakten Daten abzulesen. Tobias hätte die Zeiten zweifellos aus der Erinnerung zitieren können, was sich ja auch schon aus seiner beiläufig eingestreuten Bemerkung ergibt. Schriftliche Unterlagen hat der Gedächtnisakrobat nämlich wie immer nicht mit in die Besprechung gebracht.

»Zum ersten Mal war das morgens um 10:00 Uhr, als er aus einem Bus an der Haltestelle Rathaus ausstieg«, liest sie aus der Fallakte. »Was er dort wollte, wissen wir mittlerweile: Er erkundigte sich nach der Anschrift einer uns namentlich leider nicht bekannten Frau! Gegen 16:00 Uhr wurde er erneut gesehen. Diesmal in einem Bus, der aus der Richtung kam, die Tobias soeben erwähnte. Was liegt demnach näher, als anzunehmen, dass er die zuvor ermittelte Adresse überprüft hat? Das ergibt sich auch aus seinen Handlungen am Samstag, wo er vermutlich die Tasche mit der Pistole am

Brunnenkeller deponierte und vorher sein Tagebuch an diesen Oberstleutnant Steiner in Wien schickte. Es passt alles zusammen!«

»Ja, so langsam wird ein Schuh daraus!« Donner klatscht begeistert in die Hände. »Wie lange wird die Auswertung der Meldedaten dauern?«

»Die alleine werden uns wohl nicht weiterbringen, Chef«, erklärt Heller ihm geduldig. »Wir müssen zusätzlich einen Abgleich mit den Standesämtern durchführen. Das dauert vielleicht ein paar Stunden, und auch nur, wenn wir alle zusammen daran arbeiten und uns mächtig ins Zeug legen!«

»Worauf wartet ihr noch? Macht euch am besten sofort ans Werk! Und dann holen wir uns diesen Kerl, bevor er weitere Menschen tötet! Denn dass dies geschehen wird, wenn wir ihn nicht bald stoppen, davon ist spätestens seit dem Mord an der Apothekerin leider auszugehen.«

* * *

Es hatte schließlich doch wesentlich länger gedauert, die erforderlichen Daten zu beschaffen, und auf einen Nenner zu bringen, als selbst die pessimistischsten Prognosen es vorausgesagt hatten. Maßgeblich beteiligt war daran die Tatsache, dass sowohl die Geburten der Geschwister Schneider als auch die der Tochter der unverheirateten Schwester seinerzeit in verschiednen Städten beurkundet worden waren. Entsprechend lange hatten die Recherchen gedauert.

Außerdem wollten die Ermittler sich ihrer Sache erst vollständig sicher sein, bevor sie losfuhren, und nicht gleich in blindem Aktionismus losstürmen. Aus diesem Grund war auch nicht die gesamte Mannschaft ausgerückt. Donner vertrat die Ansicht, dass sowas bei einer simplen Festnahme maßlos übertrieben wäre, wobei der mutmaßliche Täter wahrscheinlich nicht einmal bewaffnet sei. Zudem wolle er sicherheitshalber ein paar seiner Leute als Eingreifreserve zurückbehalten. Auf Drängen Chrissie Ohlsens gestattete er ihr jedoch, die beiden Hauptkommissare zu begleiten, was sich im Nachhinein als wahrer Glücksfall erweisen sollte.

»Das SEK braucht mindestens noch eine halbe Stunde«, flüstert Denise Malowski ihrem Partner in das freie Ohr. An dem anderen ist sein Handy beinahe wie festgeklebt, über das er unermüdlich mit dem Geiselnehmer verhandelt. Seinem verbissenen Gesichtsausdruck nach zu urteilen, bislang ohne nennenswerten Erfolg. »Wie sieht es denn aus?«, will seine Partnerin wissen. »Kannst du ihn so lange noch hinhalten?«

»Der Kerl hat offenbar zu viele von diesen amerikanischen Krimis gesehen«, brummt Tobias Heller, nachdem er die Stummtaste auf seinem Telefon gedrückt hat. »Er verlangt einen vollgetankten Fluchtwagen, fünfzigtausend Euro in kleinen Scheinen, und freien Abzug! Er wird allerdings langsam ungeduldig, was dauert das denn bei denen dieses Mal so lange?«

Christina Ohlsen steht immer noch mit Alina Schneider, der Tochter der Geisel, bei den Streifenwagen. Man könnte die beiden für Schwestern halten, da sie von ähnlicher Statur sind und das für ihr Alter recht hochgewachsene Mädchen der zierlichen Kommissarin fast bis an die Nase reicht.

Chrissie, die den kurzen Dialog mitbekommen hat, tritt jetzt zu den Kollegen und zupft Tobias vorsichtig am Ärmel seiner Lederjacke. »Ich hätte da eventuell eine Idee, wie wir die Geisel kurzfristig aus der Gefahrenzone herausbekommen könnten«, wendet sie sich flüsternd an den Einsatzleiter. Leise, damit der Mann am anderen Ende der Leitung nichts davon mitbekommt, erläutert sie ihm ihren waghalsigen Plan.

* * *

»Und du bist wirklich sicher, dass du das machen willst?«, erkundigt sich Tobias Heller vorsichtshalber noch einmal bei Chrissie Ohlsen, während diese sorgfältig ihre Waffe ablegt und einem der Streifenpolizisten in die Hand drückt. »Zu solchen Aktionen bist du nicht verpflichtet, das weißt du!«

»Mir passiert schon nichts!«, beruhigt sie ihn und zeigt auf das abseits stehende Mädchen. »Warum hat er wohl Alina gleich zu Beginn zu uns herausgeschickt? Ich denke, das war, weil sie noch ein Kind ist und er womöglich Skrupel hat, ihr wehtun zu müssen. Jetzt schau uns doch mal an: Ich bin nur einen halben Kopf größer als seine Nichte, daher wird er bei meinem Anblick zumindest in den ersten Sekunden genauso reagieren! Außerdem hat er dem Austausch ja bereits zugestimmt und von Alina weiß ich, was für ein Messer er benutzt. Glaub mir, damit komme ich schon klar!«

238

Der von der Kommissarin auf die Schnelle entwickelte Plan sieht vor, bis zur scheinbaren Erfüllung der Forderungen des Geiselnehmers die Stelle von Laura Schneider einzunehmen. Zu diesem Zweck wollte man ihm plausibel erklären, dass es eine Weile dauern werde, das Geld und den Fluchtwagen zu beschaffen. Falls ihre Rechnung aufgeht, wird er in der unbewaffneten und kindlich anmutenden Polizistin keine Gefahr für sich sehen und hätte außerdem in ihr vermeintlich ein erheblich stärkeres Druckmittel zur Verfügung.

Die Verhandlungen, die Tobias Heller daraufhin mit ihm darüber führte – wobei er psychologisch geschickt auf diese Vorteile für den Geiselnehmer hinwies – waren demzufolge auch nur kurz und endeten schon nach wenigen Minuten wie erhofft mit einem Einverständnis.

»In Ordnung, Herr Schneider«, nimmt Heller das unterbrochene Telefongespräch wieder auf. »Meine Kollegin wird jetzt das Haus betreten, und Sie lassen im Gegenzug Ihre Schwester herauskommen!« Offenbar erhält er eine positive Antwort, denn er nickt Chrissie aufmunternd zu, die sich daraufhin selbstbewusst in Bewegung setzt. Nur wenige Augenblicke, nachdem sie durch die Haustür getreten ist, erscheint Laura Schneider und eilt unverzüglich zu den wartenden Polizisten und der Tochter, um das Kind erleichtert in den Arm zu nehmen.

»Fast tut er mir ja ein bisschen leid!«, lacht Tobias. »Was glaubst du, Denise?«, wendet er sich an seine Kollegin. »Dauert es länger als zehn Sekunden, bis die beiden herauskommen?«

»Nun lass ihr wenigstens genügend Zeit, ihm die Handschellen anzulegen!«, gibt diese trocken zurück. »Zaubern kann unsere Kleine ja schließlich nicht!«

Eine Minute später erscheint ein bedröppelt dreinschauender Thomas Schneider mit auf den Rücken gefesselten Handgelenken in der Tür, geführt von einer vergnügt grinsenden Christina Ohlsen. Für die ehemalige Landesjugendmeisterin und Trägerin eines schwarzen Gürtels in Ju-Jutsu war es geradezu ein Kinderspiel, wenn nicht sogar ein Vergnügen, den völlig ahnungslosen Mann zu überrumpeln und festzunehmen.

Erinnerungen

Aus meinem Versteck hinter einem Baum beobachtete ich konzentriert das Häuschen am Rande des kleinen Nebenortes, dessen Adresse ich von der freundlichen Mitarbeiterin im Bürgerbüro erst wenige Stunden zuvor erhalten hatte. Bewohnt wurde es von einer alleinstehenden Frau namens Laura Schneider und ihrer zwölfjährigen Tochter Alina. Und *ihm*!

Bei dem etwa vierzigjährigen Mann, der vor einer Minute den Garten betreten hatte, um eine selbstgedrehte Zigarette zu rauchen, handelte es sich definitiv um den Kerl, der meine Familie auf dem Gewissen hatte, wenngleich es die Zeit offensichtlich nicht gut mit ihm gemeint zu haben schien. Jahrzehntelanger Drogenmissbrauch hatte unübersehbare Spuren hinterlassen. Der einst kräftige Körper wirkte ausgemergelt und zerbrechlich, das eingefallene Gesicht, in das sich vorzeitig tiefe Falten gegraben hatten, war von ungesunder wächserner Blässe.

Die Hände dieses menschlichen Wracks zitterten heftig, während sie die Zigarette gierig an den Mund führten. Ganz sicher enthielt der Glimmstängel nicht nur Tabak, sondern zusätzlich eine ordentliche Prise Marihuana. Was für eine elende Existenz! Ich hatte genug gesehen und schlich vorsichtig davon. In meinem Kopf nahm ein perfekter

Plan Gestalt an, der mich bis spätestens übermorgen endgültig ans Ziel meiner Wünsche bringen würde. Wenn alles so lief, wie ich es mir vorstellte, würde es wahrscheinlich ein Kinderspiel werden!

Mit Speck fing man bekanntlich Mäuse, daher suchte ich in den späten Abendstunden zunächst erneut den Bahnhof auf, wo ich nach einigem herumsuchen eine jener zwielichtigen Elemente aufspürte, die an solchen Orten überall auf der Welt zu finden waren und Waren vornehmlich illegalen Charakters zum Verkauf anboten. Bei dem schmierigen Kerl erstand ich für einen horrenden Betrag drei Ecstasy-Pillen. Dieser Tom, dessen Nachname ich immer noch nicht wusste, der aber höchstwahrscheinlich ebenfalls Schneider lautete, hatte eindeutige Anzeichen eines kalten Entzugs gezeigt, sodass er den ihm zugedachten Köder ohne lange nachzudenken schlucken würde.

Bevor ich mich jedoch in das letzte Abenteuer meines Lebens stürzen konnte, musste ich erst etwas regeln, zu dem ich eventuell später nicht mehr kommen würde. Ich besorgte mir im Postladen nahe der Pension einen gefütterten Briefumschlag nebst Marke, in den ich noch an Ort und Stelle das bisher sorgsam gehütete Tagebuch eintütete, mit der Anschrift dieses Oberstleutnants a.D. Steiner beschriftete, und mit einem Ausdruck des Bedauerns in den Postkasten warf. Die Adresse hatte ich mir irgendwann einmal aus einer Laune heraus notiert. Die Kopien waren mir zwar abhandengekommen, aber meine Aufgabe war erledigt, sodass ich diese wohl nicht mehr benötigen würde.

Anschließend ließ ich mich von einem Taxi an einen abgelegenen Ort bringen, wo ich in unmittelbarer Nähe zu einem für meine Pläne genügend tiefen Gewässer die Tasche mit der Pistole deponierte. Hierher wollte ich diesen Tom am nächsten Tag unter dem Vorwand locken, ihm eine weitaus größere Menge dieser Droge verschaffen zu können, nachdem ich ihn zuvor mit dem am Bahnhof erstandenen ›Schnupperpaket‹ hoffentlich erfolgreich geködert haben würde.

Statt der Pillen würde der Kerl jedoch nur blaue Bohnen zu spüren bekommen, ich würde ihn mit vorgehaltener Waffe vor mir hertreiben und dann am Ufer des Weihers seiner gerechten Strafe zuführen. Anschließend würde ich ihn wie ein Stück Müll auf Nimmerwiedersehen im See versenken!

Kapitel 12

Dienstag, 22. September, 10:00 Uhr

»Der Mordfall Konrad Hofer, den wir lange Zeit unter verschiedenen anderen Namen kannten, ist nunmehr restlos aufgeklärt!« Kommissariatsleiter Donner schaut seine Mitarbeiter der Reihe nach mit unverkennbarem Stolz an. »Nicht zuletzt ist dies eurem unermüdlichen Einsatz zu verdanken, wochenlang kleinste Puzzleteilchen zu sammeln und aneinanderzufügen! Dass vieles davon nicht von Beginn an zueinanderpasste, muss ich nicht extra erwähnen!«

Er hält ein in schwarzes Leder gebundenes Buch hoch. »Mitgeholfen, die ganze Tragödie zu verstehen, die hinter der vor zwanzig Jahren begonnenen Geschichte steht, haben diese persönlichen Aufzeichnungen, welche Konrad Hofer bis zu seinem gewaltsamen Tod führte, und die uns zusätzlich zu den durch die Kopien bereits bekannten Inhalten wertvolle Aufschlüsse über seine letzten beiden Wochen gab. Es war gestern endlich in der Post!«

»Soweit wir wissen, ist von der Familie Hofer niemand mehr übrig, der davon etwas hätte«, widerspricht Tobias Heller. »Jedenfalls konnten bislang keine Anverwandten ermittelt werden. Für uns ist es hier und heute nur von Interesse, die Morde an Konrad Hofer und Elena Peters restlos aufgeklärt zu haben. Einschließlich des umfänglich abgegebenen Geständnisses gibt es genügend Beweise in Form von Zeugenaussagen, Videoaufnahmen, Fingerabdrücken und DNA, die Thomas Schneider an beiden Tatorten zurückließ, um ihn für den Rest seines Lebens hinter Gitter zu bringen. Für mich ist das alles, was zählt!«

»Ich will euren Anteil auf gar keinen Fall schmälern!«, hebt Donner begütigend beide Arme. »Denise und du habt nicht zuletzt bei den Vernehmungen wie üblich herausragende Arbeit geleistet! Dennoch sind die Tagebuchaufzeichnungen für den Zusammenhang wichtig, weil sie das Geständnis und die Aussage der Schwester nahezu lückenlos ergänzen. Demnach ergibt sich folgendes Bild:

→ der heute neununddreißigjährige Thomas Schneider trieb sich nach dem Abitur zunächst in der Weltgeschichte herum, wo er in Österreich das erste Mal mit harten Drogen in Berührung kam. Das wissen wir von seiner Schwester. Den Überfall, den er im Drogenrausch auf Anneliese Hofer verübte, kennen wir hingegen nur aus dem Tagebuch ihres Ehemannes. Da es sich hierbei lediglich um Körperverletzung handelte, ist diese Tat ohnehin mittlerweile verjährt.

→ als Thomas Schneider später in Wien aufgrund eines Phantombildes erkannt wurde und sich vor Gericht verantworten musste, flüchtete er im Anschluss an die Verhandlung zurück nach Deutschland, wo er sich bis vor etwa einem Jahr im gesamten Bundesgebiet herumtrieb und mit Gelegenheitsjobs über Wasser hielt. Meldeamtlich erfasst war er in der ganzen Zeit nirgends, was es uns bis vorige Woche unmöglich machte, ihn aufzuspüren. Diese Angaben stammen von dem Beschuldigten selbst.

→ von seiner Schwester Laura Schneider hingegen wissen wir, dass er im Sommer letzten Jahres plötzlich bei ihr auf der Matte stand und sie um Hilfe bat. Sie nahm ihn bei sich auf und besorgte ihm anständige Kleidung, da er ziemlich abgerissen war und zudem mittellos.

→ Annemarie Richartz berichtete uns, Thomas Schneider habe sich an ihre Freundin, die Apothekerin Elena Peters herangemacht. Ihren Angaben gemäß wird das nicht lange nach seinem überraschenden Auftauchen bei der Schwester gewesen sein. Nachdem er sich in ihrer Apotheke an Medikamenten vergriffen hatte, setzte Frau Peters ihn vor die Tür und er verschwand für geraume Zeit erneut von der Bildfläche.

→ er nahm nach eigenen Angaben seine ruhelose Wanderung durch das Land wieder auf und landete zuletzt in Hamm an der Sieg. Dort hielt es ihn aber auch nur wenige Wochen, bis er sich Anfang Mai dazu entschloss, seine Schwester erneut aufzusuchen. Grund für diesen Sinneswandel war der kalte Entzug, dem er seit geraumer Zeit ausgesetzt war und der ihn fast in den Irrsinn trieb.

→ Anfang des Monats sprach ihn ein Mann an, der ihm Ecstasy-Pillen anbot und ihm nahezu unbegrenzten Nachschub in Aussicht stellte. Dazu müsse er zu einem Ort kommen, der sich ›Brunnenkeller‹ nannte. Aus dem Tagebuch wissen wir jetzt, dass es sich bei dem Fremden um Konrad Hofer gehandelt hat. Laut Aussage der Schwester war Thomas Schneider zu diesem Zeitpunkt seit mehreren Wochen clean und rauchte nur noch hin und wieder etwas Gras.

→ am Treffpunkt zog der Ecstasy-Mann jedoch statt der erhofften Drogen überraschend eine Pistole und dirigierte ihn mit vorgehaltener Waffe zum Weiher, nachdem er sich ihm zu erkennen gegeben hatte. Am See kam es zu einer Rangelei, in deren Verlauf Konrad Hofer stürzte, die Schusswaffe verlor und mit dem Kopf im Tümpel landete. Thomas Schneider drückte seinen bezwungenen Gegner im Eifer des Gefechts und vor Wut mit dem Gesicht so lange unter Wasser, bis dieser sich nicht mehr rührte. Die Pistole und den Koffer, den Hofer dabei hatte, warf er in hohem Bogen in den See, um keine Hinweise auf seine Identität zurückzulassen.

→ einige Tage nach dieser Tat hielt er den Entzug nicht mehr aus und er beschloss, seiner früheren Flamme einen Besuch in der Apotheke abzustatten, um sich dort mit Stoff zu versorgen. Grund für diese wieder entfachte Sucht werden die Ecstasy-Pillen gewesen sein, die er von Konrad Hofer bekam, und dem wir somit eine Mitschuld am Tod der Apothekerin geben müssen. Der Rest der Geschichte ist hinreichend bekannt. Er hinterließ in seinem Wahn überall Spuren, durch die wir ihm eindeutig beide Taten nachweisen konnten. Ohne Konrad Hofers Tagebuch und die darin enthaltenen Hinweise hätten wir ihn allerdings so schnell nicht aufgespürt.«

»Ohne dessen Einmischung wären aber genau genommen beide Morde gar nicht erst geschehen, Chef!«, wirft Chrissie Ohlsen vorlaut ein. »Hätte er Thomas Schneider nicht durch das halbe Bundesgebiet gejagt, lebte er vermutlich noch und ohne die Drogen, mit denen er ihn in die Falle locken wollte, wohl auch Elena Peters! Insgesamt also eine ziemlich traurige Bilanz!«

»Bei Ersterem will ich dir gerne zustimmen. Was den Tod der Apothekerin angeht, werden wir das jedoch niemals mit absoluter Sicherheit wissen! Übrigens soll ich dich und Wolfgang von den Kollegen Haferkamp und Steinbach grüßen. Sie bedanken sich ausdrücklich für eure Mithilfe, da der Mord an Julia Kern dadurch jetzt aufgeklärt werden konnte. Es war tatsächlich ihr Freund, der sie aus Eifersucht tötete, ganz wie ihr vermutet hattet! Das Fahrrad der jungen Frau wurde in seinem Keller gefunden und in der Wohnung waren noch Blutspuren nachzuweisen, die eindeutig von ihr stammen. Daniel Bertram hat die Tat mittlerweile gestanden.«

»Apropos: Wie hat übrigens der Wischmob geschmeckt, den du verspeisen wolltest, wenn *dieser* Mord nicht ebenfalls auf das Konto des Apothekenmörders geht?«, erkundigt sich die Kommissarin grinsend, worauf Donner ihr aber nur scherzhaft mit dem Finger droht.

»Ich finde, die beiden haben ein besonderes Lob verdient, Chef«, erhebt Denise ihre Stimme. »Nicht nur, dass sie tagelang fern der Heimat ermitteln mussten, sie haben auch ganz nebenbei einen dortigen Mordfall gelöst und die entscheidenden Parameter erarbeitet, die zur Aufklärung *unseres* Falles beigetragen haben!«

»Danke für die Blumen, wir haben aber einfach nur das Beste aus der Situation gemacht. Von einem ›dynamischen Duo‹ sind wir zudem noch etliche Kilos entfernt«, lacht Chrissie mit einem bezeichnenden Blick auf die kompakte Figur ihres Partners.

»Wieso? Das Gesamtgewicht dürfte in etwa mit dem von Denise und mir identisch sein«, bemerkt Tobias trocken. »Nur, dass dein großer Freund den Löwenanteil davon für sich beansprucht!«

»Bei der Gelegenheit sollten wir Chrissies heldenhaften Einsatz bei der Geiselnahme am Freitag nicht völlig unter den Tisch kehren!«, beendet Donner die kameradschaftliche Kabbelei. »Ohne dich wäre die Sache womöglich wesentlich blutiger ausgegangen!«, wendet er sich der Kommissarin mit einem wohlwollenden Lächeln zu. Selbstverständlich hatte er ihr Verdienst an der Festnahme schon vorher unter vier Augen gebührend gewürdigt und einen entsprechenden Vermerk in ihrer Personalakte veranlasst.

»Ach, das war gar nichts!«, winkt sie bescheiden ab. »Der Kerl hatte mich aufgrund meiner Körpergröße völlig unterschätzt, genau wie es geplant war. Er konnte ja nicht ahnen, dass ich einen schwarzen Gürtel in Ju-Jutsu habe. Einen Messerangriff abzuwehren und den Angreifer zu entwaffnen, lernt bei dieser Kampfsportart jeder Anfänger!«

»Trotzdem war das saubere und professionelle Arbeit. Von euch allen!«, bleibt der Kommissariatsleiter bei seiner Ansicht. »Wer weiß, wie die Sache ansonsten ausgegangen wäre, nachdem ich zuvor einen Großeinsatz untersagt hatte, weil ich einen solchen Aufwand nicht für nötig hielt! Vielleicht werde ich langsam wirklich zu alt für diesen Job«, fügt er leise hinzu.

»Was soll das denn heißen, Chef?«, widerspricht Denise ihm energisch, indem sie entrüstet die Hände in die Hüften stemmt. »Du machst das locker noch zwanzig Jahre, und Fehler passieren selbst den Besten von uns!«

»Andernfalls wären wir ja auch total überflüssig«, grinst Christina Ohlsen, wobei sie offenlässt, ob damit das *Begehen* von Fehlern gemeint ist, oder das Gegenteil. In jedem Fall ist dem aber nichts mehr hinzuzufügen.

Malowski und Heller ermitteln weiter!

Ich hoffe, der vorliegende Fall für Denise Malowski und Tobias Heller und ihres Ermittlerteams hat Ihnen gefallen und ich konnte Ihnen spannende und unterhaltsame Stunden damit verschaffen, denn zu diesem Zweck wurde das Buch ja geschrieben!

Wenn dies der Fall ist, habe ich eine persönliche Bitte an Sie: Ich würde mich freuen, wenn Sie den Krimi auf der Produktseite von Amazon bewerten und dort ein kurzes Feedback hinterlassen. Sie müssen sich gar nicht in epischer Breite über den Inhalt auslassen, einige wenige Sätze reichen vollkommen aus.

Falls Sie auf Leserplattformen wie *Lovelybooks*, *Goodreads* usw. aktiv sind, einen Buchblog betreiben oder Ihre Leidenschaft für Bücher auf *Facebook*, *Instagram* oder *Twitter* teilen, würde ich mich auch hier über eine Rezension freuen und bedanke mich schon jetzt herzlich für Ihre Unterstützung.

Im Anschluss an diese Seite finden Sie Kurzbeschreibungen der Protagonisten, soweit sie aus Gründen der Vermeidung von Wiederholungen für Stammleser im Text nicht erwähnt wurden.

Ihr René Falk

Das Ermittlerteam

Denise Malowski, Jg. 1981, begann ihre Laufbahn als Kriminalkommissarin bei der Kripo Köln und wechselte später zur Siegburger Kriminalpolizei. Dort ist sie seit 2009 die Partnerin von Tobias Heller. In ihrer kargen Freizeit übt Denise den Kampfsport Taekwondo aus und besitzt den schwarzen Gürtel für den 3. Dan. Sie ist 1,70 Meter groß, schlank und hat grasgrüne Augen, deren Farbe je nach Stimmung oder Lichteinfall in ein helles Braun zu wechseln scheint. Das lange, hellbraune Haar ist meist aus Bequemlichkeit zu einem Pferdeschwanz gebunden. Ihr ganzer Stolz ist ein himmelblaues Smart Cabrio, von ihrem Partner oft als Spielzeugauto bespöttelt. Verheiratet ist sie seit 2015 mit dem Steuerberater Sven Leuchner, die gemeinsame Tochter Leonie wurde 2016 geboren.

Tobias Heller, Jg. 1979, studierte nach dem Abitur einige Semester Kriminalpsychologie an der Universität Bonn, brach dann aber bald das Studium ab und bewarb sich bei der Kriminalpolizei. Dort bildete er zunächst ein Ermittlungsteam mit der damaligen Kriminalkommissarin Melanie Klein, die er bald darauf heiratete. Die Ehe scheiterte jedoch zunächst, im Jahr 2016 wagte das Paar aber einen zweiten Anlauf. Heller ist 1,85 Meter groß und hat eine sportliche Figur. Das dunkelblonde lockige Haar trägt er schulterlang. Seine bevorzugte Kleidung besteht aus Jeans, Turnschuhen und Lederjacke, was einen krassen Gegensatz zur immer modisch korrekt gekleideten Kollegin Malowski darstellt.

Horst Weiland, Jg. 1988, besuchte das Gymnasium in Troisdorf, wo er im Alter von zehn Jahren seinen Klassenkameraden Wolfgang Müller kennenlernte. Die Freunde sind seit ihrer Schulzeit beinahe unzertrennlich und gingen nach dem Abitur gemeinsam zur Polizei. Seit 2013 bildet er mit Müller ein Ermittlungsteam beim Kriminalkommissariat 1 in Siegburg, wo sie den Hauptkommissaren Malowski und Heller unmittelbar unterstellt sind. Horst Weiland ist 1,80 Meter groß und sportlich. In der Freizeit nimmt er oft an Marathonläufen teil. Er ist seit 2012 verheiratet und hat mit der Grundschullehrerin Birgit Weiland einen gemeinsamen Sohn, der 2014 geboren wurde.

Wolfgang Müller, Jg. 1988, hinterlässt mit seinen knapp hundert Kilogramm Gewicht, einer Körpergröße von 1,89 Metern, breiten Schultern und einer tiefen Bassstimme auf den ersten Blick einen eher behäbigen Eindruck, weswegen seine Freundin ihn liebevoll Brummbär nennt. Mit einer hohen Intelligenz, einer raschen Auffassungsgabe und einem Abiturzeugnis mit Bestnoten punktet er aber in jeder Hinsicht. Seit 2016 ist der bis dahin als überzeugter Junggeselle bekannte Ermittler mit Kriminalkommissarin

Christina Ohlsen liiert, mit der er fest zusammenlebt und auf Wunsch seines Vorgesetzten seit dem Jahr 2019 auch beruflich ein Ermittlungsteam bildet.

Christina Ohlsen, Jg. 1991, ist seit 2016 im Team, wo sie zunächst die Stelle einer Kommissaranwärterin bekleidete und aufgrund überragender Leistungen schon ein Jahr später zur Kommissarin befördert wurde. Ebenso wie Tobias Heller studierte sie nach dem Schulabschluss an der Universität in Bonn, wo sie Rechtswissenschaften belegte, aber schon nach kurzer Zeit aus einer inneren Überzeugung zur Polizei ging. Die nur 1,62 Meter große, zierliche Christina wird von den Kollegen meist Chrissie gerufen und hält sich zwei zahme Frettchen mit den Namen Quasimodo und Esmeralda als Haustiere. Sie ist Ju-Jutsu Meisterin mit schwarzem Gürtel für den 2. Dan und eine ausgezeichnete Schützin mit einer konstanten Trefferquote von 100 %.

Peter Donner, Jg. 1967, ist der Leiter des Kriminalkommissariats 1. Der Erste Hauptkommissar regiert das Kommissariat mit strenger, aber gerechter Hand. Er ist bei allen Mitarbeitern beliebt und überlässt die Ermittlungsarbeit meist seinen Leuten. Verheiratet ist er seit 1994 mit Adelheid Donner. Er ist 1,77 Meter groß und von untersetzter Gestalt, was ihn kleiner erscheinen lässt. Sein schütteres Haar besteht im Wesentlichen aus einem dunkelblonden, leicht angegrauten Kranz. Seine Laufbahn begann er bei der uniformierten Polizei, wo er während einer Tatortsicherung dem leitenden Ermittler durch eine ausgezeichnete Beobachtungsgabe und einen analytischen Verstand auffiel. Wegen akuter Personalknappheit wurde er daraufhin kurzerhand zur Kriminalpolizei versetzt.

Amara Jones, Jg. 1990, ist die Tochter nigerianischer Einwanderer. Die gebürtige Münchnerin studierte Mathematik und Informatik, bevor sie in der Forensik der Kripo Siegburg die Stelle der IT-Spezialistin als Nachfolge Klaus Dreyers übernahm. Sie hat in beiden Studienfächern einen Master und ebenso wie ihr Vorgänger ein untrügliches Gespür für alles Technische. Ihr unüberhörbarer bayrischer Akzent steht in einem lustigen Kontrast zu ihrer tiefschwarzen Hautfarbe.

Jürgen Vogel, Jg. 1971, leitet die forensische Abteilung der Kripo Siegburg seit vielen Jahren. Der meist kauzig wirkende Wissenschaftler liebt seinen Beruf und schwarze Zigarillos über alles. Mit einer Körpergröße von 1,92 Metern und einer extrem hageren Gestalt wirkt er in seinen Bewegungen oft unbeholfen, ist jedoch in seinem Fachgebiet der forensischen Spurenanalyse eine anerkannte Koryphäe und sowohl bei seinen Mitarbeitern als auch bei den polizeilichen Ermittlern sehr beliebt.